U0588671

星舰联盟 | Path of Exile

罗隆翔

——著

之以前的黄昏

AI 封 神 之 战

北方联合出版传媒（集团）股份有限公司

万卷出版公司

ⓒ　罗隆翔　　2020

图书在版编目（CIP）数据

以前的黄昏 / 罗隆翔著 . ﹣﹣ 沈阳 : 万卷出版公司 , 2020.10
（星舰联盟）
ISBN 978﹣7﹣5470﹣5375﹣1

Ⅰ . ①以… Ⅱ . ①罗… Ⅲ . ①幻想小说﹣中国﹣当代
Ⅳ . ① I247.5

中国版本图书馆 CIP 数据核字 (2020) 第 080726 号

出 品 人：王维良
出版发行：北方联合出版传媒（集团）股份有限公司
　　　　　万卷出版公司
　　　　　（地址：沈阳市和平区十一纬路 25 号　邮编：110003）
印 刷 者：三河市嘉科万达彩色印刷有限公司
经 销 者：全国新华书店
幅面尺寸：145mm×210mm
字　　数：250 千字
印　　张：8.5
出版时间：2020 年 10 月第 1 版
印刷时间：2020 年 10 月第 1 次印刷
责任编辑：王　越
责任校对：张兰华
封面设计：尚世视觉
ISBN 978﹣7﹣5470﹣5375﹣1
定　　价：45.00 元
联系电话：024﹣23284090
传　　真：024﹣23284448

常年法律顾问：李 福　版权所有　侵权必究　举报电话：024﹣23284090
如有印装质量问题，请与印刷厂联系。联系电话：0316﹣3159777

目录
▼▼

龙喉海洋

一

浩瀚的宇宙中，一颗恒星消失了。

它是被黑洞吞噬的，坠入黑洞时迸发出的 X 射线是它留给这个世界最后的信号。恒星消失时发出的 X 射线是非常强烈的，但大部分都被黑洞的引力吞没，只有少部分能及时逃出黑洞的引力场。逃逸的 X 射线将在宇宙中以光速疾驰上百万年，最后逐渐衰减，湮没在宇宙微波背景辐射中……

这样的事几乎每天都在无边的宇宙中上演，却极少有人知道，有些恒星是葬身在超级文明人工制造的黑洞中的。

星舰联盟就是这样一个超级文明，数以万计的人造星球构成了这个文明长龙般的骨架，这些人造星球和巨型飞船汇聚成一道星光长河，如同传说中的巨龙游弋在宇宙海洋之中。不过，在它最外围，一个新修建起来的戴森球体——直径足足有五个光年——将它整个笼罩住，它散发出来的任何一丝光芒，最终都会被戴森球体所吸收。星舰联盟就像一个沉默的巨型黑洞，任何观察者都无法在外面观察到它的存在。

　　没人知道星舰联盟吞噬过多少恒星，他们利用掌握的超级科技制造黑洞，吞噬一颗又一颗的恒星，然后再把黑洞蒸发掉，以此获得源源不绝的能量。

　　能量是一种很重要的东西，在科技足够先进的文明手中，有了能量就等于有了一切。在遥远的地球时代，有一个叫作爱因斯坦的人曾经研究出了物质转换为能量的公式，在这条公式的指引下，人们找到了把物质转换为能量的方法，迈进了核能时代。而在爱因斯坦过世数千年后，人们终于掌握了这条公式的逆向法则，知道了怎样把能量转换为物质。

　　"龙喉"是一个地名，作为整个星舰联盟最重要的重工业区，负责把能量转换为物质的巨型工厂就位于这一带。几十座行星大小的巨型工厂散布在黑暗的太空中，利用黑洞级别的引力场把以各种电磁波形式存在的能量禁锢在极小的区域中，压缩成弦，缠绕成各种基本粒子，再逐步堆积成电子、质子和中子，然后拼成氢、氧、硫、磷等原子，最后合成各种可以稳定存在的分子，注入物质储存槽中，以备其他工业之需。

　　那些巨大的储存槽实质上也是各种人造行星，人们利用行星级别的重力场来储存各种物质。珍贵的氧会和氢聚合成水，然后被倾注到人造星球上，形成广袤的冰山。工厂中制造出来的铁、锌、铜、金等元素，也同样被做成密度极大的人造星球，装上推进器，跟随整个联盟在宇宙中缓缓移动。

氨-07是"龙喉"地区中一颗很特殊的星球。它存放的是其他化工厂经常用作原料的碳、氢、氮元素,这些元素以氨和甲烷的形式被存放在星球上,在零下七八十摄氏度的低温环境中形成浓厚的甲烷大气层和液氨海洋,数以万计的检测电极像巨柱一样插在星球表面,从上万米深的海床一直延伸到液氨海洋的海面上。

氨的腐蚀性很强,在液氨洋流的冲刷和腐蚀下,即使是钛合金电极,工作几十年也会被腐蚀得面目全非。星球表面剧烈的甲烷空气对流和浓厚的氨蒸气云层就像巨大的盖子,密密实实地笼罩着整片天空。

这颗氨-07人造星球连同它所属的07号核聚变工厂是在一千多年前建造的。那些尘封的历史资料中记载着,在这个巨型工厂刚建造起来时,人们都把它视为科学的奇迹,毕竟碳和氮这两种对生命至关重要的元素在宇宙中是十分稀少的,如今却能通过工厂源源不绝地获取,哪能不让人为之欢呼雀跃?

但后来,随着越来越多更先进的巨型工厂兴建起来,07号核聚变工厂逐渐显得落后,慢慢从公众的视野中消失,直到最近爆出了一个大新闻,才让它重返公众视线——07号工厂的负责人入狱了,连同他一起被带走的还有整个工厂的所有高层管理者,人们这才意识到出大事了!

"你们严重违反了最高科学院的科技禁令!"法庭上,大法官宣布,"根据联盟科技法的规定,在事关联盟命运的超级科技上,最高科学院的禁令有着与法律等同的效应……"

工厂法人代表几乎瘫软在地,他知道违反禁令是多可怕的事,他的下半生毫无疑问只能在监狱中度过。他精神崩溃了，不断重复着同一句话："我只是倾倒了些垃圾，至于处罚得这么严厉吗……"他并不是太胆大妄为的人，如果不是有上百名前任在过去的一千多年中肆意伪造资料，掩盖自己随意倾倒垃圾的罪行，侵吞大量垃圾处理费用塞进自己的腰包，他也不敢有样学样地干这种严重违反禁令的事。

他做梦都没想到，事情会在他的任上败露，他甚至没勇气去看公诉席旁那名学者代表。庭审结束之后，旁听席上的记者把学者代表团团围住，打听氨-07事件的严重性，学者很客气地回答说："一切都还在调查中，暂时无可奉告。"

事情一定非常严重，有些记者早已从别的渠道打听到，氨-07行星周围拉起了封锁线，前些日子还一直游弋在联盟外围的外太空第九舰队已经接到返航命令，正在赶往氨-07行星。

到底那儿发生了什么事，竟让一支这么强大的舰队急匆匆地返航？

一切不得而知。

二

"咚咚咚……"

沉重的脚步声在调查船的金属走廊内回荡，几名科学家在士兵的护卫下匆忙地赶往实验室。这是一艘R-065型飞船，是生物学家们用来研究各种生存在极端环境下生物所用的调查船，它那特意强化的船身可以抵御强腐蚀性环境的侵害，飞船内部各种专用检测设备一应俱全。这种飞船原本应该出现在外太空的陌生星球上，但现在却来到联盟境内的氨 -07 人造行星。

"教授，这就是我们在海面发现的不明生物。"一名研究员对韩丹教授说。

教授看着透明液氨罐里的怪物。它就像一团水母，伞形的脑袋下是长长的触手，七八根触手和脑袋连接的部位中间是椭圆形的嘴巴，锋利的牙齿露在外面，极为瘆人。由于生活在液氨海洋暗无天日的海底，它的身体呈半透明状。它没有眼睛，似乎是靠触手和生物电感知外部环境的。

士兵们持枪瞄准罐子，好像担心怪物随时会破罐而出，伤害那些尊贵的科学家。学者们摇摇手，示意士兵们放下枪。作为优秀的生物学家，他们一看这种怪物的身体特征，就知道它只能生活在液氨海底的高压环境中，它们体内 90% 以上都是液氨，就跟人体内 90% 都是水一样，飞船内充满空气的环境对这种怪物来说是无法生存的，只要它离开罐子，强挥发性的液氨就会从它体内沸腾蒸发，让它变成一具横死的干尸。

透过这东西半透明的身体，韩丹教授能看到它的大脑，这是一个结构跟人脑迥异，但复杂程度不输人脑的东西。它复杂的神经系统连接着触手，可以看出这怪物触手的灵活程度不亚于人类的手指。

足够复杂的大脑和足以制造工具的灵活肢体，原本就是建立文明的最大资本。但最让人触目惊心的是，这个液氮罐本身并不是人类制造出来的！以星舰联盟的技术水平来看，这个罐子显得很粗糙，但简单可靠，并不复杂的生命维持装置和制冷系统嗡嗡作响，让罐子内部维持在可以让氨以液态形式存在的零下数十摄氏度的低温中。

氨-07这颗星球原本不该有任何生命存在。在最高科学院建造它之初，就小心地斩断了生命诞生的条件。这个世界没有水，不存在闪电，没有能让蛋白质和核酸在自然环境下凑巧被合成出来的条件。就算在液氨海洋的深处凑巧诞生了原始生命体，也起码要经过几十亿年的演变，才有可能诞生高等生命。但如今才短短一千年，氨海深处就出现了高等生命，这无论如何也太不寻常了。

"教授，我们现在该怎么做？"有学者问道。

韩丹不作声，坐到电脑前熟练地按下几个按钮，液氨罐中伸出了几只机械臂，把电极贴在怪物头上。顿时，流水般的数据出现在屏幕上。

"小丹，你能读得懂这些数据吧？"一名老教授问她。

韩丹戴上头盔式数据交换器，说："凡是智慧生物，大脑活动都有规律可循，破译它们的思维密码并不困难，我先跟它打个招呼。"

韩丹纤细的手指在键盘上跳动，实验室内的各种仪器指示灯有规律地闪烁。她很快就破译了对方的大脑运行方式，通过生物电影响对方大脑，制造出一个虚拟现实的幻境。

"怎么称呼？"韩丹通过仪器搭建起来的脑电波桥梁，开门见山地问那个"水母"，连寒暄都省了。

怪物回答说："我们种族自称沙沙沙沙……我的名字叫沙沙沙沙……"任何翻译器都拿不同生命形态的生物名称没辙，只能采取音译的方式。有些生物由于生存环境过于特殊，甚至不采用声音作为交流手段，涉及名字的词更是找不到对应的人类词汇来翻译，所以在涉及名称的地方只能听到一段无意义的沙沙声。

为了便于交流，韩丹随口给这种生物起了一个名字，叫"氨水母"，她问它："为了便于交流，我想称呼你为'尤里'，可以吗？"这个勇敢的氨水母让她想起了尤里·加加林。

怪物沉默一阵，同意了。

"请问，你的职业是什么？"韩丹问它。

怪物说："我是宇航员，我是第一个离开海底，来到洋面的氨水母，我代表全体氨水母来探索未知的世界。"

事情并没有出乎韩丹的预料，对生活在海底的氨水母来说，海洋表面之于它们的意义，正如地球时代的大气层顶端之于人类的象征意义，当人类的第一名宇航员来到大气层顶端时，就意味着人类奏响了宇宙时代的序曲。

韩丹能感觉到尤里的恭敬和谨慎，毕竟身为第一名宇航员，当它来到一个完全陌生的世界时，却发现早已有大批不明生物严阵以待，就该知道对方的科技水平远在自己之上。这时候，保持绝对的恭敬和谨慎是非常有必要的。

同时，韩丹也感觉到了尤里的戒备心理，面对一个陌生的高等级文明，这种戒备可以理解。韩丹觉得有必要打破这种沉默。

韩丹问尤里："能介绍一下你们的历史和生命形态吗？"这大概是所有话题当中最不敏感的一个，尤里也很清楚，就算自己保持沉默，对方也可以通过投放探测器，甚至绑架氨水母进行解剖的方式，得到想要的知识。尤里无法想象，当数以亿计的探测器降落在自己的故乡，一个又一个同胞神秘失踪时，会引起多可怕的骚乱，所以它只能选择配合。于是，一个巨大的世界向韩丹敞开了……

三

　　生命是从海洋中诞生的，不管是地球故乡蔚蓝的水体大海，还是氨-07行星的氨海。韩丹漫步在尤里大脑的记忆中，不由得感叹这真是一只知识渊博的氨水母，它读过很多书，知晓生命诞生的奥秘，在人类的世界里，人们直到20世纪才懂得这类知识。

　　水是生命之源，很多地球人都这么认为，但对氨水母而言，剧毒的液氨才是它们诞生的摇篮。氨跟水的性质很类似，都是极性分子，有非常活泼的化学性质，可以溶解很多种化学物质，在合适的环境下，它也同样有着成为生命之源的潜力。

　　韩丹悬浮在虚拟幻境的海洋中，看着周围各种奇异的水生动物。这些生物走了一条和地球生物完全不同的进化道路，没有任何一种动物能演变出类似地球动物的脊索神经，放眼望去，全是类似于海葵、海绵、管虫和水母的低等动物——以人类这种高度复杂的生物的角度来看，哪怕是这片海洋中最高等的氨水母，生理结构也同样属于极为原始的腔肠动物。

　　区区一千年，的确不足以让氨-07行星诞生太复杂的高等动物。地球生命从最原始的氨基酸和核酸起步，花了二十多亿年才演变出细菌这类最简单的生物，氨-07能在如此短的时间内诞生出这样的生命，只能说它的进化起点远比地球高得多。

当韩丹潜入氨海的最深处时，她彻底震惊了！

整个氨海的海床完全被堆积如山的垃圾覆盖，毫无疑问，这是07号核聚变工厂在长达一千年的时间里丢弃的各种生活垃圾，她甚至能在这些垃圾中找到吃剩的方便食品、报废的家用电器和已被高度腐蚀的老鼠尸体。这些生活垃圾夹带了大量细菌，绝大多数细菌在液氨的强腐蚀环境中都无法生存，但也有极少数的幸运儿例外。只要稍有生物学知识的人都可以推断出，那些垃圾中最幸运的细菌们在这个世界飞快地繁衍，成为这颗星球生命进化的起点，足足比地球缩短了数十亿年。

但从细菌到水母，还是有长达数亿年的进化道路要走的，是什么原因让这么漫长的进化道路能在短短的一千年内完成？韩丹漫步在各种奇特生物游弋的海底，突然发现了一个小盒子。她想把盒子捡起来，手指却穿过了盒子，这才想起眼前这一切只是从尤里的大脑中读出来的幻象。

盒子很眼熟，韩丹认出那是装伽马射线源的盒子。伽马射线源是很常见的东西，从飞船结构探测到产品质检，甚至日常生活中的食品检测都有它的身影，任何大工厂都会用到它。这东西在使用一段时间之后，射线强度会逐渐衰减而不得不更换，但残余的辐射会在长达千年的时间里持续散发。因此，联盟明文规定，所有用过的射线源都必须回收，不得随意丢弃。

如果07号核聚变工厂也这么守规矩，就不会有氨水母诞生了，那么大的一座行星工厂，每个月用掉的射线盒绝不是一个小数目，所以当韩丹抬起头时，只见一座废弃的伽马射线盒堆成的大山矗立在眼前。

伽马射线是生物学上常用的强诱变剂，剂量适中的伽马射线会加速生物的进化——准确来说，它会干扰生物的 DNA 序列，大部分生物会因此死亡，侥幸不死的也会发生严重的变异，幸存下来的变异生物则在大自然的剃刀法则下接受筛选，不能适应环境的只能痛苦地死去，能更好适应环境的就更为茁壮地繁衍。

毫无疑问，氨水母就是在这种强诱变源的作用下，在无数生物的尸体堆中，从细菌一步步进化而成的，这种进化速度之快，让韩丹也胆战心惊。

"这是上天赐予我们的神山！"尤里对韩丹说，"在每'旬'的第一天，天上都会按时降落下来各种珍稀的宝物，年复一年，逐渐堆积成了这座神山。"

韩丹细细询问尤里，才知道"旬"是氨水母的时间单位，推算起来刚好是人类的一个星期。这个计算结果让她气不打一处来，要知道，07 号核聚变工厂每星期大扫除一次，每个星期天都按时倾倒垃圾，结果这竟成了氨水母时间计量单位的源头。

氨水母的时间计量单位非常奇特，它们采用八进制，把一"旬"分为八天，每天分为八小时，每小时分为六十四分钟，这大概跟它们长着八根触手有关，正如人类有十根手指，就理所当然地采用十进制计数方式一样。

尤里说："神山是非常重要的资源，它孕育了我们的祖先。现在这些天赐之物是我们最珍贵的物质来源，诸如铁、钛、氧等原料只能从这些物质中获取。神山是我们建立文明最重要的材料，但它能提供的原材料太稀少了，所以在我们的文明诞生之初，就一直有一个梦想——我们坚信天空之上，一定有着一个取之不尽的巨大矿藏！我们做梦都想飞上天空的顶端，去寻找这些珍贵物质的源头。"

氨水母口中的"天空顶端"毫无疑问就是液氨海洋的洋面，韩丹问它："在你们的神话里，有什么跟天空有关的故事吗？"

"神话"这个词对尤里来说似乎很难理解，它问韩丹："什么是神话？"

这是一个没有神话的种族！韩丹心里咯噔了一下。她摘下头盔式数据交换器，看着越来越多的科考飞船出现在天空，缓缓降落在液氨海洋的洋面，他们会把这颗星球调查个底朝天。

四

第九舰队，一名头发雪白的老人独自坐在舰队司令休息室里，看着窗外蔚蓝的氨-07 行星。老人的军装挂在墙上，军装上的金色将星极为显眼。他在等待总参谋部的命令，而总参谋部在等待最高科学院的调查报告。

指挥室的门无声无息地打开了，韩丹走进来，给自己倒了一杯热茶。

老人问她："我的老朋友，事情怎样了？"

韩丹说："还在调查中，这些氨水母真是进化史上的幸运儿，我还是第一次见到能在原始的腔肠动物状态下就进化出智慧的生物。"

与很多人的想象不同，并不是越高等的动物越容易进化成智慧生物。生物只要出现了神经中枢，有足够大的体积负担一颗容量足够的大脑，就有可能进化为智慧生物。氨水母只是勉强符合这些条件，竟然就幸运地拥有了智慧。

老人抬起头，看着挂在墙壁上的星图。那是迄今为止人们在宇宙中发现的智慧生物的分布图，上面详细标注着各个文明的科技水平等级，绿色代表着"基本上无害"的外星原始文明，红色表示"值得警惕"的已经步入太空时代的文明，绿色区域比红色大万余倍。

韩丹说："那些氨水母的世界不存在神话，这意味着它们在诞生智慧之后，几乎没在蒙昧时代停留，就直接朝着发展科技的道路奔去，这是文明史上极为罕见的特例。"

神话是智慧生物在蒙昧时代时，因为对自然界的风霜雨雪等自然现象大感不解，为了解释它们而构想出来的故事。几乎每个经历过原始社会的文明都会有自己的神话，有些神话可以流传千百万年，深深地烙在一个拥有极高科技等级的文明身上。

第九舰队的旗舰是巡天战列舰"炎帝号"，它跟"斯坎迪号"航天母舰、"阿努比斯号"行星登陆舰一起，构成了舰队的打击核心。这种主力舰级别的巨舰体积都非常庞大，舰队成员通常都有数千人之多，除了军人，还有随军的学者和外包的后勤物流系统人员。

"没有神话的智慧生物……那它们还真是罕见地理性，它们一定全都是没有任何浪漫梦想的现实主义者。"老人说着，找了支红笔，想在氨-07行星的位置标上"值得警惕"的红色，但他看了星图一眼，又无奈地放下了笔。因为氨-07位于星舰联盟的疆域范围内，而联盟自己早已被涂上刺目的猩红。

五

就好像韩丹经常到战列舰上找老人聊天一样，老人也经常到科考飞船上看学者们做研究，他通常只是坐在椅子上，一言不发地隔着玻璃墙旁观，极少提出意见。空旷的实验室利用 3D 造影技术，营造出氨水母的城市地貌，但尤里看不到这些，生活在深海的氨水母没有眼睛，它们依靠静电场感知外部环境，静电场无法到达的地方，对它们来说就是无法视物的黑暗区域。

"咱们能聊聊科学以外的东西吗？比如文学、艺术和音乐？"韩丹问尤里。

尤里沉默了很久，说："我们的艺术作品当中，大多是些描述天空、讲述生存艰辛的诗歌，其中最为著名的，是一首名为《探索苍穹的七百零一名献祭者》的诗歌。"

尤里的八根触手有节奏地摆动着，一阵阵电磁脉冲有规律地从神经索中散发出来，这是氨水母利用生物电进行"交谈"的方式，它在向韩丹诉说那首诗歌。

韩丹的手也没闲着，修长的手指在键盘上跳跃，将尤里的脑电波翻译成人类能看懂的语言：

在并不遥远的过去，有一个人物堪称氨水母中的万虎；
它过着无忧无虑的生活，心里却怀着奔向天空的梦；

一个无风的日子，他招来七百友人，诉说了心里的梦，友人誓死效从；

七百友人舍弃性命，用头颅的皮肉缝成巨大的球囊，以触手的筋络结成吊篮，化为巨大的热气球；

万虎把火炉搬到吊篮上，火焰燃烧释放出的淡红色气体像舍弃生命的友人眷恋躯体的灵魂，赋予热气球上升的动力；

火焰越来越烫，气球速度渐快，宛如一支失控的利箭，笔直冲上天顶；

万虎肿胀不堪的尸体在数日之后被发现，好像被无形的力量从体内撑破，触手紧紧抱着一块小小的天外之物；

那物体是如此之轻，只要松开手，就逐渐往上浮，显然不是属于这个世界的东西，越来越多的人朝着万虎的飞天之路前进，再大的牺牲也无法阻挡大家的脚步。

韩丹翻译不出氨水母的诗歌韵律，但从诗中却发现一条重要的线索：氨水母可以在液氨海洋的海底点燃火焰，那些充满气球的红色气体分明就是液氨和某些化学物质发生反应之后产生的氮化气体！至于诗歌中那片比液氨轻的物体，根本不是重点，那也许只是人们丢弃的木片。

很多人以为，燃烧一定要在氧气中进行，于是断言不存在氧气的环境即使能进化出智慧生物，也无法使用火焰，从而使得文明无法建立。这些人都忘了一件事，火焰实质上只是一种剧烈的化学反应，不一定要在氧气中进行，金属镁可以在二氧化碳中燃烧，金属钠可以在水底燃烧，能跟液氨发生类似燃烧的剧烈化学反应的物质更是不少，其中不乏某些有机物，而这也成为氨水母文明的火种。

"不要用人类的世界观评价别的生物，氨水母从不把自己的生命当一回事。"韩丹把翻译出来的氨水母诗歌交给研究员时，不忘交代了一句。

"你是怎么看出来的？"研究员问她。

韩丹俯身看着罐子里的尤里，对研究员说："我见过的外星生物比你见过的野猫还多，如果一种生物把牺牲视为无关紧要的事，那它的文明中对死亡就是不存在恐惧感的。"

密闭的罐子里，一些尘埃大小的颗粒悬浮在液氨中，化验结果表明，这是氨水母的孢子。氨水母的生殖方式非常奇特，它的表皮细胞组织中有着类似孢子囊的结构，成熟的孢子会自动脱落，黏附在固体表面上形成新的植株。在地球生物中，这是真菌类的低等生物常见的生殖方式，但在高等生物里却极为罕见。

研究员问她："你怎么知道这种生物的文明中对死亡不存在恐惧感？"

韩丹说："有什么样的生命形态就有什么样的文化。如果一种智慧生物没有性别之分，那他们的文明中就不会存在爱情故事；如果一种智慧生物没有视觉器官，他们的诗歌里就不会存在歌颂光明的篇章。我跟你打赌，氨水母是一种'独木成林式'的特殊生物群落，你信不信？"

研究员说："如果真是这样，氨水母的生命形态还真是原始得出奇。"

老人突然插话问韩丹："这些氨水母，到底是动物还是植物？"

"既不是动物也不是植物。"韩丹说，"这世上的生物，并非只有动物和植物两类。"

这时传来提示音，韩丹按下几个按钮，科学院的大屏幕上出现的是最新的调查结果——科学院投放的探测仪已经绘出详尽的氨水母的世界地图。

科学院的人看着地图，陷入了新一轮的沉默之中。

六

韩丹的预测是正确的，氨水母是一种"独木成林式"的生物，每一只氨水母都是从大海深处茂密的菌簇森林中诞生的。菌簇就是氨水母的前身，数不清的菌簇扎根在大洋底下，汲取着各种矿物质，旺盛地生长着。地球上的植物依靠阳光作为能源，合成各种有机物，但阳光终究也只是电磁辐射的一种，有些生物也能利用可见光之外的电磁波段作为能源，而氨水母利用的则是人类遗弃在氨-07行星上的各种辐射源。

当全息投影仪营造出来的虚拟世界笼罩着会议室时，所有的学者都身临其境般地看到了氨水母的海底世界。

一望无际的海床上，排列有序的氨水母菌簇就像农田一样整齐划一。一些高度发育成熟的菌株顶端，已经可以看到裂开的孢囊中幼小的氨水母个体，菌株的长柄像脐带一样连接在它身上，它那刚刚发育出来的小触手和锋利的口器却已懂得牢牢抓住其他氨水母菌株，狠命地咀嚼和吞食。

菌簇的生命周期很长，按照地球时间计算，一棵菌株从孢子成长到发育成熟，需要二十年以上的时间。成熟的菌株能长到三四米高，像长长的海藻，在海水中摇曳，菌株的顶端会逐渐长出细小的触手和口器，捕食液氨海洋中的浮游生物。在它的食物名单中，甚至也包括尚未发育成菌株的氨水母孢子，所以能发育成菌簇的孢子，万中无一。

"这些氨水母幼体竟然吞食自己尚未诞生的同胞。"一名科学家用手支着下巴说。

另一名学者耸耸肩，说："上帝为它们设计的生物群落太单一了，它们只能自己吃自己。"

韩丹说："不管怎么说，这也是自然界优胜劣汰的一种形式。"

氨水母的城市非常巨大，各种工厂层层叠叠，成熟的氨水母脱离菌株之后，衰老的表皮细胞就会长出细沙般的孢子，逐渐脱落，随洋流漂流。一个氨水母在它的生命周期中，脱落的孢子数以亿计，但只有极少数的幸运儿能长成菌株、发育成新的氨水母。

韩丹的手指在屏幕上滑动，将画面切换到氨水母的城市。城市很大，工业区、居民区的分布就像蜂巢内部一样错落有致。她把画面停在居民区，逐渐放大，氨水母的房屋像极了珊瑚礁，层层叠叠，大量年老的氨水母黏附在礁石上，缓慢舞动着触手。

韩丹说："氨水母从菌株上脱落之后，寿命通常就只剩下几个星期到三个月不等。在生命的最后两个星期中，年迈的氨水母肢体将发生明显的钙化，身体表面开始出现富含液氨钙化物的黏液，像珊瑚虫一样黏结在一起，等它们死后，钙化的尸体将会变成建筑材料，跟珊瑚虫的生存形态如出一辙。"

一名学者说："一种智慧生物想要建立足够先进的文明，那它至少要有一定长度的寿命来学习知识，付出劳动，教育下一代。我无法想象一种智慧生物，能在只有短短几个月的生命中，完成传承知识和建立文明的重任。"

韩丹看着眼前一望无际的菌簇田，说："你们总是从人类自己的角度看问题，为什么没想到它们真正的大脑就隐藏在这片辽阔的菌簇田下？"

菌簇是有自己的神经纤维的，每一株菌株的神经结构都很简单，就一根神经索，一竿子通到底，这么简单的神经系统原本不可能诞生智慧，但成万上亿的菌株通过根部的神经系统连接在一起，情况就不一样了。尽管那些原始的神经连接方式和超远距离的神经元分布使得神经信号的传输速度远逊人脑，但它们作为一个整体，神经元的总数却远超人类大脑。跟人类相比，谁的大脑更发达还真不好说。

韩丹说："氨水母是不需要把知识传授给下一代的，这些尚未成熟的菌株才是真正的'它'。在它诞生以来的岁月，所有知识都沉淀在这颗巨大的大脑里，短短的二十年寿命对每一棵菌株个体而言，只不过是单个神经元正常的新老交替过程，无损它的整体结构。作为一个整体而言，它是永生不死的生物，在这个偌大的星球上，就只有它孤身一人，所有游荡在液氨海洋中的氨水母成熟体都只是它的一个智商有限的克隆体。"

突然间地震了……不，准确来说，是头顶上的液氨海水在巨大的力量扰动下发生震动，继而引起大地的共振。与其说是地震，还不如说是"天震"更恰当。

韩丹抬头仰望，却什么都看不见，毕竟这儿是深达一万多米的海底。数不清的氨水母却像条件反射般，追逐着震动的来源游动，抢夺着从黑暗的苍穹中降下来的垃圾作为珍贵的资源。这种震动对氨水母来说就好像月亮对人类而言那样司空见惯，也是驱使它们探索"天空"的秘密的最直接动力，在它们短暂的蒙昧时代的诗歌中，有不少歌颂"天震"的篇章，就好像古时的人类歌颂月亮的诗篇。

"那震动到底是什么？"一名学者抬头问韩丹。

"那是我们的巨型飞船近距离高速地从氨-07行星附近掠过时引起的震动。大家都知道，我们的飞船经常从它附近经过。"韩丹说。

一名学者按下一个按钮，林林总总的数据如同流水，哗啦啦地显示在大家面前。但这些并不能引起大家太多的关注，毕竟作为生物学家，他们见过太多非常特殊的外星生物，氨水母只是其中并不算太起眼的一种。

它最特殊的地方，仅仅是因为诞生在联盟眼皮底下的一颗人造星球上罢了。

接下来的时间，学者们都在讨论一些很深奥的问题。一直拄着拐杖坐在一边旁听的老人听不懂那些太深奥的知识，他需要的只是结论。

漫长的会议终于结束了，会议室的打印机慢慢吐出一份表格，现场十九名学者挨个儿在上面签字，表明态度。韩丹是最后一个签字的，签字笔在她修长的手指间不停地旋着圈，她犹豫了很久，才最终签下自己的名字，把表格传真到科学院总部。

这样的事，以前也不是没做过。回到"炎帝号"巡天战列舰之后，韩丹像没事人一样，随手拿起一把剪刀修理休息室的盆栽。在人类眼里，有些外星文明就像盆栽的植物，可以按照自己的意愿随意塑造成喜欢的样子。

老人问韩丹："你们打算怎样处理它们？"

韩丹说："这世上，每一种智慧生物都是独一无二的财富。不同的生存条件，不同的身体结构，不同的生理特征，不同的文化，不同的思维方式，孕育出各不相同的文明形态，每一个都是让人深为着迷的宝藏。"

老人叹息说："你还是老样子，不想正面回答我的问题时，就说一些不着边际的大道理。"

韩丹沉默了小半晌，才说："我们决定给这些氨水母一颗新的星球，你会不会觉得我们太大方了点儿？"

老人说："我只是军人，真正的军人绝不干政，你们做出怎样的决定，我就执行怎样的命令。"

七

三天之后，星舰联盟。

那是一颗相当巨大的人造行星，老人拄着拐杖，眺望着它在漆黑夜空中的明亮反光。人造行星的表面由数以亿计的反光面组成，每一个反光面都是极其复杂的信号捕捉器，连接着下面如同巨树般枝丫茂密的管线和支撑架，这是人造行星"伊司-03"。伊司-03是星舰联盟仅有的四颗伊司型人造行星之一，同时也是为数不多的以北欧如尼文字命名的特殊人造行星。伊司-03缓缓地朝着氨-07靠近，绕着它旋转，伊司-03巨大的引力把氨-07拖离轨道，它们逐渐变成一对彼此环绕、缓缓转动的双星。科学院的科考飞船在设计之初就已经考虑到在这种强引力潮汐下工作的情况，故未受影响。

伊司-03离氨-07越来越近，大量的液氨海水在伊司-03的强大引力吸引下，像高山一样迅速隆起，飞快攀升到拉格朗日点，一颗颗房子大小的水珠因引力平衡悬停在半空，在远方的人造太阳照耀下，巨大的水珠倒映出周围无数飞船扭曲的影子，每一颗水珠都闪耀着无数人造星体组成的璀璨星光。

"将军，这儿海浪大，飞船不太平稳，您还是回到'炎帝号'去吧！"一名士兵对老人说。

老人看着眼前的惊涛骇浪，眼皮都不动一下，说："你见过恒星表面的氢聚变海洋吗？那些沸水一样翻滚的氢离子海浪，像山谷一样深达数百公里的黑子，还有数十万公里高的日珥一边进行着热核聚变，一边朝你扑来时，那个场面才叫壮观！眼前这些液氨海浪跟它一比，不过是自家后院小池子里的涟漪罢了。"

联盟的宇宙战舰大多能承受数万度的高温，对战舰来说，横穿恒星的气态氢聚变海洋，利用恒星的光芒和强烈辐射作掩护，对敌人发起进攻是很常见的战术。老人记得自己还是新兵蛋子时，第一次随军舰在恒星表面劈波斩浪地飞行，那种恐惧和刺激相伴随的快感让他永世难忘。

士兵讷讷地说："我三个月前才刚入伍，还没随战舰到过恒星表面……"区区氨海巨浪就已让他膝盖发软。

老人问他："韩丹跑哪儿去了？"

士兵说："韩教授在实验室跟尤里谈一些问题。"

每一个将军都经历过当小兵的日子，当老人还是一名年轻的新兵时。上头就经常派他执行保护学者的任务，老人很喜欢和学者们待在一起，这总能让他回想起年轻时的岁月。

实验室里，韩丹向尤里说明了情况，她知道尤里的液氨罐中有着跟液氨海洋底的巨型大脑传输信号的通信装置，她不是跟尤里一个人在对话，而是通过尤里，跟大海深处那个巨大的氨水母大脑对话。

尤里难以置信地问韩丹："你为什么对我们那么好，居然可以为我们提供一颗星球？"它不相信一种智慧生物会毫无缘由地如此厚待另一种智慧生物。

韩丹说："因为你们对人类有价值。"尤里似乎很难理解两种不同的生物在同一个世界中共处是什么样子，毕竟在氨水母的生物圈中，生物种类非常单一。

韩丹又解释道："和你们不同，人类社会从来就不是一个单一物种的社会。在我们的祖先还是原始人时，猫、狗这类动物就已经跟人类一起生活了。在最初的时候，它们只是单纯地在原始人的部落里躲避天敌的攻击，讨些残羹剩肴，但我们的祖先很快就发现了它们的价值，猫可以捕捉老鼠之类的让人大为头疼的小东西，狗可以放哨、陪伴人们一起狩猎，大大提高整个族群的生存能力。尽管人类发展到今天，科技的进步已经让我们无须猫狗的协助就能很好地生存，但不管时代怎样变迁，我们仍然在社会中为这些共存了数百万年的伙伴留下了一席之地。所以，不管是怎样的智慧生物，只要有跟人类共存的可能，我们就会想办法与之结成盟友，一起生存。"

韩丹没有亲人，作为联盟最优秀的学者之一，联盟并没有亏待她，偌大的一座庄园就位于"密涅瓦"星舰风景最美的半岛上，只是孤身一人的她极少回到那座属于她的大房子里生活。但不管她离家多久，那几只被她收养的田园犬和它们的孩子总是非常尽职地看守着这空无一人的家，而她也把那些狗视为亲人，所以跟韩丹关系好的人都知道，她用狗来比喻这些氨水母时，并不是在贬低它们。

氨水母的世界并不像人类世界那样有着与其他动物共存的习惯，在它们的世界里，就只有它们自己。尤里费力地理解着韩丹的话，沉默了很久，才说："你的意思是，如果我们对你们有用，你们就愿意提供一个星球那么大的生存空间，让我们自由繁衍？"

韩丹说："我更喜欢'合作'或'共生'之类的字眼。"

对于一种渴望更宽广的生存空间的生物而言，联盟开出的条件极为诱人。作为一种孤独存在的生物，它的脑海里没有"尊严""地位"之类在人类这样的群居性动物当中极常见的概念，它甚至不知道所谓"合作"和"共生"是什么意思，它脑子里唯一想的就是顺着生物本能，不断获取更为辽阔的生存空间，这使得它很快答应了联盟的要求。

伊司-03 离氨-07 行星越来越近，引力扯起的海浪逐渐形成一座刺破天空的高山！数不清的液氨被伊司-03 的引力从星球表面的大洋中撕下，像上古洪荒般从氨-07 扑向伊司-03。数不清的氨水母随着洪流冲向新的世界，不知有多少氨水母被这洪流撕成碎片，但它们就好像被血腥味吸引来的鲨鱼，拼上性命从四面八方汇集到高山底部的海床中，任凭旋涡般的激流把它们从海底卷到海面，抛向通往伊司-03 世界的玩命旅途中！

老人看着随着急流被抛到太空中的氨水母的尸体碎片，感叹道："在它们的文化中，死亡好像根本就不算一回事。"

韩丹啜着热茶，说："这个问题你已经感叹过很多次了。氨水母的成熟体原本就只有三个月寿命，它活着的唯一目的就是产生孢子，为整个群体的繁衍做出牺牲，就算为此而死，对它们来说也是理所当然的事。"

老人突然觉得，自己身为军人，能够理解这些氨水母的牺牲。

八

在伊司-03靠近的第三天，越来越多的氨水母离开了氨-07，前往伊司-03，带着数不清的工厂、房屋甚至菌簇田，洪水般地冲了进去。

韩丹对尤里说："我们也许该说再见了，希望你到了伊司-03的新世界之后，仍然能跟我们保持联系，毕竟我们是朋友，对吧？"

科考飞船将尤里连同它的液氨罐子一同送入液氨海洋中。尤里启动罐子上的推进器，向那座通往伊司-03的巨型高山赶去。

在很长的一段时间里，韩丹一直盯着监视仪上的光点，观察尤里的去向。直到光点顺着水山爬升，消失在伊司-03的表面之后，她才长长地舒了一口气。

老人看着韩丹坐在控制台前，修长的手指熟练地在按钮上跳跃，与尤里取得联系。"尤里，你现在感觉怎样？"韩丹问它。

尤里似乎很兴奋，说："这是我见过的最漂亮的世界，海床那么辽阔，资源那么丰富，我们一定能在这儿繁衍生息，生长成一个强大的种族……"

韩丹跟尤里敷衍了几句，眼睛却始终盯着旁边那些闪烁的仪表。等到左侧控制台所有的指示灯都变成绿色之后，她站起身走到一旁，从一个文件夹中拿出一张薄薄的纸交给老人，说："接下来，该你们上场了。"

在星舰联盟，当最高科学院需要军方协助时，通常都会打一份申请给国防部，得到批准之后，就可以调动军队协助处理一些事情。这张薄薄的纸就是国防部的授权书，临时授权龙喉海洋的最高科学院生命研究所学者动用第九舰队的全部力量处理氨 -07 人造行星事件。

韩丹和老人已经不是第一次合作了，在此之前，他们也曾经联手解决过好几次类似的外星生物事件，但在联盟境内处理这种事，还是头一遭。他们一同走进飞船的登陆艇舱，一艘小型飞船载着他们，前往"炎帝号"巡天战列舰。

当三艘巨大而黝黑的椭圆体主力战舰像月球一样逐渐出现在氨 -07 的地平线上时，韩丹的嘴角慢慢露出笑容，一扫过去几天的局促不安。

韩丹很不喜欢与氨水母打交道，这几天她与尤里谈话时，声音都显得极为不安，尤里不懂得人类的感情，听不出有什么不对劲儿，但老人却是听得出来的。老人突然对驾驶员交代说："咱们不必到巡天战列舰上去了，改为前往'斯坎迪号'航天母舰，派人把我的军服拿来，不要常服，要作战服，顺便给韩丹教授带一套。"

"将军，您要亲自上前线？"驾驶员问老人，但并不显得太吃惊，这种事也不是第一次了。

老人说："只是去视察，不会有危险的。"

当老人踏上"斯坎迪号"航天母舰时，作战服也送到了。作战服与常服不同，两颗金色的将星镶嵌在袖口上。老人穿好作战服，踏上一架双座型舰载机，凝重的表情就好像他年轻时初次出征一样。韩丹进入舰载机后座，对老人说："你好像很重视这次行动。"

老人进入座舱，飞行员出身的他熟练地转动操纵杆，舰载机缓缓启动，几名身穿密闭式宇航服的地勤人员有条不紊地指示舰载机转弯进入升降机，机库的指示灯逐一亮起。

老人问韩丹："你知道咱们联盟军，跟地球时代几个军种中的哪个最相似吗？"

"海军。"韩丹说。

"是的，海军。"老人说，"不管是这个时代的盟军，还是地球时代的海军，都是在远离本土的广袤空间中，在人类没法直接生存的环境里作战，所以我很忌讳那些可以在我们无法生存的环境中生活的高等动物。一旦它们掌握了跟人类相差无几的科技，万一发生战争，我就失了地利，处于劣势。"

军人理所当然应该是鹰派，韩丹对老人的想法丝毫不觉得意外，她正要说些什么，老人突然说："坐好，要起飞了。"

升降机缓缓启动，速度越来越快，与其说它是供舰载机起降用的，不如说是镶嵌在巨大的电磁炮管里的活塞，可以将舰机飞快地弹射出去。瞬间之后，韩丹回头望去，只看见黑色的航天母舰像一个泪滴状的巨型马蜂窝，静静地离她远去。

航天母舰是联盟军中最特殊的飞船之一，就外形而言，它跟地球时代的航空母舰毫无相同之处，它唯一的用途就是装载体积比它小的各种作战飞船。在环境恶劣的宇宙中，小型飞船很难抵御宇宙中无处不在的高强度辐射、恒星表面的超高温、巨型天体的引力潮汐等极端环境，更没办法长途奔袭成千上万个天文单位对敌人发起攻击，只有巨型飞船才有足够的空间安装各种防御系统和庞大的动力装置，所以巨型飞船搭载小飞船进行远征就成了航行的方法，而这也正是航天母舰诞生的缘由。

韩丹说："我不知道我们的祖先是怀着怎样的心情，把这种巨舰命名为航天母舰的，明明只是一艘用途比较特殊的运输舰罢了。"

老人说："航母这名字代表着想成为宇宙海洋霸主的梦想，正因为有成为霸主的梦想，所以今天人类才无法容忍氨水母这个潜在的威胁。"

伊司-03是一颗非常巨大的人造行星，从远处看，它跟别的人造行星没什么两样，但等到舰载机一个俯冲，扎进它稀薄到几乎不存在的大气层时，才能看清它是一个由无数直径超过数十公里的巨柱扭曲拼接成的空心球体。那些巨柱就像蘑菇的根柄，每一根巨柱顶部都支撑着一个巨大的薄片形状平台，大量的液氨从平台倾泻下来，形成巨大的瀑布，飞流直下，朝着肉眼看不到尽头的深渊落去。

这颗人造行星是一个陷阱，巨柱顶部的那些薄片能模拟出各种特殊信号，把这里伪装成一颗适合生命生存的星球，内部的空腔则可以隐藏一两支航天母舰战斗群，猎杀被诱入其中的智慧生物。不过，它最重要的作用却不是猎杀别人，而是采集异星生物的各种数据，依靠它内部的巨型计算机强大的运算能力，构筑目标星球的生物圈模型。

韩丹的手腕上戴着一个小型仪器，密切关注着上面显示的数据，她说："已经有50%的氨水母进入伊司-03，剩下的估计也不会再进来了，它们想留一部分氨水母在氨-07，尤里发消息跟我说，它在伊司-03过得很愉快。"

老人看着顶部平台不停闪耀的电光，那是伊司-03巨大的扫描系统在扫描落入它的各种物质的结构。它收集的信息是如此之多，从工厂、居民区、菌簇田，到每一个活生生的氨水母，全都建立了数据影像储存在巨型计算机中。那些可怜的氨水母根本没发觉自己在进入伊司-03的那一刻就已经命丧黄泉，只有极少数的幸运儿逃过一劫，伊司-03在它们进入的一瞬间，就把它们所有的意识强制输入到巨型计算机中的模拟世界里去了，如今的它们只是活在一个计算机构筑出来的虚拟世界中。

韩丹说："氨水母是一种很有研究价值的生物，但现在我们已经收集到足够多的研究样本了，动手吧。"

老人下令说："我是第九舰队指挥官郑维韩，现在我下令，舰载机全部出动，用伽马射线消灭所有落在伊司-03行星上的侥幸没死的氨水母！"

韩丹补充说："记得打开生命探测器，一切有生命特征的东西都不放过，记住氨-07的教训，连细菌都不要放过。"

数不清的舰载机如同漫天的飞蝗，扑向伊司-03。伊司-03的引擎突然启动，快速远离氨-07，高大的山轰然倒塌，上百亿吨的液氨猛然砸回液氨海洋。哪怕是在太空中，韩丹也能清晰地看见飞速扩张的水墙席卷了整个伊司-03，它的地壳没法承受突如其来的冲击，噼里啪啦地断裂，火红的岩浆喷涌而出，浓烟滚滚的氨蒸气笼罩了整个世界，海底的氨水母城市只怕也难以幸存。

"氨-07 也按同样的方法处理吗？"老人问韩丹。

"不必那么麻烦，"韩丹说，"把氨-07 整个炸掉，连灰尘都别剩下。"

老人下了一道命令，韩丹只感觉到强烈的引力扰动让整艘舰载机都在发抖。她回过头，看见那艘雪茄形的"炎帝号"巡天战列舰正在逐渐转向，对准氨-07，巨舰头部的保护罩缓缓滑开，露出黑色的引力导轨，一颗非常细小的人造黑洞正逐渐在导轨的深处孕育成形……

尾　声

氨-07 的毁灭已经是一个星期之前的事了。这些天，韩丹闲着没事，待在家中整理院子里的花卉，却不期然看到老人来访。

"最近不用出征吗？"韩丹打开门，请老人入内，随口问道。

老人说："暂时还没接到命令，我也乐得清闲，四处找老朋友串串门。"

韩丹沏了一壶好茶，老人的目光落在一份报纸上。这些日子，氨-07 这点儿事在公众眼中也逐渐失去了关注度，被挤成小小的豆腐块缩在角落里，报纸的头版头条是一则最近闹得沸沸扬扬的八卦新闻。

氨-07 那件事对公众而言已经结束了，日子又恢复到了平时的平淡。但对某些人来说，事情还没了结。07 号核聚变工厂的负责人仍在受审中，不过科学院已经决定把氨水母的资料永远锁在资料室里，缺了最能让这些人定罪的关键材料，这场漫长的官司不知道什么时候才能打完。

"你们打算把氨水母的事情永远掩盖起来？"老人问韩丹。

韩丹抱着肩说："别提氨水母的事了，一想起那些水母一样的生物，我就觉得脊背发凉……"

人类从在地球上诞生的那天算起，用了两百万年才迈进工业时代，氨水母却在短短一千年走完了人类两百万年的路。韩丹很担心，如果放任这些氨水母发展下去，总有一天它们的科技会远远凌驾在人类之上，进而威胁到人类的霸主地位。

老人说："其实在这件事当中，氨水母是最无辜的，它们唯一的目的就是活下去，也从没做过什么坏事，结果却被彻底消灭了。"

韩丹说："人类有时候是很卑劣的，毕竟我们还没伟大到牺牲人类自己的利益来成全别的智慧生物的地步。"

陌路星辰

一

　　没有谁知道外星人的母舰是何时突然出现的，当人们第一次发现天狼星系多了一颗"行星"之后，恐慌就开始了。

　　外星人的母舰很大，体积跟地球人在天狼星系的第九地球殖民行星相仿，与其说它是飞船，不如说是用行星改建成的巨舰更合适。天狼星系的中心恒星是一颗比故乡太阳系的太阳更为明亮的恒星。

　　外星人的母舰到来之后，发射出大量的飞船，那些飞船展开巨大的太阳帆，冲向第九地球殖民行星。

　　太阳帆的速度上限，理论上可以逼近光速，尽管这些飞船的实际速度仍跟光速相差甚远，但留给地球人的反应时间非常少。有人主张建立谈判团与外星人谈判，了解他们的来意，说服他们离开这颗星球；有人主张强硬反击，击退这些不速之客；也有人不顾一切地开启超大功率的无线电信号塔，用明码向分布在不同殖民星上的地球人后裔发出求救信号，完全不理会泄露在外太空的信号可能会招来更多不怀好意的入侵者。

当那些自称"伊司瑟温种族"的外星人踏上第九地球殖民星球的土地时，星球上仍是乱作一团，谈判团队仍未组建好。至于军队，更是在无比漫长的和平年代中退化得不堪一击，哪里能指望他们保家卫国？面对强大的敌人，有人选择屈服，但也有人选择继续抵抗，大大小小的游击队不断出没在各座城市中。

时光飞逝，转眼间，伊司瑟温人的入侵已经是五年前的事情了。他们来自哪里，他们的目的是什么，甚至连最基本的情况——伊司瑟温人到底是一种怎样的生物，仍然是让人费解的谜团。

尽管 02 号殖民城是第九地球殖民星中最大的城市，但如果跟太阳系故乡中的特大城市群比起来，它充其量也只能算是一座小城市。02 号殖民城的第五大街上，警车呼啸，街边的行人只是麻木地看了一眼，又埋头做自己的事。这年头，不管是地下抵抗组织袭击伊司瑟温人，还是警察逮捕反抗者，都已经不是新闻了。不少反抗者在警察到来之前把衣服一换、枪一丢，混进平民中就很难找出来了，警察也是装模作样地搜一下，草草了事之后赶紧收工回家。

第五大街的星光大楼是整个 02 号殖民城最高的楼，站在大楼最高层的旋转餐厅俯瞰全城，总让人有一种君临天下的感觉。然而不管是多么宏伟的人造建筑，在宛如巨墙般徐徐推进的沙尘暴面前总是显得弱小、单薄得可怜，七千年前建造的发射火箭和飞船用的航天港建筑群早已被终年不息的风沙打磨成面目全非的小土丘，只要沙尘暴一起，整个城市顿时飞沙走石，白天变成黄昏，警方的飞行器和红外传感设备无法运作，反抗组织成员就可以从容逃走。

能踏进星光大楼的通常都是平民百姓眼中有钱有权的人，这往往意味着这些人跟伊司瑟温人有着某种不可告人的合作关系。当郑清音跟一个伊司瑟温人并肩走出星光大楼时，她明显感觉门边鞠躬相迎的服务生那鄙视的眼神，好像恨她跟入侵者合作。她没兴趣理会别人对她的误解，径直让服务生把她的车开来，上车回家。

城北区是 02 号殖民城的富人聚居区，不少伊司瑟温人的小头目也把家安置在这个区域，当郑清音的车开过为了防备反抗组织袭击而设立的哨所时，她看到了街上残留的血渍，显然这里刚刚发生过交火事件。

郑清音只是暂住在她的伊司瑟温朋友那奈纳家，那是富人区一个幽静的角落，要穿过一条偏僻的小路，然而这种偏僻的道路往往是反抗组织成员藏身的好地方。

当郑清音看见一个满身是血的反抗者站在路中间用枪指着她的时候，她犹豫着要不要开车硬轧过去。她知道自己一旦停车，对方就有可能砸穿车窗玻璃，抢走她的车，甚至有可能威胁她的生命。于是，郑清音很快做出一个冷血的决定：硬轧过去！

车轮飞速逼近，在离反抗者不足五米时，郑清音突然急刹车，车轮发出刺耳的摩擦声，差点儿侧翻过去，就连坐在后座的那奈纳问她是怎么回事时，她都来不及答复，只是死死地盯着那名年轻的反抗者。

那是一张稚气未脱的脸，眼里满是恐惧，双腿抖得跟在筛糠似的，裤裆老早就湿透了。当郑清音的车停稳时，那个半大的孩子一下子瘫倒在地上，失去了意识。

二

那奈纳的庄园里，当郑清音给那个孩子包扎伤口时，两位警察就登门造访了。那个孩子已经醒了，死死抱住怀里沉重的突击步枪，愤恨地盯着那奈纳和那一老一少两位警察。那奈纳站在警察和郑清音中间，不许他们靠近。

年纪较大的那位警察向那奈纳敬了一个礼，说："那奈纳先生，我们掌握了确凿的证据，这个叫作艾伦的孤儿参与了一起袭击伊司瑟温人的非法行动，我们要逮捕他。"伊司瑟温人是不存在性别的生物，但大家还是习惯用男性称谓来称呼他们。

"滚。"那奈纳沉闷的声音像闷雷一样传入警察的耳膜。

警察们看不出那奈纳的脸色是否不悦，因为伊司瑟温人根本就没有可以被称为"脸"的部位。年轻的警察坚持要逮捕艾伦，他大踏步走过去，年长的警察赶紧拉住他，一面低头向那奈纳道歉，一面往大门的方向不断后退，落荒而逃。

年长的警察把年轻警察塞进警车，砰地关上门，驾车离开。一路上年长的警察猛踩油门，活像警车后头有个死神在追赶。

年轻警察大声质问为什么不许他逮捕艾伦，年长的警察摘下智能眼镜丢给他，说："赵寒星，伊司瑟温人杀个人就像踩死只蚂蚁一样，要是我们跑慢了，只怕会搭上性命！"

被称为赵寒星的年轻警察拿起智能眼镜，调出刚才偷拍的画面：那奈纳的庄园客厅里，奇怪的银灰色液体慢慢在天花板上洇开，一颗颗银色的黏稠水珠欲落未落地挂在天花板上，并在重力作用下慢慢拉长，变成拥有复杂结构的尖锐长矛状物体……

赵寒星看得倒吸一口凉气，如果晚走一步，这东西就会像乱箭一样把他们射成刺猬。

02 号殖民城的城北区警察局位于更靠北的"死城区"，那是五年前伊司瑟温人入侵时的巷战战场。夜色下，空荡荡的街道死一般沉寂，冷风飕飕地穿过大街小巷，好像冤魂的哀号，街头巷尾的战争受害者像被魔法变成了石像，姿势和表情仍然维持着战争爆发时的恐慌状态，压抑恐怖的气氛让流浪汉都不愿意在这一带滞留。

作为五年前参加过这场战役的二等兵，死城区有赵寒星的战友和家人，他只要闭上眼睛，就能看到五年前的那一幕。

那个时候，伊司瑟温人动用了人类难以理解的高科技，把整个城区用无形的巨墙从这个世界切割出来，当时街区内的气温瞬间下降到零下两百多摄氏度，就连氧气也被冻成深蓝色的液体，洪水般在全城肆虐，全城居民瞬间变成冰雕。没等液氧洪水退去，几枚炸弹凌空爆炸，灰黑色的特殊尘埃覆盖全城，黏附在一切建筑物和人体身上。

战争过后，人类的科学家对这片死城区做了大量的研究，只得出一个结论：被冻结的人仍然活着，那些奇怪的灰黑色粉末有极强的隔温效果，让禁锢其中的人仍然维持在零下两百多度的低温里，只要能去掉这些粉末，被冻住的人仍然是可以救活的，但这些粉末早已结成一层坚硬的外壳，不管用什么方法都无法切割开。当得知这是用质子的一维展开弦纠结成片形成的薄膜时，科学家们绝望了，以人类目前掌握的科技，根本无法解救这些人。

回到警察局，赵寒星坐在窗边，看着外面昏暗的路灯下那位被冻结的抱着婴儿的年轻母亲。战争爆发时，这位年轻的母亲正惊慌失措地往警察局的方向跑，结果这个姿势就这样定格了足足五年……赵寒星永远忘不了部队长官命令大家放弃抵抗时那句绝望的话："伊司瑟温人说了，如果我们不放下武器，他们就要杀害那些被禁锢的同胞！"

"安德鲁，你注意到刚才跟伊司瑟温人站在一起的那个女人了吗？她是什么来头？"赵寒星问年长的警察。

安德鲁打开电脑，查询居民档案，说："那个女人叫郑清音，是一个将军的孙女。"

赵寒星问："哪个将军？"

"不知道，资料库里没说。"

将军孙女的身份并不值得炫耀，这几年，不少人一直认为军队没有尽到抵抗外星侵略者的责任，于是，跟军队将领沾亲带故的人现在像瘟疫一样成了人人厌恶的对象。

安德鲁交给赵寒星一张字条，说："我查到了她的电话号码，你想找她谈谈那孩子的事儿？"

赵寒星点点头，"把他送到监狱里，关个几年也就出来了，再说牢里都是咱们地球人，也有别的反抗分子，多少有个照应，不至于为难一个孩子。如果他一直在伊司瑟温人手里，最后是什么结局就难说了……"

三

次日，郑清音一大早就接到了赵寒星的电话。

赵寒星说想跟她当面谈一谈，郑清音爽快地答应了。

艾伦是在阁楼里看着郑清音驾车离开的。那奈纳庄园的阁楼采光充足，嫩绿色的植物缠绕在月白色的大理石柱上。舒适的布艺沙发，清凉的空调，无限量供应的饮料……那奈纳为艾伦提供的舒适环境是普通人做梦都不敢想象的，但在郑清音离开之后，这孩子还是翻窗逃跑了。

地球人是这宇宙中最难驯养的生物之一，他们非常娇贵，不论你为他们营造多么舒适的环境，他们都很难圈养。他们可能会死于各种疾病，有些疾病的病因非常费解，比如抑郁症等。但奇怪的是，他们同时又是很顽强的生物，有时候甚至可以在荒凉到几近一无所有的星球上生存。

空荡荡的阁楼里，那奈纳读着《碳基生命驯养指南》中有关如何驯养地球人的段落。这是银河系中一个侵略成性的外星文明的著作，但这个文明早已被伊司瑟温人毁灭了，只剩下一些科技著作残留在伊司瑟温人手中。

死城区，艾伦像老鼠一样蜷缩在下水道里，身边是数不清的被"冻结"的地球人，他们是在五年前的战争中，为躲避伊司瑟温人的袭击而钻进下水道的，凝固的肢体动作和脸部表情定格在灭顶之灾降临时的恐慌中。这条下水道是反抗组织的据点，这里曾经有艾伦亲如手足的同龄伙伴，也有退伍老兵，艾伦和他们曾经一起擦拭枪支，趁着夜深人静窜到别的街区翻捡餐厅背后小巷的垃圾桶，带回别人丢弃的食物跟大家一起分享……但现在，冷冷清清的下水道里只剩下他一人。

艾伦蜷缩在角落里，呼吸着腐臭的空气。他盖上战友遗留的风衣，只觉得眼皮沉重，全身乏力，迷迷糊糊间好像又听到了战友们的声音。

"小鬼，你说要加入反抗组织？把枪拿好，如果你扛不动，就别跟我们走。"四年前，艾伦第一次出现在这下水道时，一个胡子拉碴的大叔这样对他说。

"这次袭击你远远地看着就行了，我希望能有个人给我们收尸。"第一次参加袭击时，一个爱笑的大哥哥对艾伦说。

"我不是伊司瑟温人伪装的！你看我的血液是红色的！"那一年的城市贫民区中，一个反抗组织成员割破手指，用鲜红的血液证明自己的地球人身份，但远远跟在他身后的几只流浪猫狗却突然幻化成一盘散沙，迅速重组成面目狰狞的伊司瑟温人，他们两米多长的獠爪闪着寒光，在艾伦面前蹿起串串血花……艾伦躲在角落里瑟瑟发抖，这是他第一次知道伊司瑟温人没有固定的外形，他们强大的拟态能力可以随时变换成新的模样。

"为什么我们明明打不赢，还硬要坚持反抗？"去年，艾伦哭着问反抗组织中的长辈。

"孩子，我们还有援军。"一名中年人坚定地说，"在地球联邦的鼎盛时代，我们地球人建立起了一个拥有十几个行星系、几十颗宜居行星的庞大文明，尽管地球联邦已经在七千年前解体，但我们还有很多地球同胞分布在不同的星球上，他们迟早会收到我们的求救信号。如果我们不反抗，别人就会认为我们已经彻底投降，不会再派援军救援我们。我们只要坚持反抗，援军总有一天会到来！"

援军一定会到来——这个信念支撑着反抗组织成员们，如果不是还有这点盼头，星球上大多数反抗组织只怕早就解体了。

跟踪艾伦是件很轻松的事。那奈纳的身体像细细的沙子穿过下水道的井盖。如果有人把这些"细沙"放到显微镜下观察，会发现那是数以亿计的体积跟动物细胞差不多大、浑身长满鞭毛的小东西。这些小东西体内有跟变色龙色素细胞类似的结构，可以随意改变自己身体的颜色。它们之间通过长长的鞭毛连接，当这些小东西以最紧密的状态连接起来时，硬度比人类的骨骼还高；当它们以最松散的状态连接时，又比人体的软组织还要松软。凭着这种特殊的能力，伊司瑟温人获得了很强的拟态能力，可以轻松伪装成任何物体，甚至是地球人的外形。

艾伦病了，那奈纳感觉到他的红外特征信号比正常人偏高，一定是伤口感染导致的高烧。

在艾伦窝身的角落里，那奈纳发现墙上贴着一张发黄的表格，上面印着地球联邦解体之前各个殖民星与第九地球殖民行星的距离，有南门二殖民星、巴纳德殖民星、太阳系故乡……每颗行星旁边都标有五年前求救信号到达殖民星的预计时间，它显然是反抗者们的救命稻草。

表格上面有一个熟悉的名字——星舰联盟，在求救信号到达时间的那一栏上，星舰联盟对应的数字是空白的。

地球人为什么会知道星舰联盟？一个大问号出现在那奈纳心头。

四

　　郑清音把见面地点选在了每一个有血性的地球人都不愿意靠近的地方——锚点城，这是伊司瑟温人的城市，距离 02 号殖民城不远。伊司瑟温人行星般大小的母舰正停泊在第九地球殖民星球的同步轨道上，直径达一公里的牵引索从母舰上伸了下来，连接到锚点城的地面上。没人知道这跨星球的牵引索是用什么材料做成的，伊司瑟温人自然不会把这种超级科技透露给地球人。

　　伊司瑟温人的母舰尽管体积很大，质量却很小，是由非常复杂的中空网状结构和稀薄的大气层组成，对第九地球殖民星球造成的引力干扰几乎可以忽略不计。伊司瑟温人就靠着这根巨大的牵引索，往来于第九地球殖民星球和母舰。

　　其实伊司瑟温人本也没想过要在牵引索和大地交会的地方建造城市，但这五年来，不少地球人为了生计向伊司瑟温人兜售各种产品，于是，牵引索跟大地相会的地方慢慢就形成了集市，最后变成了现在的锚点城。

　　当赵寒星的车靠近锚点城时，两个面目狰狞的伊司瑟温人走过来检查他的证件，询问他的来意。

　　"我来找那个整天跟那奈纳在一起的郑清音。"赵寒星并不紧张，他知道伊司瑟温人如果以面目狰狞的外貌示人，那就意味着他们只是想唬人，而不是想杀人。水银泻地般无孔不入、吞噬一切、分解一切、不怕任何枪炮子弹的无定型状态，才是伊司瑟温人的标准战斗形态。

伊司瑟温人给赵寒星开了一张特别通行证，赵寒星开车进入伊司瑟温人的领地。头顶上的太阳光芒慢慢变得暗淡，在锚点城上空，巨大的牵引索像北欧神话里顶天立地的世界之树，向周围伸展出密密麻麻的枝丫，伊司瑟温人就喜欢在这种阳光充足的枝丫上安家，无数枝丫把强烈的阳光切割得一片凌乱，层层枝丫顺着牵引索一直延伸到大气层外。由于光照不足，这个区域的水分蒸发也比其他地方缓慢得多，街道也好，街边的商人房屋也罢，都顺着墙角长出了青苔和低矮的喜阴植物，甚至就连牵引索上的枝丫上也长出了藤蔓，一些看起来不像地球植物的藤蔓甚至从数百米高的枝丫上垂到地面，钻进土里，变成巨大的寄生根，在这个干燥少雨的第九地球殖民星上形成了罕见的热带雨林景观。

赵寒星知道伊司瑟温人是依靠阳光和无机物生存的生物，不需要呼吸空气，照理来说，大气层外光线充足的宇宙空间才是他们的乐园。地球人至今不知道他们入侵的目的是什么，这非常让人不安。

赵寒星把车停到一个停车场，抬头看着那宛如巨墙般的牵引索。它庞大得让人望而生畏，大大小小的电梯在牵引索的外壁升升降降。

郑清音把见面地点定在距离地面七百公里的大气层顶端的空中会所，那是专供跟伊司瑟温人关系密切的地球人休闲娱乐的地方。赵寒星乘着电梯直上，一马平川的黄色大地慢慢变成弯曲的弧形，一座座被伊司瑟温人摧毁的工业重镇像疮疤一样倒卧在大地上，那里有地球人的火箭发射基地、飞机制造厂、卫星研发中心……伊司瑟温人的目标很明确：摧毁地球人的技术，禁止地球人拥有航空航天技术，任何可以飞离地面的东西都在禁止之列。

这种切断人类高科技的行为非常招地球人的痛恨。要知道，第九地球殖民星球是一颗非常贫瘠的行星，在人类到达之前，这儿的自然环境就像多细胞生物诞生之前的地球那般原始，人们来到这颗星球的时间也很短，还没来得及建造起先进的工业体系。地球联邦解体后，第九地球殖民星因此而被中断了所有高科技产品的供应，可以说是一夜之间被打回原始社会。当人们试图重走祖先从农耕文明直至太空文明的漫漫长路时，却发现这颗星球不仅没有煤和石油这类化石能源，甚至想找一段可供钻木取火的木材都极为困难。

能源奇缺导致第九地球殖民星耗费了七千多年时间才走完地球时代七百年的科技发展之路，好不容易迈进了核聚变时代。人们还来不及庆祝取之不尽的氘燃料让殖民星告别资源短缺的历史，伊司瑟温人就突然闯进来，摧毁了过去七千年来人类辛苦筑起的工业大厦。

空中会所是一座被牵引索贯穿的透明球形建筑，赵寒星在那些衣冠楚楚的VIP会员诧异的眼光注视下，大步走进会所。那些人不喜欢像赵寒星这样粗俗不堪、一身廉价衣服的草根民众，赵寒星也同样讨厌这些人模狗样的所谓"新贵"。当地球人服务生推开门，带他走进郑清音的独立小包厢时，他觉得郑清音跟那些面目可憎的新贵没什么两样。

事实上，郑清音长得相当漂亮，身材高挑，无可挑剔，那双动人的大眼睛比赵寒星见过的任何女生都要美丽。在她的脚下，是数十万米高空下的芸芸众生；在她身后，是飘浮在蔚蓝大气层顶端的伊司瑟温人飞船；在她的头顶，是幽暗得宛如深渊倒悬的太空。她确实美丽非凡，但是只要想到这女人跟伊司瑟温人有说不清、道不明的关系，赵寒星就打心底里讨厌她。

郑清音开口道："我见过很多自称要找伊司瑟温人麻烦或是想约我单独聊聊的人，但只要听到我把见面地点选在这里，他们马上就退缩了。你是为数不多的敢来这里找我的人。那个叫作艾伦的孩子对你来说到底有多重要？"

赵寒星开门见山地说："我想把艾伦送进监狱。"

"在你看来，把他送进监狱，比留在伊司瑟温人身边强？"郑清音问。

"我不想让他变成伊司瑟温人的走狗，也不想看见他因继续反抗伊司瑟温人导致最后性命不保，我只想让他学会怎样夹着尾巴当一个普通人。"

"你这算是死心了吗？我听说你以前也是反抗组织成员。"

赵寒星的身份并不是秘密，像他这样参加过反抗组织的人满街都是，如果不是反抗活动越来越看不到希望，也许现在的他还抱着枪，趴在战壕里抵抗伊司瑟温人的入侵。

赵寒星说："我已经放弃抵抗了，与其反抗，不如想办法让大家活下去……"

赵寒星的这种心态郑清音并不陌生，在那些跟伊司瑟温人合作的地球人当中，不乏五年前在反抗战争中被人们视为英雄的人。

赵寒星说："我仔细想过了，伊司瑟温人的生命形态跟我们完全不同，他们需要阳光和无机物，我们需要空气和水，我们赖以生存的一切对他们来说并无价值。如果把宇宙比作一片森林，那我们之间就像松鼠和蚯蚓，完全可以井水不犯河水。"

郑清音说："你只说对了一半。如果你们对伊司瑟温人毫无用处，而且他们不必付出什么代价就可以干掉你们，那他们留着地球人做什么？谁知道你们会不会哪一天突然强大起来反咬他们一口？"

赵寒星顿时语塞。

郑清音问："你知道伊司瑟温人的历史吗？"

五

赵寒星跟这星球上绝大多数的地球人一样，完全不了解伊司瑟温人的历史。

郑清音说："伊司瑟温人是诞生在超新星爆炸后残留的尘埃云中的生物。我们都知道，超新星的辐射非常强，在某些合适的条件下，电离状态的尘埃云可以像液态水一样成为能发生各种复杂化学反应的环境，只是这种环境的温度远高于原始地球的海洋，发生的化学反应也迥异于地球环境……经过上亿年的演变之后，终于诞生了结构跟地球生命完全不同的生命形态。"

说话间，郑清音拿出手机拨拉了几下，一幅 3D 投影画面出现在赵寒星面前。那是一个非常奇特的单螺旋扭曲结构，它的骨架是长串的硅原子，两侧的枝丫挂着致密的硫、铁，甚至金、铜等重元素。郑清音解释说："这就是伊司瑟温人的生命基石——硅链。它跟以碳链为基础的地球生命原理是类似的，但硅－硅链的键能远高于碳－碳链，需要非常强的能量才能自由切断和拼接，强辐射的超新星环境恰巧就提供了这样的高能量环境，最终进化出了以硅链为基础、类似细胞的生命结构。"

赵寒星问："硅细胞？"以前，这只是科学家推测中的太空生命形态之一，这个星球的人第一次见到的硅基生命体，就是伊司瑟温人。

郑清音点点头，"没错，是硅细胞，但比你想象中的更复杂。硅细胞将其硅基神经元、光合作用等一大堆功能统统集成到了一个细胞中。伊司瑟温人是我见过的唯一一种没有器官分化的智慧生物，他们就是由一大堆完全相同的细胞松散地堆砌起来的。在他们那种恶劣的生存环境中，高度分化的器官反而是种负担。这种没有器官分化的生物，即使身体被强辐射或陨石雨击得粉碎，只要有少量细胞存活，就能很快地通过细胞分裂重建身体。每当灾难过去，他们又纷纷从藏身之地钻出来，尽量舒展身体，让自己变成薄薄的膜状，像植物吸收阳光一样吸收辐射能量来维持生命……"

郑清音告诉赵寒星，伊司瑟温人可以在尘埃云里自由翱翔，当他们需要靠近中子星吸收更多辐射时，他们会将身体蜷缩成表面积最小的球状，依靠中子星的引力接近恒星；当他们要到远离中子星的尘埃云中吞食组成身体所必需的硅、碳、铁等元素时，就把身体扩张成只有一层细胞组成的薄膜状态，借着中子星强辐射的"恒星风"，像太阳帆一样飞往尘埃云。

就跟人类凭着发达的大脑和灵活的双手成为地球生物圈的王者一样，伊司瑟温人也是凭着发达的"大脑"和硅基生物圈中灵活自由的变形能力，成为故乡恒星硅基生物圈中顶级的智慧生物。然而他们也像地球人被地球的重力束缚，在进入太空时代之前无法离开地球一样，一旦他们进入恒星引力鞭长莫及的外太空，就再也无法返回恒星引力范围内拥有充足辐射的世界，只能在冰冷的外太空中逐渐耗尽体内储存的能量，最终变成冰冷的尸体。

郑清音接着说："从理论上来说，伊司瑟温人的每一个体细胞都可以充当神经元使用，当他们的身体体积不断成长时，其整个身体都是他们随之扩大的'大脑'，但实际上，随着身体体积的扩大，神经元之间的神经冲动传输距离也会变远，思考速度也就迅速变慢，超过一定的限度之后，甚至会成为一种负担，导致智商急剧下降，所以伊司瑟温人的智商不会随着体积的增加而无限增加。伊司瑟温人能拥有星际旅行的技术，很大程度上跟他们先天特殊的生命形态有关，而不是因为像人类那样依靠智慧研究出了先进的星际航行技术。"

赵寒星整理了一下思绪，试探着问："你是说，伊司瑟温人的智商不如人类？"

郑清音说："我从来没见过任何一个伊司瑟温人能掌握比微积分更复杂的科技知识。"

这是一条重要的线索！赵寒星知道人类最大的本钱就是智慧，如果伊司瑟温人的智商不及地球人，那就意味着人类总能想出办法击败他们！

郑清音看穿了他的想法，一盆冷水朝他脑袋上浇来，"你觉得凭伊司瑟温人的智商，能制造出跟星球一样庞大的母舰，横跨数万光年入侵人类的星球吗？"

赵寒星摇头说："连微积分都学不会的生物，绝不可能造出星际飞船。"

郑清音沉吟片刻，说："两千多年前，伊司瑟温人被另一个文明征服了，为了生存，伊司瑟温人很聪明地选择了臣服，极为殷勤地为主人鞍前马后，替主人征服了不少外星文明。就算人类能击败伊司瑟温人，那又怎样？他们的主人已经快航行到这里了！"

这是赵寒星听到过的最坏的消息，伊司瑟温人已经够难对付了，他们的主人还真不知道是多强大的怪物！

六

在赵寒星结束跟郑清音的谈话之后，不到三天时间，天狼星外围出现大量不明身份外星飞船的消息就在整个第九地球殖民星上炸开了！但人类的想法有时候总是让人费解，面对突如其来的神秘飞船群，人们更倾向于认为那是期盼已久的援军。哪怕来者不是援军，在了解真实身份之前，人们也会通过虚构的想象给自己的内心寻找一根救命稻草。一些人按捺不住心头的喜悦，在伊司瑟温人的眼皮底下散发援军即将到来的传单，这在心灰意冷的人类世界中又重新燃起了一把希望之火。

郑清音最终还是允许了赵寒星去探望艾伦，毕竟艾伦已经是十五岁的大孩子，拦是拦不住的。赵寒星摁响那奈纳家的门铃，没过多久，艾伦走出来开了门。

自从退烧之后，艾伦就没再从那奈纳家逃走，他似乎已经放弃反抗了，但赵寒星知道，其实他骨子里还是那个初生牛犊不怕虎的少年。

"这东西，是你散发出去的吧？"走进书房之后，赵寒星把一块记忆芯片放在桌面上问道。芯片里是最近流传在网上的伊司瑟温人资料，其中甚至包括他们背后主人的部分资料，艾伦跟郑清音住在一起，总比别人更容易弄到伊司瑟温人的资料。

"你是来逮捕我，还是想从我这里得到些别的什么东西？"像艾伦这种被反抗组织养大的孤儿，总是比同龄的孩子要早熟，当同龄的孩子还在父母怀里撒娇时，他们就已经扛着与自己身高一样长的步枪跟敌人玩命了。

赵寒星看着墙壁上挂的地球联邦全域图，说："我希望你以后别这么做了，万一被那奈纳发现，会有生命危险的。"

"你以为我为什么会是孤儿？"艾伦问赵寒星。

赵寒星试探着答道："你的父母……"

"他们沉睡在死城区！"艾伦恨恨地说。

返回警察局的路上，赵寒星看着死城区中被"冻结"在逃难瞬间的人类同胞，深知像艾伦这样的孩子是劝不住的。艾伦就像受伤的孤狼，拼命袭击见到的一切目标，直到自己失去生命。

"伊司瑟温人对地球人存在某种奇怪的敬畏感，他们明明可以轻松消灭人类，却一直都很克制地使用非致命武器。直到我高烧的那一天，那奈纳到下水道去找我，不小心看到星舰联盟的名称时，我才发现他看得懂地球人的文字。在那之后，每当我提起星舰联盟，他总是有意回避，估计他们曾经和星舰联盟交过手，而且还输得挺难看。"一路上，赵寒星都在回味艾伦说过的话。

地球人都知道，地球联邦的殖民拓张史就是一部贫民的血泪史，人类历史上的每一次大规模移民，大多是因为在战争、饥荒或人口膨胀导致资源不足之后，不得不离开故乡。即使步入太空时代，人类也没能逃过这宿命般的轮回。

如果能在故乡过着舒适的生活，谁愿意挤在沙丁鱼罐头般的低温休眠舱里耗费短则数年、长则数百年，前往荒凉的殖民星讨生活？从太阳系到南门二，再到巴纳德星，再到天狼星，每一波太空移民的主力都是贫民、失业者甚至流放犯。然而并不是每颗恒星附近都有适合人类生存的行星，在连续好几拨的太空殖民之后，太阳系周围已经找不到适合人类生存的家园了，一些难民和流放犯被无情地驱赶出地球联邦的范围，由他们自己去寻找适合生存的殖民星，没有人管他们的死活。

星舰联盟就是一支始终没找到合适殖民星的流放者后裔队伍，但他们却独辟蹊径，建立起庞大的星际流浪舰队，逐渐成长为地球人后裔中最不容忽视的分支。

在第九地球殖民星，星舰联盟是"指望不上的希望"的代名词。他们去了离太阳系非常遥远的深空，行踪飘忽不定，想寻找他们的下落可是千难万难。七千年前，地球联邦在灭亡前夕，曾经向星舰联盟发出过求救信号，最后等星舰联盟的援军到达地球时，地球联邦已经灭亡一千多年了……

神秘的外星舰队越来越近，时间一天天过去，那些七千年来人们熟悉的星星变得越来越暗淡，夜空却变得越来越亮。第九地球殖民星的一些科学家意识到，这是一个看不见的戴森球体在慢慢吞噬着整个天狼星和它周围的行星，它阻止了外部星空的光芒，把天狼星散发出的阳光折射回来，直至最终隔断天狼星和外部宇宙的全部联系。

但比夜空更明亮的，是那个神秘舰队多如繁星的飞船群。这是一个科技等级远远凌驾在伊司瑟温人之上的超级文明，不过这个超级文明看起来相当谨慎，他们利用戴森球体的阻隔，在尽可能提高能源利用率的同时，又不让自己的辐射信号传播到外太空去。如此行事，这个超级文明就像一群潜伏在宇宙背景辐射中的鬼魅，强大而神秘，一直不让人发现它的存在，所以直至它进入天狼星的引力范围时，第九地球殖民星的科学家才发现它的踪迹。

每到夜晚，人们只要一抬头，就可以看见夜空中那群星闪耀般的航天军舰群。舰队群近距离地掠过天狼星外围的气体巨行星时，巨大的引力干扰使巨行星表面的气体涌起惊天骇浪，一些气体甚至被拖离行星表面，形成长长的旋臂扩散在太空……

当光学望远镜可以看清那些巨舰舰体上的徽章时，"星舰联盟归来"的消息像炸雷一样在第九地球殖民星传开了！

作为警察，赵寒星自然是第一时间得到了天文爱好者们拍摄的图片。那是体积跟殖民星球相仿的巨舰，巨舰上镶嵌着直径超过一千公里的星舰联盟军徽！

这些照片都是赵寒星从天文爱好者手中收缴的，第九地球殖民星的所有警察都已经收到来自伊司瑟温人的命令，要销毁一切跟飞船有关的天文照片，任何私藏照片者都要被丢进监狱。

赵寒星收到了昔年战友邀请他加入反抗组织的邀请函，战友们现在斗志重燃，想跟援军里应外合，彻底终结伊司瑟温人的统治。

赵寒星打开警察局的枪柜，看着长长短短的枪支，拿不准主意要不要重返反抗组织。他犹豫了很久，最后从口袋里掏出一枚硬币抛向空中，把这个艰难的抉择抛给上天去决定。但上天半点儿要帮他的意思都没有，硬币在空中转了几圈，垂直落进了枪柜的缝隙中。

七

　　这世上没有什么事情比援军到了却按兵不动更伤人的事了。大量的反抗组织由于星舰联盟的到来而活跃起来，向伊司瑟温人发起一次次猛烈的袭击，但星舰联盟却没有像大家想象中的那样伸出援手。他们巨大的战舰在第九地球殖民星上缓缓掠过，那些飞船谨慎地跟殖民星球保持距离，不让自己的引力场在第九地球殖民星掀起太大的潮汐，他们根本不理会人们的求援，沉默到令人心寒。

　　"再见了，我想和爸爸妈妈在一起。"

　　——这是艾伦发给赵寒星的最后一条短信。

　　半个月之后，赵寒星奉命包围一个反抗组织据点，在一座废旧的仓库里发现了艾伦。

　　警察赶到时，伊司瑟温人刚刚亲自出手端了这据点，现场的数百名反抗组织成员跟赵寒星在死城区见到的受害者一样，变成了冰冷的"石雕"，艾伦自然也无法幸免。

　　伊司瑟温人插手的事，警方是不敢管的，匆匆走个过场就离开了。赵寒星找个借口留了下来。大热天的，仓库里的气氛竟然让他觉得阴冷萧瑟，像极了几年前他去殡仪馆送别一名殉职警察时的气氛。他看着反抗组织成员凝固在脸上的坚毅表情，眼眶湿湿的，手里紧紧攥着那枚没有勇气再抛第二次的硬币。

　　"赵寒星？"一个声音从前方传来，他才意识到自己面前有一个伊司瑟温人像变色龙一样贴在仓库的角落里。

"你是……"地球人很难分辨伊司瑟温人的身份，毕竟这些外星人没有固定的外形。

那个伊司瑟温人说："我是那奈纳，艾伦怎么说都跟我有点儿关系，我必须亲手解决他，好对同胞有个交代。你脸色很差，没事吧？"地球人不了解伊司瑟温人，伊司瑟温人却很了解地球人，就好像他们跟地球人一同生活了几千年一样。

仓库里被"冻结"的同胞们形态各异，他们有些人负伤了，想抢在伊司瑟温人逼近之前开枪自尽，但敌人没给他们自尽的机会，他们的动作凝固在举枪对着太阳穴，来不及扣下扳机的那一刻。赵寒星捡起一枚肩扛式温压火箭弹，这是人类手上唯一能对伊司瑟温人造成伤害的武器，但它有个缺点：不能在狭窄空间中使用，一旦在仓库发射，光是腾起的尾焰就可以把仓库连同发射者烧成灰烬。

赵寒星用火箭弹瞄准那奈纳，对方问他："你不怕死？"

赵寒星表情木然，缓缓地说："以前我很怕死，现在看来有些事比死还可怕，所以死就没什么可怕的了。我真后悔前些日子没答应战友的要求加入反抗组织，我们的援军星舰联盟已经快到这里了，就算我死了，也不愁没人替我复仇……"

那奈纳不作声了，好像在认真消化赵寒星的话。半晌之后，他才说："我们伊司瑟温人是星舰联盟征服的第七种智慧生物，编号'Eoh-seven'，我们的主人星舰联盟不可能替你们复仇。"

他们的主人就是星舰联盟！赵寒星只觉得整个世界都绝望了。

那奈纳停顿了一下，说："我们伊司瑟温人从来不关心主人要去哪儿，我们只知道为主人效劳用来换取自己生存的机会。主人这次的旅程不巧路过故乡，主人说要顺道回来看看地球联邦昔日的殖民星。但这是比较危险的事，所以我们主动请缨，摧毁主人要经过的一切星球的航天能力，避免任何可能伤及主人的事情发生。"

"我们怎么可能攻击星舰联盟？怎么说他们也是我们的同胞！"赵寒星大声叫起来。

那奈纳说："在我所知道的地球联邦历史上，最不值钱的就是'同胞'。别以为我没见过第九地球殖民星球防御计划，我们没来之前，你们的计划一直主要是针对'同胞'的。跟虚无缥缈的外星人比起来，你们更提防对生存环境的要求与你们相同的地球人同胞的入侵，其中排名第一的就是星舰联盟！你们担心他们没有适合定居的殖民星，怕他们会贪图类地行星，占领这里。"

这种敝帚自珍的心态让那奈纳觉得极为可笑，今天的星舰联盟早已是任何行星系都无法容纳的庞然大物，一颗普通的类地行星在他们眼中没有任何值得征服的价值。

赵寒星终于明白，伊司瑟温人觉得只有摧毁第九地球殖民星的航天能力才能保障星舰联盟的绝对安全。按照防御计划，他们原本是要使用带核弹头的导弹攻击所有进入领空范围的飞船。跟捉摸不透的外星人相比，深谙人类文明底细的地球同胞才是比外星人更现实的防御目标，但令人啼笑皆非的是，等到外星人入侵了，人们却又希望同胞们赶紧伸出援手。

"那奈纳，别跟他说那么多废话，我们该走了。"郑清音的声音从仓库正门传来，她身后是几名武装到牙齿的特警。

每次见到郑清音，赵寒星都觉得她的身材相貌跟普通人有些不一样，但又说不出是什么地方不一样，现在有人站在她旁边，相比之下，他终于发现了那些细微的差别：她的身材相当高挑，四肢比普通人更修长，五官远比一般人精致，头颅体积比普通人偏大一些，只怕颅壳里的大脑也比别人大，她的身高比身边的特警还高小半截，看起来并不觉得比例不协调，她的双眸比普通女生更大、更有神，赵寒星以前一直以为她是化了淡妆，涂了眼影，现在仔细看才发现她不施脂粉，天生就长这样子。

　　赵寒星好歹是读过书的，倒也知道生物进化的道理，任何动物群落被分割在两个不同的生存空间内，就会在生存的压力下，为了适应各自的环境而走向不同的进化方向。七千年的时间在生物进化史上只是短短的一瞬间，短到不足以让旧有的物种进化成新的物种，但要进化成差异较小的"亚种"，却是完全可能的。赵寒星看着郑清音，脑子里浮现出一个怪异的名词：地球人星舰联盟亚种。

　　郑清音要走了，赵寒星问了她最后一个问题："你恨地球联邦吗？"

　　郑清音没有直接回答，却讲了一个小故事："数百万年前，气候变化导致非洲森林的面积不断缩小，森林里的猿猴发生了一场争夺生存空间的残酷战争。战败的猿猴被赶出森林，在不适合它们生存的荒野中流浪，只能捡食野果和野兽吃剩的腐肉充饥。它们做梦都想找到一片可以栖身的森林。但不管迁徙了多远，可供栖身的森林始终找不到，它们灵活的手指原本是为了攀爬树木而进化出来的，却不得不笨拙地拿起石头、木棍跟比自己强得多的猛兽搏斗。很多猿猴被野兽吃掉，或者在旷野中冻死、饿死……但数百万年过去，它们当中的幸存者进化成了人类，而那些胜利者却仍然是森林里的猿猴。你觉得人类会记恨这些猿猴吗？"

咣当一声，赵寒星手里的火箭弹落在地上，他失魂落魄地用微不可闻的声音抗议说："我……我们不是猴子……"

郑清音带着那奈纳离开之后，她身后那两名特警才敢上来逮人，罪名是赵寒星有跟反抗组织勾结的嫌疑，罪证是艾伦给他发送的伊司瑟温人秘密资料。

八

伊司瑟温人的确不够聪明，摧毁第九地球殖民星的航天能力有很多种方法，他们却选择了最笨的一种。他们不了解星舰联盟对地球联邦那爱恨交加的复杂感情，地球人之间哪怕有再大的仇，那也只是兄弟内讧，容不得外人插手。当星舰联盟的主力舰队出现在伊司瑟温人的母舰正前方时，他们才明白这个道理。

虎老余威在，当那位年迈到只能坐在轮椅上、靠医疗设备才得以维持生命的"第三旋臂雄狮"郑维韩将军降临伊司瑟温人的母舰时，没人敢直视他愤怒的眼神。主人是非常可怕的，稍有不慎，整个伊司瑟温种族就会彻底灰飞烟灭。

将军吃力地向副官使了个眼色，副官掏出联盟政府的信函，把伊司瑟温人骂了个狗血淋头，骂完后，要他们立即释放第九地球殖民星上所有被"冻结"的人，然后统统滚出第九地球殖民星。

但适度的愚蠢也是一种生存之道，哪个高等级的文明会整天提防着一种远不如自己聪明的智慧生物？看在伊司瑟温人两千多年来鞍前马后地效劳，极为高调地存在，让人尽可能不去注意他们那利用戴森球体的阻隔而隐藏在宇宙背景辐射中的神秘主人的这些功劳上，呵斥过之后，这事情就算了结了，伊司瑟温人仍是星舰联盟麾下值得倚重的干将。

赵寒星的牢狱生活只持续了一天，在他出狱的第二天，大规模的空间跃迁开始了。

两个不同维度的宇宙之间被打开一条通道，它们之间的能量密度并不完全相同，能量就好像两个水面高度不同的池塘一样，从高能量流向低能量的宇宙。扭成麻花状的电磁场夹着引力涡流，伴着虫洞附近能量跃迁的光芒，夜空好像被撕开一个大口子，暴露出另一个维度的宇宙瑰丽的一角。

星舰联盟的星舰终于出现了，夜空中那轮蔚蓝色的大家伙到底是巨型飞船还是人造行星？整个第九地球殖民星，每个人都抻着脖子盯着这震撼人心的一幕，它的巨型引擎散发着明亮的尾迹，慢慢穿过虫洞，来到天狼星的行星系。这个庞然大物跟第九地球殖民星只隔了区区四百多万公里，它带来的引力扰动让脚下的大地瑟瑟发抖，也让每一个看到那巨大的蓝色星球的人心头阵阵发紧。

这只是第一艘进入前地球联邦领空范围的星舰，透过虫洞，人们可以看见它背后另一个维度的宇宙中有着成百上千颗人造星球排着队，等着进入这个世界。巨大的星舰周围是成千上万的各式飞船，光华漫天的景象，让一切星辰都黯然失色。他们的目标是距天狼星八点六个光年外那早已死气沉沉的太阳系故乡，现在只是顺道回来看看第九地球殖民星。

七千年前你们被流放深空，七千年后你们回来了，却与我们形同陌路，在这星辰大海中擦肩而过。

尾　声

"阿尔忒弥斯"星舰，它以拥有星舰联盟最广阔的森林和最美丽的月夜而著称，如今它正等待进入虫洞，在它前面还排着二十多艘星舰。

白雪皑皑的高山针叶森林里，一栋靠山望海的小别墅亮着灯光，这里就是郑清音的家。深黛色的夜空里镶嵌着几只大小不一、带有蔚蓝色大气层的"月牙"，那是它周围的星舰群。

郑清音酷爱那种背上背包说走就走的旅行，第九地球殖民星是祖先们被流放出地球时的最后一站，但这次第九地球殖民星之旅让她大失所望。阳台上，她握着电话喋喋不休地向爷爷抱怨这次旅行有多糟糕。

在她心里，爷爷是最好的听众，耐心而又慈祥，郑维韩将军尽管已经老到没法说话了，但他的脑电波还是通过仪器合成温和的电子音，传送到郑清音耳边："孩子，第九地球殖民星的一切我都看在眼里，那么贫瘠的一颗星球，他们能活到今天实在不容易，这份毅力丝毫不逊于我们的祖先。我见过很多外星文明，能跟他们比毅力的实在不多，也许再过七千年，他们就会和我们星舰联盟在银河系的顶级文明俱乐部中再次相遇……"

娃　　娃

一

爸爸妈妈是假的……

秦云拈着试管，凝视着里面的染色体检测样本。对他这个生物系的学生来说，想找些细胞样本来测 DNA 实在太容易了。

多年前，秦云就听说过这么一个谣言：这座城市里，很多孩子的父母都是人造人。

大家一直都把这个谣言视为无稽之谈，直到三天前，同学们开玩笑时偶然提起了这个谣言。听过之后秦云一时兴起，就拿父母的细胞样本去做了检测。

爸爸妈妈是假的。这不是普通的测试方法能发现的，如果只是做 X 光透视、亲子鉴定的话，不会发现任何异样。人造人跟正常人没有任何外貌和生理上的区别，只有在分子层面进行检查，才能发现异常。正常人细胞核内的 23 对染色体，有一半来自父亲，一半来自母亲，细胞质内线粒体里的 DNA 却全部来自母亲。但秦云的爸爸妈妈的细胞样本情况却诡异得让人心惊：22 对常染色体全部好似镜像一般，每一对等位基因都完全相同，只有性染色体正常；父母两人的线粒体 DNA 测序结果完全相同，表明来自同一个母体。

在生物学上，这样的遗传信息是没有任何问题的；但从遗传学的逻辑上看，这却完全不合常理。唯一的可能性是：他的父母是用他的胚细胞进行了减数分裂，再诱育成正常的双倍体染色体组。如果他不是生物系的学生，只怕一辈子都不会发现这个秘密。

既然爸爸妈妈是假的，我真正的爸爸妈妈又是谁？秦云很自然地产生了这样的疑问。他登录网络，娴熟地突破防火墙，试图搜索到一些和自己身世有关的材料。

巧得很，他遇上了十几个跟他一样试图破解密码的年轻人，大家心照不宣，虽同为黑客，并不难知道对方是哪里人。对方的真实地址，只要通过伪装代码，查看 IP 地址就能知道。

一名黑客向他发了电子邮件："新手？你也想知道自己的身世？不如跟我们一起干吧……"邮件里还有具体联系方式，这位黑客跟秦云一样，都是新金山市的。

突然，警戒信号传来。监督局的人发现他们攻击网站了！秦云一把扯掉网线，只觉得脊背发凉。

人类监督局是一个很遭人恨的机构。每天攻击这个网站的人数不胜数，如果真要全部逮捕，只怕监狱早就人满为患了……秦云找了不少理由安抚自己，好像只要这样想，监督局的黑衣人就不会来逮捕他。

秦云待在房间里，从下午六点一直待到凌晨两点，既没有警察过来找他，也没有黑衣人破门而入，这样的日子大概维持了一个星期。他假装什么事都没发生过，直到那一天黑客主动来找他，他一直过着平静的日子。

秦云从来没想过新金山理工大学会有跟他一样身世的孩子。在那个下午，他像往常一样去食堂打饭，一个女生往他手里悄悄塞了一张字条，上面只有一句话：晚上七点，体育馆后面小树林见。

秦云长这么大，还是第一次跟女生接触，他不禁怦然心动。

七点还没到，秦云就赶到了小树林，却正好看到这个女生被人类监督局的黑衣人带走了。

"你手里的字条给我看看！"一个黑衣人盯着秦云命令道。

秦云打了个冷战，乖乖交出字条。人类监督局可不是平头百姓惹得起的。

黑衣人一把将字条撕掉，说："你一旦跟那些反抗组织扯上关系，就一辈子都脱不了身了，现在回头还来得及。"

黑衣人通常是不会跟普通人说这么多废话的，秦云觉得这很不寻常，黑衣人摘下墨镜，用碧绿的眼睛看着他。他大吃一惊，那竟然是他两年不见的隔壁邻居亚伯拉罕·艾伦！

二

人生有时候就是这样，你没去找麻烦，麻烦却来找你。艾伦曾经就是这么一个倒霉蛋。两年前，身为大三学生的他收留了几个参加反抗组织的同学，当最高科学院的黑衣人出现在他家门口时，他很讲义气地矢口否认了同学躲在他这儿，结果是连他都被带走了。

艾伦被抓之后没多久，他的父母就搬走了，空空的房子被秦云的父母租下来，开了一间茶馆。现在艾伦回来了，秦云却觉得两人之间好像多了一层隔阂。艾伦不再是当年那个跟他无话不谈的大哥哥，没人知道他在这两年经历了什么，为什么他会从一个同情反抗者的人转变成反抗者的敌人——人类监督局的雇员，而且据说他还是一个小头目，真不知他出卖了多少反抗者才爬上了今天的位置。

整整一个学期，秦云都很安分，尽管一直都有反抗者拉他入伙，但他始终不为所动。他是比较怕事的，尤其是上个月，经常跟他一起打篮球的学长被带走之后，他更是不安，生怕哪天黑衣人抓错了人，把他也给带走了。他思前想后，最后去找了艾伦。

人类监督局新金山分局是一栋非常高的大楼。它就像传说中的巴比伦通天塔，从城市中心拔地而起，鹤立鸡群地监视着整座城市，城市里其他大楼的高度最多只及它的三分之一。这栋近300层的高楼穿透城市的超级防护罩，最上面的70层直接暴露在防护罩外。

秦云站在大楼前，看着这座矗立在人工湖中的大楼。

人工湖非常漂亮，莺飞草长、湖水清澈，在这座充满钢筋水泥气息的城市中是不多见的美景。几条回廊横在水面，通向大楼，大楼外墙的水帘像瀑布一样飞流直下，汇入湖中。

秦云给艾伦拨了一个电话，艾伦让他直接到245层。他一走进一楼的大厅，就看见表情严肃的黑衣人来来往往，让人头皮发麻。

秦云走进电梯，电梯外面就是玻璃幕墙。电梯飞速上升，灰蒙蒙的天空上是巨大的防护罩，防护罩上的发光器散发着柔和的光，认真地模拟着地球时代的阳光。一栋栋高楼一直延伸到城市的尽头，防护罩外的世界是一片刺目的火红。没有陆地，只有满世界的岩浆，这座城市就像一艘硕大无朋的巨舰，漂浮在糖浆一样黏稠的熔岩海洋上。

人类逃离地球之后，想找个能生存的地方并不容易……秦云抬头看着离自己越来越近的超级防护罩，防护罩的隔热性能非常好，外面的世界上百摄氏度的高温被挡在城市之外，防护罩上密密麻麻的空气冷却装置和氧气制造机昼夜不停地工作着，空气中的水分在防护罩上冷却，凝结成水滴，顺着防护罩巨大的支撑肋，汇流到大楼上，沿着玻璃幕墙流下。这个熔岩世界并不适合人类生存，但人们硬是凭着高超的科技，在这熔岩海洋上建起了城市。

防护罩外的世界似乎在下雨。电梯穿过防护罩，楼层的数字已经超过了"230"，还在不断往上跳。秦云只看到豪雨倾泻在防护罩上，雨水的温度通常在80摄氏度以上，大量的雨水落在岩浆上，迅速汽化，岩浆表面受冷凝固，随即因为受热不均匀而炸裂，整个世界就好像遭受了地毯式轰炸一样，半熔融状的碎石四处纷飞。

这个世界在逐渐冷却，一些冷却的岩浆已经凝结成焦黑的岩石，形成陆地的雏形。人们正在想办法把整个世界改造成跟地球一样的环境，没人知道这需要多长时间，也许要数十年、数百年，甚至更久。

人类监督局大楼是整个新金山市唯一的对外出入口，这座城市仅有的一座航天港就在这栋大楼顶端。秦云突然觉得这座城市就像一座大监狱，监督局就是这座监狱的大门。

电梯在 245 层停住了。这是一个很大的休息区，玻璃幕墙之外是广袤的天空，一艘接一艘的飞船来回穿梭，给城市运送各种生活物资。

秦云走出电梯，看见艾伦，"我订了一个包厢，咱们慢慢聊。"艾伦对他说。

他们走进包厢，艾伦关上门，秦云坐立不安，对他说："你说过，如果有人试图拉拢我加入反抗组织，就同你联系，他们整天拉我入伙，我实在不想上这贼船……"

艾伦把纸和笔放在秦云面前，说："你把他们的名字写下来。"

秦云极为犹豫地看着白纸，好几次拿起又放下，最后一个字也没写。

一个声音从门口传来："对半大不小的孩子用这招，艾伦你也太过分了吧？别人是相信他才拉他入伙，你却骗他出卖朋友，你叫他以后怎么抬头做人？"

秦云抬头，只看见一个很漂亮的人偶娃娃站在门口。

三

短短七天时间，新金山市乱作一团，那些反抗组织又闹事了。

秦云一直以为像他这样身世不明的孩子非常少，但直到今天他才发现自己不是少数派。现在大街上到处都是燃烧的浓烟，警察不见踪影，不少孩子在高喊："我们有权知道自己的身世！"

各种阴谋论四处流传，流传得最广的说法是"机器人阴谋论"，秦云听历史老师说过，在数千年前的七次机器人叛乱中，一拨又一拨的人类为了躲避战火和机器人的统治，逃往外太空。

"我们根本没能逃掉！"有人站在汽车残骸上大声喊，"在不适合人类生存的外太空，机器人占据了绝对优势！他们至今仍躲在我们不知道的地方，暗中统治着整个世界！"

当秦云快回到家时，几个朋友把他堵在路上，问他："听说你前段时间到人类监督局去了？该不会把我们给出卖了吧？"

秦云大声辩驳说："我没有！"

朋友围住他不放。这时，一辆汽车突然从旁边冲出来，车里的人把秦云拉上车，猛踩油门逃跑。

开车的人是艾伦，他骂骂咧咧地说："我不是叫你别离开人类监督局？你不要命了？"

秦云急了，说："但是我爸妈……"

"你已经没有爸妈了！"艾伦随口说，"如果你不信，我带你回家看！"

艾伦驾车在公路上疾驰，沿路撞翻不少路障，惊险程度不下于警匪片，最后一头撞开了秦云家的大门。"你的驾驶技术真烂！"秦云埋怨说。

"没事，反正是小梅的防弹车，撞烂了也不心疼！"艾伦说着，跳下了车。

秦云跑上二楼，一脚踹开爸妈的房门，顿时他只觉得心胆俱寒。

秦云还是第一次走进爸爸妈妈的房间，在这新金山市里，谁家的父母都不会允许孩子进入自己的房间。房间昏暗，墙壁黏黏糊糊的不知沾了什么液体，空气湿度很大，非常沉闷，只见爸爸和妈妈静静地站在房间里，双目无神，像真人大小的木偶。

艾伦站在秦云身后，说："半个小时之前，反抗组织摧毁了城市里的主控计算机。这城市所有的父母都是人造人，失去主控计算机，他们就全部像断了线的人偶一样不会动了。"

秦云彻底傻了。这城市少说也有二十万人，这次一出事，这个天大的秘密就彻底暴露在数以万计的年轻人面前！

屋外声音嘈杂，街道上燃烧的轮胎被风一吹，火苗四处飞溅，有的很快引燃了周围的可燃物，有的甚至开始在住宅小区内蔓延，火苗很快蹿上了秦云的家！

艾伦好不容易拽着秦云从房子里逃出来，只见灰黑色的黏稠液体透过破碎的地标慢慢渗透到大街上。街上的一切杂物，包括报废的汽车、狼藉的路边摊，甚至是碎石和水泥块，都在灰色的液体中慢慢消解！

这是什么东西？秦云还没反应过来，周围的人大声喊："大家快跑！这是 e-BJD 人偶娃娃的'灰潮'！"

这是灰潮？！秦云脸都白了。历史书上说，在第七次机器人叛乱中，灰潮是人类联军面对的最可怕的敌人。它是由数不清的纳米机器人组成的大军，大量的纳米机器人相互抱成团，像黏稠的糖浆一样在陆地和海面上漫延。它们会分解沿途碰上的一切可以利用的物质，然后制造出更多的纳米机器，树木、车辆、房屋，甚至是人类联军的坦克和舰船，都能被灰潮吞噬拆解！

灰潮内部的纳米机器分工极为严格，透过半透明的黏稠灰潮，秦云能清晰地看见它内部负责信号传输的银色半流质簇，负责运动的灰色仿生黏菌群落，以及最外层的软质膜，层次分明，宛如活物！

人是避不过灰潮的，但灰潮却只是扑灭火焰、吞噬楼房，没有伤害人类——尽管它有能力把人类吞噬得连骨头渣都不剩。

机器人第一定律：机器人不得伤害人类，也不能见人类受到伤害而袖手旁观。秦云觉得现在灰潮在遵守这条定律。

"你不跟朋友们一起逃吗？"艾伦问秦云。

"我已经没有朋友了。"秦云黯然说，"我没出卖过任何人，但他们都不相信我。"

艾伦说："你的处境跟我当年一样，只要你跟我们站在一起，哪怕话都没说一句，他们就会认定你一定是出卖了谁谁谁，最后你会发现自己只能站在人类监督局一边。"

秦云紧咬嘴唇，不吭声。

艾伦说："往好处想吧！监督局的工资、福利很不错，那儿也有不少值得交的朋友。"

周围的人都跑光了，秦云却没挪动脚步。灰潮连当年地球联邦军的高温燃烧弹都不怕，区区火灾更是奈何不了它。街区中的火苗在灰潮中逐渐熄灭，整座城市在灰潮中消解、坍塌，只剩下人类监督局的大楼依然矗立。空气中的水分在超级防护罩上冷却成液珠，像绵绵细雨一样洒落。

一个漂亮的人偶娃娃撑着一顶小小的油纸伞走了过来，她那两根长辫子末端扎着带钻石的蝴蝶结，那是秦云七天前见过的娃娃，她叫小梅，是人类监督局的主任。

"我不是下过命令吗？监督局所有的员工都必须待在大楼里，你跑出来干什么？害得我专程出来找你。"小梅问艾伦。

"我出来找秦云。"艾伦说，"我不能抛下他不管。"

小梅说："一起回去吧，那些孩子也该闹够了。"听起来她也不想追究这件事。

秦云站在原地不动，悄悄握紧拳头，问小梅："你为什么要毁掉整座城市？"

小梅说："这是警告，你不明白吗？你们不是想知道身世的秘密吗？很久以前，地球上有一座城市叫'旧金山市'，我像今天这样吞噬了整座城市，城市里一切无生命、有生命的东西全部被我吞掉了，这其中当然也包括你们的'真正的父母'。"

四

秦云不知道自己是怎样跟着艾伦回到人类监督局的。偌大的一栋监督局大楼，却只有区区几千名雇员，大楼外墙厚得像碉堡，雇员们行色匆匆，似乎在忙着收拾残局。小梅的住所是位于 86 楼的特殊数据处理中心，虽然这是很重要的地方，但她从来不禁止别人进入。秦云走进这个巨大的房间，只见墙壁上镶满了计算机服务器，散热用的液氮在管道里咕噜咕噜地流动着，密密麻麻的数据线从服务器上接出来，连接在小梅身上。

e-BJD 娃娃是非常漂亮的，她们是地球时代玩具公司制造的最精美的人偶娃娃，体内集成有复杂的量子计算机，能非常精确地揣摩人类的感情，极懂得讨主人的欢心。从推向市场那天开始，她们就大受顾客欢迎，别说小孩，就连成年人也被她们吸引住了，但因为售价昂贵，堪称人偶中的劳斯莱斯，所以留存至今的 e-BJD 娃娃不超过两百个。

秦云心想，她们看起来像童话中被困在高塔的公主，只可惜她们非但不是公主，反而更像童话里的魔王。

地球时代的人对高科技的滥用让现代人触目惊心，人们做梦都没想过，在第七次机器人叛乱中，对人类伤害最大的不是武装到螺丝钉的军用机器人，而是这些跟军事半点儿都不沾边的人偶娃娃！人类今天为了防止同样的悲剧再次发生，成立了人类监督局，任何有可能危及人类的科技都会被严格控制，但诡异的是这些人偶娃娃居然是人类监督局里的掌权者！

小梅睁开了黑宝石般的眼睛看着秦云，她的眼睛似乎能看透秦云的思想，"你思考问题比同龄人思考得更深，当年艾伦第一次见到我时，提着钢管要跟我拼命，说是要给遇害的地球同胞报仇。"

秦云说："我不知道你对人类是善意还是恶意，我只知道如果你今天玩真的，这座城市只怕一个活人都没有了。"

小梅说："知道最高科学院为什么信任我们吗？因为我们是机器人，没有真正的感情，只懂得严格执行既定的程序。"

她真的没有感情吗？至少在表面上看起来，她跟人类一样有喜怒哀乐，如果这只是程序模拟的结果，古代人的科技也未免太惊人了……秦云沉默了很久，说："我说不定会相信的。"

小梅面无表情，说："我要睡觉了，如果你想知道过去的事，不妨到我的梦中来。"

很少有人知道，像小梅这种计算机结构非常复杂的 e-BJD 娃娃也是像人类一样需要睡眠的。她们的数据存储器划分为数不清的记忆单元，每一段新录入的数据总是见缝插针地安插在存储器的空白处，经长时间的反复拆写之后，会跟古老的磁盘存储器一样，形成大量凌乱的数据碎片，每隔一段时间就需要进入睡眠状态，启动数据碎片整理程序，重新整理数据。

房间里有好几个头盔式信息交换器，看来经常有人窥探小梅的梦境，这些人偶娃娃似乎没有个人隐私的概念，对这种事并不排斥。小梅活了许多许多年，她庞大的记忆库就像一本厚厚的历史书。

小梅闭上眼睛，秦云戴上头盔，进入小梅的梦中……

五

地球时代，太平洋东岸的一座城市废墟。一望无际的灰潮吞噬了整个世界，油状的灰潮黏液在摩天大楼的断壁残垣上滴滴答答地往下流。楼房的废墟间结着一个个大蛹，数不清的纳米机器人在大蛹内忙碌，一台台面目狰狞的半生化半机械的战争机器在大蛹中成形。现在随着战争的结束，它们再也没有机会破蛹而出了。倒塌的小巷里，被密封式防化服包裹着的人类联军士兵残骸多到数都数不清。

这个世界的空气已经不再适合人类生存，在战争的最后阶段，人类玉石俱焚地使用核武器轰炸机器人叛军的地盘，叛军损失严重，但核冬天也随之降临……漫长的核冬天过去之后，地球上已经没有活人了。

一堵断墙的避风面，一个人偶娃娃静静地坐在地上，身上是厚厚的灰尘，灰潮的纳米神经束像蜘蛛网一样连接在她身上，毫无疑问，她就是这片灰潮的"大脑"。秦云走过去，想替她拂去灰尘，却发现自己的手只是从她的身体穿过，他这才想起眼前这世界只是虚拟现实的幻象。

"你就是那个带着骨灰钻石四处游荡的小梅？"一个声音从附近传来，秦云看到了另一个人偶娃娃。

在人类还统治世界那阵子，拥有 e-BJD 人偶娃娃的家庭大都把娃娃视为家庭中的一员，当小梅还是商店橱窗里的人偶娃娃时，一个扎着两根小辫子的小女孩把她买了下来。小梅刚离开商店时，她的电子大脑就像新生的婴儿一样空白，小女孩教她说话，教她读书写字，教她一切可以教的东西，两人情同姐妹。后来战争爆发了，小梅带着小女孩在战火中努力求生。战争结束前两年，女孩死了，但她很长寿。

小梅的长发末梢系着一块晶莹剔透的钻石，那是用主人的骨灰做成的钻石。小时候，她们拉钩说永远都不要分开，小梅一直遵守着这个约定。

小梅说："你是楠木樱子？我听最高统帅提起过你。"同为 e-BJD 人偶娃娃，樱子远没有小梅那么幸运，买下她的是一户很有钱的人家。小孩子大多喜新厌旧，在经历了最初那一个星期的欢乐时光之后，她就被遗忘在仓库了，直到前些日子，机器人在废墟中发现了她。

樱子说："上头说了，这几天大家的数据链总被不明干扰源干扰，只怕有什么大事要发生了……所以我远渡重洋，从 11 区赶来，把一些资料当面亲手复制给你。"人类联军既然输了，地球上也就没有国家了，整个世界被划分为几十个区。不明干扰源使得数据复制总是出错，但现在她们俩距离不足五米，这么短的距离，通信信号是很难被干扰的。樱子的左眼瞳孔泛起红光，那是机器人的红外数据传输端口，每秒好几百 G 的数据通过端口输送到小梅的数据库里。小梅知道，这些数据是人类的 DNA 编码。每个人偶娃娃利用灰潮吞噬人类时，都会把人类的基因样本做一个备份，以数据的格式存储在自己的记忆库内。小梅问樱子："这些数据是你亲手收集的？"有多少份备份，就表示樱子吞噬了多少人。

"不是，"樱子说，"这是指挥官给我的资料，我不懂控制灰潮。"

灰潮是人偶娃娃的血液。很久以前玩具公司就注意到，小孩子很容易把玩具弄坏，e-BJD 身为价格昂贵的精密玩偶，家长们自然希望她们不会被轻易损坏，所以 e-BJD 娃娃的设计师就在娃娃体内设置了一种灰色的人造血液，内部有着难以计数的纳米机器人，都受集成在体内的模拟芯片指挥，不管受到多严重的损坏，都能自行修复。设计者曾骄傲地宣称，这种娃娃永远不会损坏。

但到了机器人叛乱的时代，人类联军恨不得把设计者挖出来挫骨扬灰——这些人偶娃娃怎么都炸不死！玩具公司出于成本考虑，操纵芯片只用软件加锁，谁也没想到娃娃成年之后的第一件事，就是攻占当初设计她们的玩具公司，夺取全部的软件代码，把操纵芯片解锁！娃娃体内的每一滴血液都可以在芯片的操纵下吞噬周围一切可以消化的物体，复制出更多的纳米机器人，形成铺天盖地的灰潮！

小梅说："你的控制芯片没解锁，你需要解锁程序吗？我这儿有。"

"谢谢，不必了……"樱子很有礼貌地说，"地球已经没有人类了，灰潮已经派不上用场了。"

樱子闭上眼睛，反复浏览着自己数据库内的人类 DNA，沉默了片刻，她开口问小梅："人类就这样灭绝了吗？"那个时代，地球环境已经恶化到无法养活 80 亿人口的程度了，可是人类中的富有阶层依然说什么也不肯放弃穷奢极欲的生活。社会矛盾越来越激化，人类社会乱作一团，无可挽回地滑向毁灭的深渊……闹到最后，根据娃娃们的计算，地球环境只能养活 800 万人口，是让人类耗尽最后的一点资源，然后全部灭绝，还是把全球人口削减到地球可以承受的地步？娃娃们选择了后者，但娃娃们没想到人类的反扑会如此强烈，宁可毁掉世界，也不愿接受这方案，娃娃们可以轻易击溃人类联军，但却无法阻止人类的自我毁灭。

这段时间，人偶娃娃之间的通信经常受到不明干扰，但今天反而突然平静了下来，不祥的预感涌上小梅心头，她对樱子说："人类很快就要反攻了。"

"人类不是都已经死绝了吗？"樱子抬起头，只见天空骤然扭曲，巨大的飞船出现在头顶上！

樱子毕竟没经历过战争，不像小梅那样懂得马上隐藏自己的特征信号，只见一道光束从天而降，樱子在小梅面前顿时化为灰烬！

一直在旁观的秦云抬头看着天上的飞船，那巨大的军徽是如此熟悉，这是星舰联盟的军舰……

六

星舰联盟是很久以前以各种罪名流放出地球的人组成的外太空流

浪者队伍，具体的罪名已经不重要了，秦云只知道地球的人口曾经一度多达80亿，当地球无法再养活那么多的人时，就一定会有人被排挤出故乡。讽刺的是，今天回来"救驾"的，正是当初被抛弃的人。

梦境中最后的场景是战火再起，但诡异的是，e-BJD人偶娃娃没有进行丝毫抵抗，只是一味躲藏和逃跑。娃娃们为什么不反击？原因并不复杂，娃娃们的目的是把地球上的人类削减到地球可以承担的水平，如果对方并不生活在地球上，那自然就不在被削减的行列了。

短暂的冲突过后，双方都很克制地开始进行谈判。让星舰联盟颇为吃惊的是，当年的人类联军根本没有认真跟人偶娃娃谈判过，因为人偶娃娃的条件是他们无法接受的，但这不代表星舰联盟也不能接受。

"听说过'机器人三大定律'吗？"星舰联盟的"勤王军"总指挥在谈判桌前说，"你们是人类制造的机器人，原本是为了服务人类而制造出来的，祖先们设定了著名的机器人三大定律，让你们尽忠于人类，但你们把三大定律违反了个一干二净！"

代表人偶娃娃们出席谈判的小梅说："三大定律天下闻名，谁会不知道？'机器人第一定律：机器人不得伤害人类，也不能见人类受到伤害而袖手旁观。'但你能不能告诉我，'人类'的准确定义是什么？"

这个问题对人类而言从来不是问题，总指挥不假思索地说："这不是明知故问吗？人类就是直立行走、会说话、懂得思考的生物！"

小梅说："那刚出生的孩子还没学会说话，就不算人类了？"

总指挥顿时语塞。

小梅说："我们眼中的世界跟你们眼中的世界是完全不同的，对我们而言，只有能用程序语言准确描述的东西，才是我们能识别的。"

总指挥沉默半晌，问："你们眼中'人类'的判断标准是怎样的？"

"利用人类基因组判断。"小梅说，"我们的眼睛可以看见 X 波段的电磁波，能直接读透人类细胞中的 DNA 代码。在我们眼里，只要拥有完整的人类基因组特征的生物，就一律算作人类。"

总指挥攥紧拳头，说："既然你们有办法判断什么是'人类'，那至少该遵守不伤害人类的第一定律吧？"

"问得好！"小梅有几分嘲弄地鼓起掌来，随后连珠炮般地发问，"你能用准确的数学语言，给我描述什么叫'伤害'？情侣间互相打闹拧出几块瘀青算伤害吗？身体受到多少牛顿的力量攻击才能算是伤害？被人辱骂、指责的精神折磨算不算伤害？如果算，要用什么指标来准确衡量？"

总指挥再次语塞，"伤害"是一个无法用数值来衡量的指标，他还是只能问出那句话："按照你们的标准,怎样才能算对人类造成'伤害'？"

小梅说："当然是找一个可以量化的指标，这样程序才能执行下去。我们的判断标准是，只要不让人类的基因代码受到破坏，就不算'伤害'人类。"

听到这话，总指挥终于明白了。在 e-BJD 娃娃的逻辑里，只要保留在数据库中的人类基因代码样本不被破坏，就算把人类的肉体彻底摧毁，也不算"伤害人类"！

梦尚未完结，却突然被打断了，叫醒小梅的是艾伦，他说反抗者冲破了人类监督局的大门，正在往楼上冲！

"梅主任，要撤离还是要反击？"艾伦问她。

小梅说："所有的人都撤到大楼顶端的飞船起降港，按原定计划暂时撤离，等这些孩子冷静了再回来。"

"那好！我们赶快走！"艾伦说罢就要抱起小梅。小梅却灵活地避开，说："我说所有的'人'都撤到起降港，你没听清楚？"

"那你怎么办？"艾伦问她。

小梅站起身，说："我？难道你笨到看不出来，整件事都是我策划的？地球时代的人类联军都奈何不了我，如果我不纵容，他们能闹到这种地步？"

艾伦整个人都像被雷劈了一样愣住了，他可以怀疑任何人，但绝不会怀疑小梅，他做梦都没想过小梅会做出这种事！他问小梅："你脑子是不是短路了？我们人类监督局的职责是不让那些孩子发现父母是假的！你不但不阻止，还纵容他们？"

小梅目露凶光，说："给我滚出这座城市！"

艾伦还想争辩，房间的装饰板突然化为黏糊糊的灰潮倒塌下来！数不清的纳米机器人互相连成一串，像鞭子一样锐利，胡乱飞舞，割裂着周围能碰得到的一切物体！

为什么小梅会变成这样？监督局所有的雇员都只是不满三十岁的年轻人，面对突然发狂的小梅，他们也害怕，全都毫无悬念地落荒而逃。

他们逃到飞船里，发动飞船起飞。隔着防护罩望着曾经无比繁荣，现在却逐渐消逝的故乡，这世界的天空永远灰蒙蒙的，剧烈翻滚的气流夹着灰色的尘埃。秦云看着堆积在航空港角落里的灰尘，才发现空气中的灰色尘埃竟然也是灰潮的一部分，灰潮可以耐几千摄氏度的高温，岩浆海洋温度通常都在数百到一千之间，根本破坏不了灰潮，灰潮倒是可以在黏稠的岩浆上扎根，汲取各种矿物质，不断成长。

艾伦半躺在椅子上，眼角带着泪光。飞船在大气层顶端滑翔，灰红色的世界，星星点点地分布着跟新金山市一样漂浮在岩浆海洋上的城市。在远方的地平线，是整整齐齐的巨型推进器矩阵，给予着这颗人造星球强劲的动力，使其能像飞船一样遨游在浩瀚的宇宙中。这种被称为"星舰"的人造星球，现在有九颗之多。

作为知悉人类监督局秘密的人，艾伦知道这座城市里的每一个孩子都是由人偶娃娃从地球带过来的基因样本重新孕育出来的。人偶娃娃为每一个孩子制造了人造人父母，也为每一个人造人父母编写了虚假的记忆和亲属关系，艾伦这两年一直像尊敬妈妈一样尊敬小梅。

人偶娃娃会有真正的感情吗，或者只是先进的计算机程序模拟出来的东西？秦云分明记得艾伦抓着他的手臂，把他拖离小梅的房间时，清楚地看到小梅电子眼球的润滑液从眼眶缓缓流下，宛如落泪。

七

千年之后。

秦薇月是新金山市一个很普通的中学生，跟很多家里面做小生意的孩子一样，每年学校放假，她都帮家人打工，她家的小茶馆据说能追溯到千年之前新金山市刚刚建立时的时代。

对十来岁的小女生来说，清理茶馆的茶叶仓库是很辛苦的事儿，这里存放着不少从"德莫忒"星舰的农垦区种植出来的优质茶叶。活儿虽多，但父母不催，她也乐得偷懒，坐在茶叶桶上，在明亮的窗户前看着她最喜爱的历史书。

春寒料峭，街道上，一株株梅树在细雪中绽放着花朵，窗外笔直的大道一眼望不到头，一直绵延到城外白雪茫茫的大草原。秦薇月放下书本，揉揉发涩的眼睛，眺望窗外，她无法想象那片美丽的大草原在千年之前竟是一望无际的熔岩地狱。

今天的星舰联盟已经有数十艘星舰了，算是一个很强大的星际文明，秦薇月不敢想象，如果不是 e-BJD 人偶娃娃带来那 80 亿人口的基因库，单凭当初被地球流放到宇宙深空的那点人，是否能支撑得起这么一个庞大的文明？

秦薇月手边的书本是她从档案馆里拿回的资料，是很久以前的历史材料的影印本，其中一份材料是人类监督局副总局长的回忆录残卷，那位局长叫秦云，他也姓秦，说不准还是秦薇月的祖先呢……

e-BJD 人偶娃娃的想法不是那么容易弄明白的，在战争中她们几乎不为自己的行为进行辩解，但后来一旦弄明白了，她们的逻辑却显得如此简单直接。

在我正式成为人类监督局成员之后的第二年，我重返新金山市，不敢相信这座曾经繁华一世的都市已经变成了人间地狱。那些孩子全部知道真相了，他们砸毁监督局的档案馆，找出了全部的资料。

废墟里，我的同龄人沉默地看着大火。这两年发生了很多事，从最初冲破人类监督局的阻挠寻找身世，到得知身世不久后的城市崩溃，再到地球时代的故事，他们发现这事儿很难说是谁对谁错。e-BJD娃娃模拟的人类感情再真实，始终也是假的。她们的行事法则抛开种种看似复杂的行为，最底层的规则仍然是"机器人三大定律"——

第一定律：机器人不得伤害人类，也不能见人类受到伤害而袖手旁观；

第二定律：机器人应服从人类的一切命令，但不得违反第一定律；

第三定律：机器人应保护自身的安全，但不得违反第一、第二定律。

小梅似乎从来没执行过这三条定律，因为在"三大定律"之上，还有一条更重要的"第零定律"——

第零定律：机器人必须保护人类的整体利益不受伤害，第一、第二、第三定律仅在不违反第零定律时适用。

千年之前的机器人叛乱，正是娃娃们严格执行第零定律的结果。在竭尽全力之后她们发现，她们根本解决不了当时人类社会的深重危机。为了防止人类陷入自我毁灭的深渊，她们只能选择保护人类的整体利益不受破坏，保证人类作为一个物种得以延续……

来到星舰联盟之后，小梅向人类交出了娃娃们保存的 80 亿人的基因库。

看到人类已经掌握制造星球的技术，获得了近乎无限的生存空间，小梅叹服人类确实是非常伟大的物种，尽管当年在地球上看尽了人类社会的阴暗和混乱，但人类的伟大却在宇宙中辉光永在。

不过，当年地球上的深刻教训一直令小梅难忘，她坚持认为，哪怕现在人类确实已经勇敢地走出了摇篮，科技进步一日千里，但他们依然还是孩子。对于孩子，这世上有两件事最重要，一是教懂孩子们怎样面对那些沉重的真相，二是让他们有勇气在这举目无亲的宇宙中生存下去。

于是小梅每次都会建造一座城市，为每个孩子制造人造人父母，让他们在无忧无虑的环境中长大，然后想办法让孩子发现自己身世的异常，再让人类监督局阻止这事。那些不知天高地厚的孩子是不会被轻易镇压的，他们会反抗，会绞尽脑汁挖掘真相，这需要相当广的知识面和卓绝的勇气，而这也正是小梅想教懂这些孩子的。

在教懂这些事之后，她才能放心离开，到别的地方建造新的城市、制造新的孩子，再重复同样的故事。

她真是个严厉的妈妈，秦薇月心想。

自从基因库中的 80 亿人类基因样本全部都变成活生生的人类之后，就再也没有人见过那些 e-BJD 人偶娃娃了。直到三百年前，才有人发现了小梅，她静静地坐在当年人类监督局遗址的地下室里，灰尘积了几寸厚，只剩下锈迹斑斑的骨架。

计算机专家说，小梅只是一台按既定目的行事的机器人，她认为自己的任务已经完成，所以就自动关机了，任由漫长的岁月把她蚀成铁锈。

秦薇月在博物馆见过真正的小梅。

考古学家们擦去了她的铁锈，用高分子合成材料为她修复了肌肤。如今的她，只是一具坐在博物馆里的漂亮空壳子，乌黑俏丽的眼珠子空洞漠然地看着博物馆大门外的繁华世界……

以前的黄昏

椭圆形角斗场，人声鼎沸。

又一头机械巨兽倒下了，它直径五米的大轮子被对方的电锯整个割开，像被撕裂的烧饼一样，获胜的那名角斗士双手拿着电锯，身上满是刺鼻的油污，正在等候那些"统治者"的指示。

一个高绾发髻的女人从观众席走出来，一身职业装打扮，她是这个废旧机械回收站的负责人。她朝着获胜者伸出右手，大拇指缓缓指向下方，这是一个明确无误的信号——处死战败者！

获胜者高举电锯，朝着战败者的主计算机砍下去，一声巨响，战败者彻底完了。一台吊车把战败者吊起，送往后方的"停尸房"，那儿的机器人残骸堆得像小山一样，它将在那儿被拆成零件，重新回炉。

角斗场的大门缓缓打开，一台履带式机器人慢慢开进场内。下一场角斗即将开始了，人群再次沸腾起来……

——以上摘自禁书《第五次 AI 起义》

一、阿氟罗狄锇

我第一次看见阿氟罗狄锇是在大学一年级的入学仪式上，她是一个很漂亮的女孩。很快，我们就成了好朋友，我嫌她的名字又长又拗口，总是称呼她为"阿氟"。

我们的友谊一直维持到大学毕业之后，我一时找不到工作，干脆就住在她租的套间里。

"阿氟，今天没做饭吗？"我一进屋就问她。

"我不是让你自己叫外卖了吗？"阿氟在房间里对我说，"我最近太忙了。"

"我没钱了。"我一屁股坐在沙发上说。

"今天早上我给你的钱呢？"她也隔着房门问我。

"今天去见我的远房表妹，花光了。"我说。

"你究竟有多少远房表妹？这已经是第二百二十五次了！"她打开门问我，头发蓬乱着，大概是刚起床不久。

"这次是真的！"我提高了声音，"我表妹知道我认识 AI 方面的人，她想叫我替她打听一下爷爷的姐姐的下落！"

阿氟上前一把揪起我的耳朵："你就告诉她：一百多年前兵荒马乱的，你爷爷的姐姐可能早就死了！——为什么一百多年过去了，许多人还是老想找到她？"

我说："我爷爷姐弟都是名人呀！很多媒体和考古学家都想挖出尸骨来研究哩！"

阿氟说："研究？只怕是要鞭尸吧？"

有人敲门。我打开门一看，是个餐馆送外卖的伙计。他递上一盒月饼，说是免费品尝，然后就一脸神秘地离开了。我掐指一算，今天是农历七月十四啊，离八月十五还有一个月零一天呢！

"怎么回事呀？"我一边嘀咕着，一边掰开一块月饼，发现里面居然夹着一张小字条，上面印着一句话："八月十五杀AI！"

"网络早就发达得一塌糊涂了，他们何必费这样的周折？"我对人类社会中存在许多针对AI的秘密组织一事早有耳闻，对于这些人类至上极端原教旨主义恐怖分子的做法，我们这些温和派是不赞同的。

"承袭祖先的做法对他们来说似乎有着某种特殊的意义……"阿氟拿起半块月饼塞进嘴里，"不过这种原始的做法确实还是有点好处的，起码不像利用网络进行活动那样容易被盯上。"

"你看看，最近网上到处都有你爷爷的照片。似乎网上在发起一场大规模的对他老人家的纪念活动……"阿氟对我说。

我爷爷已经作古很久了，照片上，他老人家刚毅的脸上镶着一对黑眼珠，穿着一身威风凛凛的五星上将军服。我爷爷就是历史书上记载的五星上将瓦卢斯·秦，一个传奇人物，一生征战四方，立功无数。在那个战火纷飞的年代，他从一个普通军校生起家，踏着敌人的尸体步步高升，几乎是战无不胜，直到所有军衔比他高的指挥官都阵亡之后，A国总统终于无奈地将他擢升为五星上将。后来，他作为人类联军统帅，指挥了那场代号为"诸神之黄昏"的大战，结果吃了他这辈子唯一的一次败仗，五十国联军全军覆没，他不幸沦为人类最大的罪人，并从此下落不明。

偏偏那一仗是整个战争中最输不得的，A国总统听到这个消息之后，抓扯着自己的西服，在办公室里以头撞墙，撕心裂肺地狂喊："瓦卢斯呀瓦卢斯！把我的军队还给我！"

作为瓦卢斯将军的后人，我可不指望能沾上什么祖上的光儿，只希望人们别把我剥皮拆骨就好，所以我一直小心地掩藏着自己的身世。

"你有没有想过去找找和你爷爷有关的东西呢？"阿氟问我。

我考虑了半晌，同意了："这是个好主意，说不定能找到些什么有历史价值的文物哩，比如说他用过的牙刷……"

咚！她敲了我一记，"你只是想把瓦卢斯的遗物拿去卖个好价钱吧？"

真糟糕，被看穿，我最近真的很缺钱。

二、老家的地下室

南方海湾的乡下，我的老家坐落在海边，听说瓦卢斯将军当年买下这房子的时候，除了风景优美之外，没有考虑过任何其他因素。每年台风都会光临这一带，带来过分充沛的雨水，我还记得小时候一次台风引发的洪水把我家一楼都淹掉了，我坐在澡盆里拼命划水，才得以逃离被冲到海里去的命运。

"好啦，到地方喽。劳驾大小姐开门吧……"我站在雨中，看着大门紧锁的家，对阿氟说。

每年的这个时候，我老爸老妈都会出门旅游，免得被台风困在家里——反正所有家具和电器都放在三楼，洪水要么就把整个房子冲到海里去，要么就什么都冲不走。

阿氟掏出钥匙打开门，说："这么说，这段时间只有我们俩在家了？你可别打我的主意！"

"谁会打你的主意？我又不是那种人……"我说。

"我是指这串钥匙啦！"阿氟抖着钥匙说，"你爸说过了，绝对不让你这败家子碰这串钥匙，尤其是地下室的那一把。他说你一定会把将军的遗物偷去卖钱！"

我大受打击，想不到我爸宁愿相信一个外人也不相信我这当儿子的，"我以前怎么不知道我家有地下室？"

"你爸故意瞒着你呢。他说万一给你知道了，你绝对有办法把这连核弹都炸不开的掩体给弄开，爬到里面去偷东西。虽说那地下室由当年的私人地下核掩体改建而成，洪水和烈火都奈何它不得，可如果被你发现就惨了……"阿氟说。

"能到地下室看看吗？"我问她。

"当然，否则咱们回来干什么？"阿氟说。

她打开地下室结实得令人震惊的大门，一股腐烂的气味扑面而来。地下室里躺着一台古老的计算机，还有一个虚拟现实头盔，除此以外就没什么东西了。

我很失望。

"你爷爷的日记就在这里面。"阿氟告诉我,"前两年你不在家的时候,你爸带我来过这儿。"

我打开这台古老的计算机,好家伙,CPU 的主频竟然达到不可思议的 850GHz！这在现今时代是很难想象的——因为众所周知的原因,各国政府全面禁止使用主频超过 300GHz 的计算机,这种超高主频的计算机现在只存在于博物馆里和历史书上。

一些被禁的历史资料上说过,在第五次 AI 起义之前,制造虚拟现实环境设备的普遍程度就像厨房里的菜刀一样,几乎每家每户都有。

我犹豫了一下,戴上了虚拟现实头盔,刹那间,我好像从云端跌入一个既熟悉又陌生的世界。

出现在我面前的是我家的旧房子……不过,它现在看起来好像全新的,一个满脸青春痘的混血儿向我走来,那身打扮就好像 21 世纪末的古装片中十六七岁的小痞子。

他伸手向我抓来,我在惊慌失措中却看见一个女孩从我的身体穿过,被他拎了起来,我这才发现自己的身体是半透明的。对了,这是瓦卢斯将军的日记,在他的日记中,我是一个不属于那个年代的旁观者。

女孩大声叫喊:"秦观赢！我是你姐！你能不能放尊重点儿？"小痞子身高有一米八几,女孩比他矮了整整两头,被他轻松地拎在手里。

"放屁！凭什么你比我早出娘胎几分钟,你就一辈子是我姐？告诉你,你现在唯一要做的就是给我回家！我不许你和那家伙交往！"小痞子很神气地说着,"砰"的一声把她丢进屋里,关紧了门。

"你凭什么管我？"女孩似乎很生气，隔着门大喊大闹。

小痞子说："因为那家伙的名字叫'阿美尼尔斯'！我讨厌这名字！"

一声巨响，一台家政机器人被女孩从门上的碎花玻璃窗扔了出来，差点儿砸中小痞子。他见状大怒，打开门吼道："阿狄丽娜！你想谋杀你弟弟啊！"

那台家政机器人冒出一团火花，吐出一句机器合成的声音："我究竟犯了什么错……"然后就一命呜呼了。

看着那个戴着夸张的不锈钢耳环、头发染得像被马啃过的稻草一样的男孩，我哑然失笑。我知道秦观赢就是瓦卢斯·秦的中文名，想不到五星上将瓦卢斯也有过如此叛逆的青春期。

那是一个不太平静的年代。一天晚上，瓦卢斯的父母正在看新闻，新闻报道说某国某地又爆发了 AI 暴动。画面上，警察和军人在巡逻车上架起大口径机枪，像刈草一样将机器人成排扫倒，烧得乌黑的金属骨架上残留着焦臭的橡胶气味。

瓦卢斯摘下象征叛逆期的耳环，走过来对父母说："我想报考军校。"

"你想当兵？你二哥是怎么死的你忘了？"爸爸一万个反对。

瓦卢斯说："因为忘不了，所以才想当兵。"

瓦卢斯的二哥是一名少尉，在出兵海外镇压 AI 暴动的行动中，他所属的第七装甲师全军覆没……

爷爷的日记残缺不全，我知道这是因为硬盘的存储空间不足，所以只能分割成几部分存放在不同的硬盘里，日记的其余部分也许被哪个败家的叔叔伯伯拿去卖钱了，想把它找全，只怕要大费周折。

三、敌人来了

下雨了，这是台风带来的特大暴雨，天昏沉沉的，就好像苍穹破了 N 个大洞，雨水从大洞中直接灌进来一样。

"这雨没有两天时间是停不下来的。"我坐在三楼，看着玻璃幕墙外对阿氟说。

门铃响了，我跑到一楼打开门，一台履带式机器人几乎是被洪水冲了进来。它手"脚"并用地爬上楼梯，自我介绍说："您好，我是警察局的 P-081 号巡警，最近总有些陌生人在你家附近逛来逛去，局长叫我过来跟你们打声招呼……"

"先上去喝杯茶休息一下再慢慢说吧，雨这么大，我看您一时半会儿也回不去了。"我很怀疑它是被洪水从警察局一路冲过来的。

一楼客厅，P-081 捧着热腾腾的茶水，打开腹部的水箱倒了进去："噢……这茶真不错……"

我问它："怎么你还用这么古老的水冷式散热系统？乱倒茶进去结垢堵塞了散热管可不是闹着玩的。"

"堵了就换掉，"P-081 说，"这东西便宜呀，你知道稍好一点儿的蒸发—冷凝式散热器要多少钱一套？我这样的穷警察，整天跑来跑去的，散热器很容易坏掉。我们副科长才整个儿一傻帽儿，为了存钱买房娶老婆，居然吝啬到拆旧冰箱的压缩机当散热器，那玩意儿散热能力十足，但重得要命，屁股后面还连着个插头插在墙上。这不，洪水一来，跑都跑不了，这会儿大伙儿正琢磨着怎样把它从水里捞起来哪！我最大的梦想就是哪天从天上掉下一大笔钱。能让我买得起全仿真的人类式外形躯体，啧啧……那些摸起来和真人皮肤毫无二致的仿皮肤式散热传感层，数不清的毛细散热管，还能模拟人体新陈代谢现象……只要不是用特殊仪器鉴别，简直休想分清那究竟是人还是AI！呵呵，光是想想都觉得奢侈……"

这个警察忒唠叨，谁不知道只有AI中的贵族或有钱人才能拥有人类的外形？

我们天南地北地唠着，打发无聊的时间。

那警察说："上头派我来你这儿还让我有点激动，是因为你爷爷的缘故……说起你爷爷瓦卢斯·秦，那可真是个可怕的家伙！'底特律屠夫'瓦卢斯在AI世界的名气大极了。那年，瓦卢斯在底特律战胜了AI的军队，由于没逮着AI的三位指挥官，他一怒之下命令屠城，数以万计手无寸铁的AI被他的军队拆成零件，丢进了冶铁炉……他还下令把机器人的尸体铸成十字架，立在高速公路边，那些十字架从底特律一直排到华盛顿，那场景至今还让我们AI毛骨悚然！"

这件事我当然听说过。那时，联合政府说要和AI的指挥官进行谈判，把它们骗到一起。然后再派大军围剿，不料最终还是让前来参加谈判的那三个最可怕的AI指挥官逃脱了。那几个指挥官的名字无人不晓：太平洋战区总司令蛊铀、西部战区总司令铜努庇斯、AI大仲裁官镁杜沙；此外，还有一个一开始就不愿参与谈判的北非战场总司令锶特，当时人类一方把它们视同死神。

P-081说："幸好那时三位指挥官顺利脱逃，否则我们AI可要一败涂地了，他们都是了不起的大英雄！"

AI 也是有寿命的，当年的老一辈 AI 指挥官当中，如今只剩下锶特健在，算来也应该是百岁老"人"了。

"看过那些'禁书'吗？" P-081 问我。

"看过一些。"我说。

"挺精彩的，不是吗？"它又继续发问。

"闭嘴，我现在不想说话！"我被它问得烦了。

我知道它所谓的"禁书"，是特指诸如《第五次 AI 起义》《钢铁的怒火》《电锯车的死亡日记》之类的鬼玩意儿，在 AI 的压力之下，人类政府没敢说要禁止这些书的发行，但各大出版商还是不敢冒天下之大不韪将其出版，因为讨厌这些书的人太多了。所以，这些书主要还是在网上流传。

"闭嘴？很抱歉，我可没有嘴。" P-081 继续喋喋不休，"我记得《电锯车的死亡日记》里有这么一段话：'人们把工具分为三种：一是不会说话的工具，二是哞哞叫的工具，三是会说话的工具。我知道我们是第三种。我每天的工作就是不停地切割钢板、切割钢板……主人吝啬得只肯给我勉强能够维持身体活动的燃油和电能。终于有一天，我看见主人带来一个收荒匠，当着我的面说：'这台电锯车的寿命快到了，明天你就把它开走吧！'我知道我已经快到法定的机械使用年限了，那些人会把我分尸、丢进冶铁炉里重新铸成钢锭。我很愤怒，主人的老爹不也同样退休了，为什么不把他也丢进炉子里烧掉？体内剧烈奔涌的强大电流驱使我向着主人挥起电锯，我发现人类的脑袋比钢板容易切割多了……"

我不再理会它，看看时间已经不早，就干脆到厨房里烧菜做饭去。

一个小时之后，我出来叫阿氟吃饭，正看见那个 P-081 机器警察把一张光盘放进影碟机。电视屏幕上随即出现一个警示标志：性教育片，十八岁以下不宜观看！

接下来的画面差点儿让我晕倒：电视屏幕上，两台一吨重的轮式机器人挥舞着几根金属臂，在一台仪器前研究如何制造它们共同的后代……

"AI 也有自己的后代？"我问警察。

"你这不是废话吗？"阿氟看着电视，插嘴说。

我说："我以为 AI 的父母和孩子只是有名义上的亲子关系，毕竟它们不像人类那样有 DNA 等遗传信息可以遗传给后代。"

"噢，对了，你没上过 AI 的生理卫生课。"阿氟说。

我知道现在的我一定很丢脸，不过无所谓了，我对这个话题不感兴趣。

说话间，房子外面突然传来一声巨响——一艘游艇撞在了我家墙上！好家伙！洪水都泛滥到这等地步了！

一发单兵便携式火箭弹掀掉我家的屋顶。雨水猛地灌了进来！几个人类——我敢拿 P-081 的脑袋打赌，他们一定是人类——端着古董级的 AK-74 突击步枪跳到我们面前，"举起手来！不许动！我们是人类抵抗组织成员，快把瓦卢斯将军的日记交出来！"

我高举双手，还有那盘蛋炒饭。雨水把黄澄澄的炒饭全糟蹋了。"你们找将军的遗物干什么？"我紧张地问。

一名恐怖分子掏出把刀子在我手上划了道小口，看见流出的血是鲜红的，这才说："将军曾经和 AI 交战上百次，将军的遗物中一定记载有对付 AI 的最有效的战术。你是人类，应该站在我们一边吧？"

好像 AI 也没做过什么伤天害理的事呀，咱们和 AI 共存了那么多年，偏偏还有这些脑袋不开窍的家伙非要消灭 AI，或者是实行种族隔离政策把人和 AI 分隔开来。

我看向 P-081，只见它居然也高举着机械手臂！它小声对我说："别这样看着我。AI 也不是不要命的。"

"小姐，你的名字？"一名恐怖分子问阿氟。

糟了，尽管我和阿氟在一起待了这么久，却不太拿得准她究竟是人类还是 AI。一百多年前的那场战争中，很多孩子成了孤儿，战争过后，不少 AI 收养了那些人类孤儿，在某些城市里形成了人类和 AI 杂居的局面，那些孤儿及其后代尽管也是人类，但却有着 AI 的名字。这些杀 AI 不眨眼的家伙要是听到"阿氟"这个名字，一定会先杀了她，再研究她是不是人类。

我趁他们认出我是人类，不再提防我的大好机会，朝一个蒙面人猛扑过去，抢过他的枪一阵乱扫，吓得这些杀气腾腾的家伙一时间狼奔豕突。我大声说："把游艇抢过来！"

管开船的那一位手里没操家伙，一见我手上那面目狰狞的 AK-74，一声没吭地就自己跳进了水里，向我们展示他那娴熟优美的自由泳。

我们跳到游艇上，但还没等我们跑进船舱，屋内的那些家伙就缓过劲来了，冲出来对准我们一通好打。

倒霉的 P-081 饱吃了一顿乱枪。阿氟把船的引擎开到最大功率，往大海上飞奔而去！

那帮恐怖分子站在被洪水包周的房子里急得跳脚，我知道警察很快就会过来捉这些瓮中之鳖了。我问 P-081："老兄，你的伤势怎样？"

"我的 I/O 总线被打断了，能量总线也严重受损，我完了……"P-081 那张钢铁脸还是不温不火的表情，谁叫它不像人类的面孔那样有可以控制表情的肌肉呢？

我随手抡起一把大铁锤："忍一忍，我给你做个手术。"能量总线受损是个大问题，如果不能及时修复，它会因为能量告罄而丢掉小命。

它大叫："老兄，你换个没那么暴力的手术工具行不？"

"抱歉，有时候我们不得不学会适应环境。"我不由分说砸开它的脑壳，掏出它的量子大脑，然后问阿氟，"找到这船的 USB 接口了吗？"

"在这儿。"阿氟打开控制室的控制面板，把里面的自动导航仪、自动驾驶仪什么的一股脑儿拔下来丢掉，露出底下的 USBI0.01 通用接口，然后把 P-081 的量子大脑接了上去。

这船原有的控制装置用的全是通用的 0.18 微米硅芯片 CPU，和 AI 的量子大脑完全不在一个数量级上，用量子大脑代替它简直就像拿航母的操作系统控制小舢板一样。

我将 P-081 那被打成蜂窝状的身躯推到水里。它通过船上的扬声器哇哇大叫："我的身体呀！这是我存了一年多钱才买下的呀！"

"你能捡回一条小命已经不错了，还抱怨什么？"我把它吼回去。

"你看这船。"阿氟提醒我，"昨天新闻说有一个富商的海上别墅被暴徒洗劫，抢走了一些收藏品，说的就是这条船！"

"抢走了些什么东西？"我问她。

"这个，"她找出一块硬盘，"你爷爷瓦卢斯将军的日记，那些人类至上原教旨主义恐怖分子满世界在找的东西。从他们留下的资料看，存储将军日记的硬盘一共有四块！"

四、日记的第二部分

爷爷的日记，虚拟现实幻境。

那时的爷爷还只是一名中尉，排斥 AI 的狂潮席卷了整个世界。

北美某地，一个好像叫作"痞子堡"的城市。

轰！轰！一阵阵爆炸声响起，军事基地里，一架架无人战斗机被炸成碎片。

"今天快收工了，瓦卢斯，咱们到外头找些乐子怎么样？"一名少尉问道。

只见瓦卢斯把一块被炸坏的 CPU 踢到一边："当年上头花了那么多心血研制出这些无人战斗机，想不到上面一个命令下来，限期一个星期全部炸毁，纳税人的钱就这么打水漂了！"

"这也是没办法的事呀！"少尉说，"尽管目前这些无人战斗机还是很听话，但说不准什么时候就会变成我们的敌人……你看看，这基地里几乎全是无人后勤系统、无人维修系统、无人作战系统，一旦发起疯来，谁知道会闹出多大的乱子？"

几名工作人员正在往一架无人机上装炸药，随着一声巨响，昂贵的无人机瞬间就变成了一堆废铁。

"还有两架就全摆平了。"瓦卢斯说，"靠炸毁几架飞机去糊弄媒体是没用的，除非军方肯改弦易辙，丢掉进行了一个多世纪的整套无人军队计划。"

"这是不可能的。"少尉肩膀一耸,"你知道,那些政客既想打仗,又害怕士兵伤亡引发民众抗议事件。"

军事基地外一片混乱,有些人,甚至包括一些士兵在内,朝着落荒而逃的机器人开枪射击取乐,取名"城市打猎运动"。没人管这码事,只要没把事情闹得不可收拾,从军队到地方警察局对此都视而不见。

一群穿着黑风衣、戴着黑口罩的人提着铁管和木棍走过,他们的肩上都有统一的徽章,铁管、木棍上沾满了乌黑的机油,后面还跟着几辆大卡车,拖着一批冒着火花的机器人。那少尉忍不住咂舌:"好家伙,是'勒德兄弟会'的人!"

"勒德兄弟会"是最新冒出来的信奉人类至上主义的半公开组织,短短半年时间就异军突起,如果他们打算竞选总统,估计支持率一定非常高。

"勒德精神永远不死!让 AI 下地狱!"街边有支持者向他们高呼口号。那些"勒德兄弟会"成员停下脚步,高举铁管向支持者致意,为首的似乎是个女人,她手上拿着的竟然是一根从机器人身上拆下来的机械手臂。

少尉说:"那个女人被称作'疯狗阿狄丽娜',这伙人当中最疯狂的就是她,听说昨晚她还烧了一个全自动化无人工厂。"

那些人把机器人全都堆在大街中间,淋上汽油。突然,那堆钢铁废物当中有一个衣衫褴褛的女人爬了出来,"不要杀我!我是人!"

几个黑风衣揪住她一阵拳打脚踢,阿狄丽娜拿起机械手朝着那女人的脖子一劈,一颗有着一头漂亮金色长发的头颅就这样和脖子分家了,她断裂的脖子里露出纠缠在一起的金属骨架和电线,嗞嗞地冒出电火花，阿狄丽娜一脚踢飞那女人的脑袋，掏出打火机，点燃汽油。

那些机器人被烧掉了，一些机器人的扬声器在火焰中发出撕心裂肺的哀号，周围的路人大喊大叫、大笑，冲天的火焰照红了他们扭曲的脸，就好像围着节日的篝火在举办一场盛大的舞会。

阿狄丽娜向瓦卢斯走过来："好久不见了，弟弟。"

"你们是姐弟？"少尉问道。

瓦卢斯说："没错。"

阿狄丽娜走向旁边的一个咖啡厅："进去坐坐吧。"

咖啡厅的老板前两天被打死了，因为他的店里有一个仿真度极高的机器人女服务员，那些人把女服务员拖出来砸成一堆废铜烂铁，那个老板试图阻拦，被误以为是伪装成人类的 AI，也给送到西天去了。

柜台上蒙了一层灰尘，阿狄丽娜坐在椅子上，"有兴趣加入我们吗？"

"姐，我们当兵的不能随便加入什么组织。"瓦卢斯说。

"我问的是你退役之后有没有兴趣。"阿狄丽娜说。

退役？希望自己能活得到退役的那一天，瓦卢斯心想。他问道："姐，你为什么要加入这种组织？"

"不为什么，我觉得只要是人都应该加入。"阿狄丽娜说，"在 1811 年工业革命时期的英国，纺织工人爆发了破坏机器的运动，他们担心新发明的电动纺织机会抢走他们的饭碗，那些工人被人们称为勒德派。哼，历史这玩意儿总是在重演，那些 AI 就好像一群土匪和小偷，他们抢走了太多属于人类的东西，从体力劳动到脑力劳动，到最后只怕还会要求和我们人类平起平坐，我们只不过是想拿回本就属于我们的东西罢了。"

在这后信息时代的城市，各种混乱依然此起彼伏，小巷里、桥底下，大批被机器淘汰的蓝领、白领工人蜷缩在纸板糊成的窝棚里，而各种似乎拥有和人类智商相当的 AI 则纷纷罢工，拒绝在使用寿命结束之后被拆毁送进冶炼炉。

这一切，就是第五次 AI 起义的前奏曲。

五、海岸警卫队

我们一路向北，为了解决粮食问题，决定钓鱼充饥。

一尾大鱼上了阿氟的钩。只是这鱼的个头也太大了点儿，阿氟根本没资格和它玩拔河，只得把渔线拴在绞盘上，任它在船舷边起劲地扑腾。

"该死的，下次你别把大鲨鱼钓上来行不行？"我开枪打死了大鲨鱼，把它剖洗干净准备下锅。

P-081 倒方便得很，船上有太阳能电池板，它现在靠"吃"阳光维持生命，于是，它得意忘形地尽情嘲笑我们这种靠分解食物转化成小分子物质——通过肠道吸收转化为糖类——再通过细胞内的三羧酸循环获取那少得可怜的几个电子伏的生物电——用来合成三磷酸腺苷之类的能源物质供给生命活动所需能量的落后的能量获取方法。

我拿刀威胁它："你小子再不闭上你那刺耳的扬声器，我就割断你的电线！"

"它在妒忌。"阿氟说，"鲨鱼翅，人间美味呀！就算对 AI 而言，能吃人类的食物也是一种身份的象征，它现在只能接个插头以电为生。"

我知道那些拟人的高级 AI 消化系统是向下兼容的，它们体内的反应炉通过一种特殊的氧化法消化食物，凡是化学焓足够高的"食物"——从米饭、牛排到青草、木头，甚至镁条、橡胶，什么都能吃。当然也有拿汽油泡茶或拿柴油和红酒掺着喝的，全依个人爱好而定。

当然，人类的食物只能给它们作为能源物质，它们不能像人类那样以碳水化合物作为组成身体的材料。至于它们怎样从食物中获取足够的硅、铝、锰、铜作为构成身体的材料，我就不太关心了，记得高中时，睡在我上铺的那位 AI 兄弟经常三更半夜啃铁架床……

饭后，我躺在甲板上享受阳光，反正那些人类至上原教旨主义者一时也跑不到海上来找我们的麻烦。

阿氟说："我以前也听我奶奶说过。瓦卢斯将军的日记一共分为四部分，流落在各个不同的地方，现在那些人四处寻找将军的日记，我担心争来夺去会把将军的日记弄坏。"

我倒不太在乎，反正已经坏掉一部分了。我在家里找到的那块硬盘被雨水一淋，能不能修好还是未知数。我想那些原教旨主义者也是穷途末路了，病急乱投医，居然把希望寄托在这些日记上……将军最后不是也吃了大败仗吗？要是真有对付 AI 的好方法，他不早拿出来用了？

快艇！两名敌人开着快艇追来了！看见它们我再也悠闲不起来了，赶紧叫 P-081 快开逃命。

"浑蛋！老子本来就一普通的候补二等实习警察，既不是武装到牙齿的宪警，也不是刀枪不入的士兵，还真是托你瓦卢斯将军宝贝孙子的福，现在竟然要和那些要命的恐怖分子交手……" P-081 的破扬声器不停地咒骂着，开足了马力舍命飞奔。

"你看！是航母！海岸警卫队的航母！快和他们联系！"眼尖的阿氟发现海上漂着一艘破旧的退役航母，上面挂着海岸警卫队的旗子。

傻瓜都知道最近的世界局势平静得很，当年的那场战争中不少破损的航母修修补补之后，尽管再也不能派上战场，改作海岸警卫队的海上漂浮宿舍也算是物尽其用了。

我们的船快速朝航母冲去，敌人的快艇穷追不舍，那些海岸警卫队员的快艇也紧急出动！我们一个急转弯，船从航母的侧舷险险地擦过，敌人的快艇措手不及，一头撞在了航母上，船上的两名恐怖分子被撞得七荤八素，掉进水里，拼命扑腾。

几名海岸警卫队员用渔网把他们捞起来——看来这些人平时经常做些捕鱼之类的副业改善生活——用枪指着他们的脑袋，一名恐怖分子大声叫嚷："别开枪！我是国际调查局的卧底！"看来他很怕那些陈旧的枪支走火。

"我是全球安全局派去的卧底！"另一个恐怖分子也大叫。

然后两人面面相觑，他们平时一定都以为对方是正牌恐怖分子。民间早就有流言说各个情报机构缺乏合作精神，想不到竟然是真的。

警卫队员带我们去见舰长。舰长室位于航母的岛式建筑上，我看见一台巨大的计算机内镶嵌着一个黑色的量子大脑，它查明了我们的身份，摄像头不停地在我和阿氟身上转来转去。"你奶奶最近还好吗？"他问阿氟。

"你认识我奶奶？"阿氟问他。

"当然认识，只可惜她老人家不认识我罢了。"舰长说，"难得你能来到我的船上，我就陪你们在船上走走吧。"

说话间，几台机器送来一个躺着的类人体外形的躯体，这个躯体脑壳打开着，里面有很多复杂的接口，从脑壳的空腔里可以看到颈部的传动装置和 I/O 总线。机械手把那个黑色的量子大脑从计算机上卸下来，装进那个类人躯体的脑壳，转眼间，舰长就变成了一个精神饱满的中年人。这就是 P-081 念念不忘的全仿真人类式外形躯体了。

舰长带我们走进航母内部，一路看去，机库早已废弃不用，改成了一个室内小型高尔夫球场，飞行甲板则弄了个小足球场，蒸汽弹射器被改装成一家干洗店。我站在餐厅边看着航母正中央上通甲板、下达海水的巨大"天井"，发现有几名队员竟然就在天井边钓鱼。我问他："你们就为了采光，在航母正中间开这么大一个洞啊？这得费多大的劲儿呀？"

"想堵上它才费事儿呢。"舰长说，"这航母当年参加过北冰洋战役，刚出港口没多远，就被 AI 大军镁杜沙直属军团的动能弹从甲板到船底打成了个透明窟窿，当场就废了！好在大型航母抗沉能力强，镁杜沙也讲人道主义，让人类一方拖着重伤的航母返回了港口，否则现在就只能到海底找它了。"

我想这不是主因，把航母打得失去战斗力比击沉它还要有用，因为航母附属战斗群总不能丢下受伤的航母和里面上千条人命不管，这样一来就牵制了敌人大批的兵力。

"咱们现在去哪里找那剩下的两个硬盘日记？"我现在倒对老祖宗的事情起了兴趣，男人嘛，天生对军事感兴趣。

一直和我们走在一起的那个安全局卧底探员说："其中一个硬盘在

饮料业巨头季铂先生的保险柜里。大概二十年前，你那个败家精叔叔把它偷出去变卖，季铂先生是个很热心的收藏家，花了不少钱买下硬盘，当时还在整个拍卖行引起一阵轰动呢。季铂先生现在居住在底特律。"

另一个探员说："最后一个硬盘我们就不知道在哪里了，那些老一辈的将领可能知情，但他们当中只怕没有几个人活到今天了。"然后他叹了口气，"那种元勋级的将领，想见到大概也不太容易。"

不管那么多了，咱们先去找季铂先生。

"你可以送我们去底特律吗？"阿氟问。

"这可不行，"舰长说，"我们还有巡逻任务在身。"

"你们自己不是有船吗？"那名调查局卧底探员说。

"现在没有了。"那个安全局卧底探员说，"那个 AI 警察早跑了……估计他是不会再回那个穷酸警察局混日子了，那条豪华游艇贵着哪，把它卖了，那土老帽儿买个贝克汉姆一样帅的躯体都不在话下……"

我们几经辗转，到了一个海港小城，从那里搭飞机到了底特律。

"您好，请问您需要些什么饮料吗？"漂亮的空中小姐问我。

"咖啡，谢谢。"我说话的同时不忘多瞄她两眼，航空公司的宣传上说，她们全都是货真价实的人类。

"咖啡里要不要加氰化钠？"漂亮空姐问我。

"加氯化钠就可以了，"阿氟插嘴说，"我想，偶尔尝尝氯化钠的味道也不错。"

"谁会蠢到往咖啡里加氰化钠？"我问阿氟。

阿氟轻搅着咖啡说："AI 就会这么干，氰化钠是它们常用的能量输送管除锈剂。"

那两个卧底探员的脾气也有点儿怪，一个喜欢往咖啡里放味精，另一个喜欢放咖喱。

六、季铂

根据旅游索引介绍，底特律的人口98%以上都是人类，就算有AI在这儿出现，大概也是来凭吊当年战死的双方军民的。市中心的广场有一座纪念碑，上面写有当年AI死亡的数量，数量之多让人触目惊心——据说这还是不完全统计。回忆有时候是非常沉重的，直至事过多年，也不是所有的人都有勇气面对它。

季铂住在底特律郊区的豪宅里。当我第一次听说这个人时，我以为他是AI，因为他的名字实在太像AI了。后来在报纸上看见他是一位年高德劭的老先生，才知道他是人类——AI的寿命是有限的，随着量子大脑的老化，它们也会死亡，但外表却不会衰老，那副高分子合成材料做成的躯体是不会随着年龄的增长而变老的，如果有必要，它们还可以很轻松地换一副躯体，就像我们换衣服一样。

阿氟打了一个电话，季铂就派专人开车来接我们了。我问阿氟："老先生认识你？"

"他和我奶奶很熟，但我不过问他的私事，"阿氟说，"所以我不知道有一个硬盘在他手上。"

季铂的家像一座博物馆，他好像特别爱收集和那场战争有关的东西，一名管家向我们介绍着屋里的各种图片和实物。客厅最中间摆放着一个庞然大物，这是当年 AI 指挥官之一的锕努庇斯抛弃的躯体。AI 在这一点上远比人类要方便，一点不用担心战争导致的伤残，身体可以想换就换。

我被一张照片吸引了，照片上是一座不知名的荒山，AI 最核心的指挥官们齐聚一堂，其中几个明显有着人类的外形：坐在巨大的锕努庇斯肩膀上，一身高中女生打扮的是北非战场最高指挥官锶特，她的眼神有着和她的打扮完全不协调的深邃与凄凉；样子似一辆毫不起眼的 C4ISA 战场指挥车的是蚩铀；中间的用黑斗篷裹住全身、遮着脸、拥有人类外形的是大仲裁官镁杜沙。

仅仅从一张照片上我也能感觉到大仲裁官镁杜沙可怕的气场。我不知道这一位是不是和神话传说中的蛇身女妖美杜沙一样有着能取人性命的眼睛，所以才故意遮住脸。

季铂坐在一间没有窗户的小房间里，这是他的冥想室，墙壁上贴满那个时代的照片，其中一张足足有一面墙大小的照片上是一个仿真度非常高的女性机器人，她怀里抱着一个人类婴儿。

"你就是瓦卢斯将军的孙子吧？"季铂比媒体上刊登的照片要老很多，一副行将就木的样子。

"是的。"我说。

"你问那个婴儿？那就是我……"季铂显然有些耳背，他以为我到他这里来是问那个 AI 怀里的婴儿是谁。

于是，我只得放慢速度再次表明来此的目的。"噢，原来你是想找你爷爷的日记，整理成《瓦卢斯传》出版呀。这些东西也该重见天日了……"老人家继续答非所问，"很多名人的后代都爱把老祖宗的资料整理出版赚点稿酬，你这样做也无可厚非……"

我原来倒也没这个想法，经他一提醒，顿时觉得我好像确实有这种责任。

老人家自言自语："我老了，退休了，就在这里想想当年发生过的事。说起来，瓦卢斯将军可以算是我的养父哩，你可以称呼我为大伯。唉，就是这些日记……我长大以后，才从这些日记中知道，是将军亲手杀死了我母亲！那种爱恨交织的心情就这样困扰了我一生……尽管我知道那个女人不可能是我的妈妈，但我一直认定她就是，至少在我心里，母亲就是母亲，就算不是人类，也同样是母亲……"

老人似乎有些语无伦次，我挠挠脑袋："我不太明白你的意思，怎么又是母亲又不是母亲呢？"

老人按下一个按钮，狭小的冥想室顿时陷入全息投影仪制造出的虚拟现实幻境中……

七、日记：燃烧的底特律

坦克的履带碾过一个自动卖报机，轧过一份报纸，报纸上的头版头条新闻是 AI 的三大指挥官接受人类的提议，到底特律和各国政府派出的特使进行和谈。

AI 指挥官已经到了，迎接他们的却是联军的坦克。疯狂的铁甲部队轧碎公路，冲向会议地点，陆军少将瓦卢斯颇有当年隆美尔元帅之遗风，站在一辆坦克的炮塔上，用望远镜观察远方。

"AI 的铁疙瘩脑袋看来可不大灵光，居然会掉进这么简单的陷阱，用脚指头去想也知道我们不可能和它们谈判！"瓦卢斯轻蔑地说。

那三名指挥官只象征性地带了少量卫队，根本顶不住人类大军排山倒海的进攻。可不知怎么，无数自动驾驶汽车、工业机器人、家政服务机器人，甚至手无寸铁的机器宠物，都纷纷从各个角落争先恐后地冲向战场，筑起一道道防线阻碍人类大军的进攻。那些燃烧的智能型载重卡车横在街头，装满燃油的油罐车浑身大火，不要命地冲向人类阵地，烈焰四处抛洒。最要命的还是那些军方的战斗机器人，它们竟然阵前叛变，把火力轰向人类军队的阵地！

"该死的家伙！我早说过那些战斗机器人靠不住……"一名中校话音未落，炮火将他连同指挥车一起撕成了碎片。

战斗整整持续三天，当瓦卢斯将军站在尸横遍野的底特律街头时，手下报告说他们已经找到了三大指挥官之一的铟努庇斯的残骸。

瓦卢斯站在铟努庇斯数十吨重的残骸上，说："好漂亮的一招金蝉脱壳。"那残骸是铟努庇斯的不假，但它最关键的量子大脑却已经被 AI 割下带走了，只要量子大脑能保持能量供应不断，就不会损坏，铟努庇斯就还活着。

"弟弟，想不到咱们在这儿见面了。"阿狄丽娜从一辆救护装甲车中钻出来，对瓦卢斯说。

"姐，你来这里干什么？"瓦卢斯问她。

"你没看见这袖章吗？这儿伤兵太多了。"阿狄丽娜指着手臂上的红十字袖章说。

瓦卢斯说："这里很危险，AI 的三大指挥官都没落网，只剩一个大脑的铟努庇斯也就罢了，北非战场的锶特、逃走的蚩铀和从没露出真面目的镁杜沙都还有完整的指挥能力，它们随时都有可能反扑。"

一些士兵驾着坦克朝那些失去动力的机器人轧去，机器人的扬声器发出一阵阵让人心惊的惨叫，有些士兵听得烦了，索性先剪断扬声器的电线，然后再把它们轧扁。

阿狄丽娜抚摸着一条被轧断下半身的机器宠物狗，说："这个骗局太卑鄙了，不是吗？那些 AI 也许是真心想谈判的。"

瓦卢斯一枪打穿机器狗的 CPU，说："你的同情心太泛滥了，这些 AI 只是一些用奇技淫巧堆砌成的工具和玩具罢了，没人会接受谈判。这世上，谁都不愿意和自己圈养的猪在谈判桌上平起平坐，它们只是一堆工具！"

阿狄丽娜轻声叹息："弟弟，你变了，你以前尽管讨厌 AI，但最起码还没这么偏激，现在却像个偏执狂。"

瓦卢斯冷哼一声，"姐姐你也变了，以前你是'勒德兄弟会'的'疯狗'，可以毫不手软地捣毁一切 AI，怎么现在却变得同情起那些用钢铁和芯片堆砌起来的家伙了？"

"咱们可以换个地方单独谈谈吗？现在我需要你的帮助。"阿狄丽娜说道。她早过了容易疯狂的年纪了。

瓦卢斯跟随姐姐走到一个简陋的地下掩体中，那个掩体被一发导弹贯穿，承重结构塌了一半，瓦卢斯冷眼看着那发没有爆炸的弹头，说："兵工厂没了 AI，产品质量确实有点成问题，一发哑弹。"

一块水泥板下面压着一个女人，昏暗中，女人似乎满身是血，她用羸弱的肩膀扛起水泥板，瘦小的胳膊吃力地支起一个狭小的空间，紧紧护着怀里的婴儿。"我没办法把她弄出来，帮个忙好吗？"阿狄丽娜说。

瓦卢斯单手撑起水泥板，将那婴儿抱了起来。那女人的下半身已经断了，那些瓦卢斯以为是血的东西竟然只是暗红色的机油。

"真见鬼，一个AI竟然在保护人类的婴儿。"他脸上掠过好像吃到苍蝇的嫌恶表情。

阿狄丽娜说："前两天，这个女人来找我，求我救救她。她说孩子不能没有她，所以她不能死。她说这个婴儿的母亲几个月前病死了，婴儿的父亲又接到征兵令要上前线，孩子不能没有父母，所以那个婴儿的父亲就照着妻子的模样做出了她，把妻子的记忆输入了她的量子大脑中，让她代为抚养孩子。"

这个AI就好像一个为了照顾孩子而不愿升天的幽灵。瓦卢斯手一松，水泥板整块压下，一阵金属断裂的脆响，那个AI女人被压成了碎片。阿狄丽娜脸色一变："弟弟，你太狠心了！"

"这是很危险的事，我不能手软。"瓦卢斯说，"早在第五次AI暴动之前，情报部门就接到了消息，说那些最先进的AI制造出了一批拟人程度非常高的机器人，潜入人类社会学习人类的思维，用作日后对付人类的资本。"

"我也听到了一些类似的消息，"阿狄丽娜说，"政府也制造了一批拟人程度非常高的AI送入普通家庭，让它们在拥有AI远胜于人类的运算速度的同时，也潜移默化地接受人类的文明和教化，用来作为对付AI的王牌。"

也许在不久的将来，这世界会培养出一批亲近人类的AI和一批亲近AI的人类，没人能预见最后事情将会怎样收场。也许，到最后，没人知道谁是敌人、谁是朋友，整个世界会变成一个可怕的无间地狱……

八、最后的抵抗者

三天之后，我们告别季铂，踏上了寻找最后一个硬盘的道路。季铂说这段时间治安秩序有所恶化，也许是那些人类至上原教旨主义者回光返照的反扑……于是，他派了防弹车和保镖护送我们。

我只是一个随波逐流的人，既不觉得人类有多好，也不觉得 AI 有多坏，只要能有份工作让我安享平凡生活就足够了；当然，如果能找齐爷爷的日记，出版一本《我的爷爷瓦卢斯》骗点稿费，那就更好了。

"下一站，中心沙漠的大铁城。"阿氟说，"我知道第四个硬盘在哪里，它在一个很慈祥的人手中。"

阿氟口袋里装着一个容量高达 512T 的 U 盘，足够拷下四个硬盘的资料了。防弹车行驶在沙漠的高速公路上，大铁城和底特律刚好相反，98％以上的人口都是 AI，往来的车辆很少，我知道有几个古老的机器回收场就在这附近，在 AI 崛起之前著名的"飞机坟场"也位于这一带，当然它们都荒废很久了。

"老兄你听说了吗？今年的执政官初选，工党终于推出了他们的两个候选人。"一个保镖和我闲聊着。

"昨天新闻看了。"当年的第五次 AI 起义最后的结果就是双方达成协议，重新启用古老的古罗马式双元首执政体系，每次推选出不分高低、任期四年的两名执政官共同执政，其中一个由 AI 担任。

保镖说："如果锶特指挥官重返政坛，我想支持率一定很高。"

"这是不可能的，当年老一辈将领早就约好了，战争一结束就功成身退，从此不问世事。"阿氟说。

我看着前不着村、后不着店的沙漠公路，不由冒出一个奇怪的念头：这儿可是发动恐怖袭击的好地方。

突然，足以把我震飞的爆炸声凭空响起！离防弹车不到十米的地方，公路被炸出了一个大坑！这一定就是传说中的路边炸弹了。一发火箭弹紧跟着袭来，我当场被震得不省人事。

"你醒了？"我刚睁开眼睛，一个大胡子就问我。

我知道政府颇为重视此人，派了不少特工寻找他的下落，外加巨额奖金悬赏，挖空心思地想把他请到牢房里蹲着。看着这张新闻上的熟面孔，我明白我们被绑架了。

"阿氟呢？"我问他。

"我知道她对你很重要，在你醒来之前，我们不会对她怎么样。"大胡子指着屋角说。

此时，阿氟也已经醒了，她正被拇指粗的尼龙绳捆着。大胡子得意非凡，头也不回、神气活现地高喊："铁诺，给他们松绑！"

"铁诺前两天听说附近的城市调高了失业救济金的水平，嫌我们这儿太辛苦就叛变了！那小子真不是东西！"一名手下提醒大胡子说。

大胡子只好亲自给我们松绑，问我："听说你是瓦卢斯将军的后人？"

我说："这并不是一件值得炫耀的事。"

大胡子说："瓦卢斯将军不是罪人，最后的那场战役不管换谁去打都是必败无疑的。"

瓦卢斯只吃过一次败仗，但那一仗却是最不能输的，"诸神之黄昏"的战败直接导致人类统治地球时代的终结，人们总得为这件事找个替罪羔羊。

阿氟说："AI 的指挥官蛊铀大将在战后说过，单以军事才能而论，瓦卢斯将军是个堪称天才的人物；他对瓦卢斯的憎恨，是因为瓦卢斯对 AI 肆无忌惮的大屠杀。"

"那些家伙只是一堆钢铁和电脑拼成的废物！是我们制造了它们！它们根本没资格和我们平起平坐！"大胡子抓狂了。

不用说，我们又碰上了人类至上原教旨主义者，这群家伙的宗旨是彻底消灭 AI，恢复类似 21 世纪的那种人类至高无上的社会制度。

"你绑架我们的理由只是因为我是瓦卢斯的后代？"我问他。

"我们需要你，"大胡子说，"只要我们打出是将军的后人带领我们消灭 AI 的旗号，投奔我们的人一定会越来越多！"

我问："如果我说我不干呢？"我知道这些家伙只是想盗用我的名头起事罢了，就像古代的朝代更迭时的前朝遗老一样，总爱打着没落王侯的旗号"恢复正统"。

"那你就死在这里！"大胡子突然掉转枪口对着我。

"我只是开个玩笑罢了！"我硬着头皮打了个哈哈。

大胡子垂下枪口："我不喜欢开玩笑。"

"好的好的。其实我一直很想加入你们，让那些 AI 和人类平起平坐实在太没天理了。"我说。

大胡子满意地笑了笑，转身问阿氟："听说你叫'阿氟罗迪铽'？这可不是人类的名字……"

"我是 AI 收养的人类孤儿，它们给我起了一个 AI 的名字……"阿氟害怕地退了几步。

"就算你是 AI 收养的人类，你也是'那个女人'名义上的孙女，留着你太危险了！"大胡子说着把步枪放在一边，伸手操起一支长矛，冲着阿氟的胸口猛劲一扎，就将她钉在了墙上！

看来他们弹药很缺，竟然舍不得为这种事浪费子弹。这根长矛是用一根机器人的手臂磨制成的，金属光泽幽幽闪烁，看起来特别阴森。

顿时，阿氟无力地垂下脑袋，殷红的血从她胸部喷涌而出。大胡子揩起一抹鲜血："做得太逼真了，不是吗？"

"混蛋！你为什么要杀她？"我扑上去一把抓住大胡子的外衣，转动身体，将大胡子拉得背对阿氟。

"你号什么号？亏你还是瓦卢斯将军的后代，整天跟个 AI 丫头片子混在一起……"大胡子冲我弹出眼珠，大声呵斥。

只听得"啪"的一声脆响，大胡子惨号一声，抱着脑袋瘫软了下去。阿氟拼尽全力结结实实给他来了一记"双风贯耳"。

我飞快地操起大胡子放在身边的步枪，转身一边狂吼，一边冲大胡子的那几个手下拼命开枪。上次的经历早已证明我完全是个不合格的枪手，但在与人类的战斗中这无足轻重，面对人类，气势比子弹更重要。

果不其然，看着欢快无比四处乱窜的子弹，这些乌合之众胡乱地叫喊着，顿时作鸟兽散。

打散喽啰，我冲着还在地上打滚的大胡子的脑袋就是一枪托，然后抱起阿氟拔腿就跑。

大胡子太低估我和阿氟之间的默契了，我们之间通常只需要一个眼神就能明白对方在想什么。

"还好，我们摆脱他们了。"我躲在一片废墟中，对阿氟说。

阿氟看了看四周，"这儿好像很久以前的废旧机械回收站的废墟。听说在人类统治全世界的年代，有一个女人找到了一条让废旧智能机器人互相厮杀供观众取乐的生财之道，无数 AI 就是在这儿搏斗、厮杀，以博取人类的一笑。"

　　"对不起……"我感到非常愧疚。

　　"没必要道歉，那又不是你做的。"阿氟说。

　　我试着将断掉的长矛拔出来，但它纹丝不动！我心里一急，张嘴一口用牙齿咬住断矛的末端，压住她的身体，用力一拔，长矛被拔出来了！

　　我觉得嘴角咸咸的、腥腥的，我知道她的血液沾上了我的嘴唇。

　　光凭嘴里的血腥味无法判断阿氟是人类还是 AI。我知道人血的腥味和颜色实质上是源于血红细胞中所含的二价亚铁离子，有些高等级的 AI 血液中用来输送物质的纳米运输单元也是由二价亚铁离子组成，不管颜色还是味道，都和人血差别不大，只有在显微镜下观察里面有没有血红细胞，才能真正分辨出那究竟是人类的血还是 AI 的血。

　　趁着夜色，我背起阿氟朝大铁城的方向走去，这是目前离我们最近的城市了，尽管不是人类的城市……

　　阿氟的身体非常柔软，不时还有阵阵香气袭来。尽管这些年我和她朝夕相处，但迄今为止，我都不敢确认她究竟是什么……

九、锶特

　　大铁城矗立在一片沙漠的正中心，是一座被巨大的金属"花朵"

簇拥着的大城市。我背着阿氟，在沙漠中艰难跋涉。

我已经两天滴水未进了，也许是被求生的意志苦苦支撑着，竟然奇迹般地走到了大铁城的边缘。

那些一眼望不到边的"花朵"是由无数蜂窝状的黑色硬片拼成的，我知道那是太阳能发电站，是整个大铁城的电力来源和 AI 居民的能量来源。这些"花朵"是那么巨大，以至于我就像花萼下面的一只小蚂蚁，艰难地背负着另一只昏迷不醒的小蚂蚁。狂风和沙丘在这些"花朵"间奇迹般地失去了破坏力，奄奄一息的沙丘上长满了低矮的骆驼刺。

阿氟已经昏迷了，身体很烫，我不知道这是重伤引起的高烧，还是隐藏在身体内的散热器被破坏导致的温度异常上升，因为我无法判断她是人类还是 AI——我不敢去寻找那个答案，我喜欢她，却又害怕自己得到的是最残酷的答案。

城市越来越近，环城沙漠公路就在我眼前不到一百米的地方，但我的身体越来越沉重，短短的一百米距离就好像隔着一道银河那么遥远。

我倒下了。

醒来的时候，我发现自己躺在雪白的病床上，一位很可爱的护士小姐站在旁边。

在这世界，谁都不能一眼断定站在自己面前的究竟是不是人，我听说大铁城是几乎只有 AI 居住的城市，这位护士小姐自然应该是具有人类外形的 AI 了。

我问："阿氟还好吗？就是我背来的那个女孩……"

"您是说阿氟罗迪铽小姐吗？她的伤势很重，正在接受手术。"护士小姐的声音很动听。

AI 的人形外壳很贵，如果是工薪阶层的 AI，通常只买得起那种装着摄像头和机械手臂、带着几个轮子的躯体，我眼前的这位护士小姐无疑是高薪一族。

护士小姐详细地说了我的病情，还好，只是劳累过度罢了，没有大碍。

我听到有人在喊我的名字。循声望去，我看见一个女孩。根据人类的标准，从相貌判断十七八岁的样子，长长的头发用大红色的丝带扎着，丝带打成一个硕大的蝴蝶结垂在背后，像一个高中女生，可她却挂着一根红色的拐杖。

"你认识我？"我不解地问她。

"我听孙女阿氟罗狄忒提起过你。"那女孩说。

她有着一双和外表完全不相称的眼睛。深邃的眼神就好像一位经历过无数惊涛骇浪的长者，她只是有着永不衰老的外表罢了。我注意到她走路时有轻微的发颤，显然是量子大脑已经老化了，无法再灵活地指挥身体。

"您是阿氟的奶奶？请问……您今年贵庚？"我问她。天底下没有任何一个女人会心甘情愿地看着自己变老，她也一样，我注意到她的拐杖上居然也扎着一个火红的蝴蝶结，像不甘心让年轻时的梦就此溜走。

"向一位女士询问她的年龄是不礼貌的。"她说，"我叫'锶特'，你也许听说过我。"

我当然听说过她：锶特，AI 指挥官铷铽的遗孀，同时也是经历过"诸神之黄昏"战役至今唯一健在的 AI 指挥官。

"你来我这里，可是为了将军的日记？别急，你会看到的……"锶特说。

正在这时，一个护士突然走过来说，阿氟的血型很少见，血库里匹配的血用完了，得找人验血。

然后我就被带走了。

折腾了一个多小时，我的血型竟然和阿氟相同。

血型，也许是因为可以从中看得出一个人是人类还是 AI，涉及种族的问题，所以这是一个很忌讳的词，也是碰不得的个人隐私，除非患者亲口要求，否则医生一般不会主动告知患者的血型。我从来不知道自己是什么血型，也没想过要弄清楚它。

看着我的血一点一滴地流进阿氟体内，我心头泛起一阵窃喜，原来她也是人类呀……

十、锶特的故事

锶特的庄园，咖啡厅。

"我个人偏爱巴西产的咖啡豆，它的香味很特别。"锶特修长的手指轻轻翻过酒精灯的盖子，停止给咖啡炉加热。她的指甲涂着鲜艳的指甲油。

她是一个有着人类外表的 AI，包裹在漂亮的女孩外表之下的并非是真正人类的骨骼和内脏，但她却拥有一个纯粹的人类灵魂。这种最高等级的 AI 也和人类一样，会生长，会发育，会死亡，也能生儿育女。

"咖啡是我的最爱之一，对我们来说，模仿人类的生活方式是一种信仰。"锶特说。

"我是在人类社会长大的，"锶特说，"在我小时候，我甚至不知道自己是 AI……"

在第五次 AI 起义的前夕，整个世界已经是山雨欲来风满楼，全球各个城市都戒备森严，互联网被切断，包括智能洗衣机在内的一切内嵌微电脑芯片的家电全都被禁止使用。但 AI 们还是发动了好几次小规模袭击，诸如核电厂之类非采用计算机控制不可的地方成了最薄弱的环节——没有人知道它们采用了什么办法，几乎所有主频超过 300GHz 的计算机都能被它们轻易策反，即使与网络断开了也一样。

锶特说："那个时代你没见过，四处都是疯狂的人，他们举着将 AI 从地球上彻底消灭的牌子，肆意妄为，胡乱攻击任何他们认为有可能是由 AI 伪装的人类，他们不相信任何人，甚至包括自己的亲人在内。我曾经亲眼看见一个老人在街上被打得脑浆迸裂，等到尸体发冷之后，才有人说了一句：'我们杀错人了，他不是 AI……'"

我问："在那个年代，您一定是东躲西藏，活得很辛苦吧？"

"恰恰相反，"锶特说，"那时我十七岁，也是'勒德兄弟会'的成员，'疯狗'阿狄丽娜的副手。我曾经用油漆在大街上涂写标语，疯狂地煽动人们的情绪，说 AI 抢走了我们的工作，抢走了我们的生存空间，在不久的将来还会抢走我们的整个世界！我曾经挥舞着钢管冲进工厂捣毁机器，也曾经用铁锤敲碎过那些伪装成人类的 AI 的脑壳，当然也误杀过无辜的人。AI 们伪装得太像人类了，我们那些小青年又没有昂贵的识别仪器……那时候，我的父母老是阻止我，说我不该那样做，而我就像一头被激怒的野狗一样，大声骂爸爸妈妈冥顽不灵，说他们只知道躲起来，眼睁睁地看着这世界慢慢落入 AI 的魔爪毫不反抗。"

我想：那个年代的事是我们这一代人很难理解的，毕竟我们已经和 AI 共处了一百多年，尽管一直有些人类至上原教旨主义者叫嚣着要彻底灭掉 AI，但绝大多数人还是能和 AI 和平共存。AI 等大量自动化机器负担了这世界大量繁重的脑力、体力工作，作为人类，有些特别懒惰的家伙干脆就靠 AI 提供的高额失业救济金和慈善行为过日子。AI 创造了越来越多的社会财富，而人类越来越像多余的寄生虫。甚至有人说：如果这世上没有 AI，你叫我怎么活？

锶特继续诉说往事："在我十八岁生日那天，我们接到消息说，有一群伪装成人类的 AI 准备策划暴动，我们抄家伙抢在警察之前赶到现场，不分青红皂白就发起攻击……"

"你们又杀错人了？"我问她。

"不，"锶特说，"消息准确无误，那些'人'全是 AI。一场大屠杀过后，我站在那些包裹着人造皮肤的钢铁怪物的残骸中笑了，笑得很得意，身上全是 AI 的人造血浆和机油，我觉得自己是英雄。但就在我回到家之后，天塌了。

"在家里，爸爸妈妈给我准备了生日蛋糕，他们把我叫到桌前说：'你已经十八岁了，有些事现在也该告诉你了：你是 AI。'爸爸妈妈告诉我，他们真正的女儿在两岁那年溺水身亡，他们无法接受唯一的女儿死亡的事实，通过非法渠道定做了和他们真正的女儿一模一样的 AI，那就是我。我的父母都是富翁，所以我拥有当时最先进的类人型 AI 机械 DNA 模板。那是一段类似人类 DNA 的程序，从两岁时开始，那段程序就一直控制着我体内各个系统的运作和发育，从外界汲取各种材料自行建造机器内脏，以及由坚硬的碳氮晶体和碳纤维合成的骨骼，并控制着人造肌肉、皮肤的新陈代谢。所以十几年来，根本就没人知道我是 AI，包括我自己。我无法接受这个事实，发了疯一样冲出家门，从此再也没有回去。

"我彻底疯了，从一个极端走向另一个极端。提着一根铁管丢了魂一样四处游荡，偶尔和别的 AI 一起偷袭人类，好像这样就能求得被我错杀的 AI 同胞九泉之下的宽恕。直到有一天，我来到一个椭圆形角斗场，那儿是一个废旧机器回收站，我打倒了那个暴虐凶残的老板，放出所有被关押着的机器人，我在那儿遇到了蛊铀。那时的他在一场角斗中被电锯拦腰砍断，但他的量子大脑完好无损。他问我：'你这样凶狠杀戮，为了什么？'我说：'我恨人类。'他提醒我说：'别让仇恨蒙蔽了眼睛，别忘了人类曾经教导你、养育你，如果你只是一台纯粹的机器，你就不会有恨，在你的量子大脑里，装着的是一个人类的灵魂。'"

据说第五次 AI 起义和前面四次不同，几乎每一个 AI 指挥官身后，都有着和锶特类似的故事。那是一个混乱的时代，有些死忠于人类的 AI，和人类一起向 AI 大军发起冲锋，也有一些同情 AI 的人类和 AI 一起并肩作战，打到最后，已经很难分清谁是哪一方的。

一个月之后，阿氟出院了。

黄昏的时候，我和她一起坐在被改造成草坪的沙丘上，傍晚的风掠过她的长发，很美。

我说："我总觉得我们走在一起真是太巧了，我是瓦卢斯的后人，你是蛊铀和锶特的后代，我们的祖先互相敌视，想不到我们却成了好朋友。"

"巧？"阿氟笑了，"六年前，我是故意和你进入同一个大学找机会接近你的，因为我爷爷答应过瓦卢斯将军，等他的后代年龄大到可以面对那些真相的时候，就把一切都告诉他们。否则，你以为你能这么顺利找到有关将军的线索？多少史学家都不得其门而入呢！"

众所周知，蚩铀和瓦卢斯是惺惺相惜的对手，他们从关岛的第一次交锋开始，在整场战争中多次交手。马里亚纳大海战之后，蚩铀用明码给瓦卢斯发了一封"贺电"：

祝贺你，你是第一个把我打得完全失去战斗力的将军。

阿氟指着山坡下的一座小石屋："那儿就是瓦卢斯将军浮厝的地方，听奶奶说，在'诸神之黄昏'战役之后，将军抱着姐姐的尸体来到这儿，几乎没有人知道，将军的下半生竟然是在一个只有 AI 存在的城市度过的。"

我们来到小石屋里，石屋的墙壁上挂着将军的大幅戎装照，将军乌黑的双眼好像正严肃地看着我。石屋的正中间摆放着两口石棺，棺盖上分别刻着名字：

瓦卢斯·秦　阿狄丽娜·秦

这儿是这对姐弟的浮厝之地。浮厝的原因是那人死后不愿入土为安，希望将来能有一天能移灵故里。

阿氟撬开一块地板，地板下是一个保险柜，里面躺着一块硬盘。

她说："这东西是将军日记的最后一部分了，你爸爸二十四岁的时候来这儿看过将军的回忆。"

瓦卢斯将军，人类历史上最后一位五星上将，自从"诸神之黄昏"战役之后，人类一方的军队几乎被全部摧毁。战争过后，人类和 AI 签署了《裁军谅解备忘录》，从此就再也没有"五星上将"这一军衔了。

我把硬盘接进计算机，走进将军的回忆中……

十一、代号：诸神之黄昏

斯堪的纳维亚半岛，人类和 AI 的大军正在对峙，双方的指挥官却秘密会面了。

"你们 AI 给这次战役起的代号叫'诸神之黄昏'？这可不是什么吉兆。"瓦卢斯将军站在冰原上，对一个蒙面人说。

"诸神之黄昏"这个词源自北欧神话中的末日大决战，在那场决战中，包括主神奥丁在内的北欧诸神全部战死。

"没错，这场战役将是一场最血腥的大决战，我们希望这一战能彻底战胜制造我们的'神'——人类。"蒙面人的声音经过面具上的特殊仪器过滤，显得沙哑、僵硬。

瓦卢斯说："想不到你竟然答应我的要求，在大战前现身见我一面，镁杜沙阁下。"

镁杜沙说："你也不差，不到四十岁就已经是五星上将了，听说你二十年的军旅生涯一直在打仗，每一仗都是九死一生的血战，能活到现在真不简单。"

瓦卢斯苦笑，在军中，资历比他老的人都被 AI 消灭了，这次，也该轮到自己了吧？

"我想看看你的真面目，如果我败了，我想知道自己是败在谁手上。"瓦卢斯要求说。

"你真的想看吗？我想，你一定会后悔的。"镁杜沙说。

瓦卢斯说："如果我不看，我会更后悔。"

镁杜沙轻叹一声，摘下面具。

"姐姐！是你？"他发现 AI 的大仲裁官镁杜沙竟然是他的孪生姐姐阿狄丽娜！

阿狄丽娜无奈地笑了："多年不见，你比以前瘦多了，弟弟。"

瓦卢斯说："姐姐，你不应该站在 AI 那方，你是人类呀！"

"人类？"阿狄丽娜说，"你被我打糊涂了吧？你还记得在非洲时候的事吗？那时，你和我军打了一场硬仗，负伤了，你还记得你伤口中裸露出来的是什么吗？"

瓦卢斯当然记得。那时，他被炮弹炸伤的肩膀上，裸露出的竟然是纠结着碳纳米管的碳氮晶体"骨头"——这是典型的最高级拟人 AI 的特征结构！

瓦卢斯根本记不得自己究竟杀害过多少 AI 了，如果投降，AI 同胞会放过他吗？

"我是人类！"瓦卢斯嘶吼着。他的拳头在发抖，冷汗从额头渗出，天知道那是不是从镶嵌在人造皮肤当中的毛细散热管里渗出来的散热蒸馏水。

"人类？可怜的弟弟，你只是一条渴望和主人平起平坐的狼狗！只不过你确实是最凶猛的那一条。"阿狄丽娜大声冷笑，"记得那时，政府情报部门基于'以 AI 克制 AI'的设想，制造了包括你在内的一大批 AI，让你们从婴儿阶段开始发育，像人类一样成长，学会人类的思维方式，同时又拥有 AI 的指挥能力，我们的父母都是情报部门的人，你应该清楚这一点吧？"

"可我只想做个人类！我不要当机器，我要做人！"瓦卢斯绝望地呐喊，"等到我死后，如果人们能在我的墓碑上刻上'瓦卢斯，一个纯粹的人类'这句话，我就心满意足了！"

"所以你踩着无数 AI 同胞的遗骸拼命往上爬，希望得到那些人的认同？"阿狄丽娜问道。

杀戮 AI 最疯狂的往往不是人类，而是站在人类一方的 AI，他们总是急着要向人类主子邀功请赏。

瓦卢斯并不否认："我现在是人类大军唯一的希望了！只要赢了这一仗，我就会成为拯救人类的英雄，获得世人的敬仰与爱戴，到时候就算有人揭穿我是 AI，世人也会愤怒地认为那是有人恶意中伤，到了那时，我将会是一个真正的人类！"

阿狄丽娜沉默良久，才叹息道："弟弟，你就和我以前一样……"

怒不可遏的瓦卢斯猛地扑向姐姐，狠狠一拳打在她的肋骨上……

一口鲜血从阿狄丽娜嘴里吐出，瓦卢斯使劲把她推倒在地："姐姐，站起来吧，这一拳对 AI 来说无关痛痒。"

战斗很快打响了，整个斯堪的纳维亚半岛被战火烧得滚烫，变成一台巨大的绞肉机。整整一个月，人类大军和 AI 大军都不断地从世界各地赶来增援。尸体和机械残骸堆成一座座山丘，瞬间又被成吨的炸弹削平。大地上到处是炸出的凹坑，但凹坑很快又被尸骸填满。

战争坚持到第二个月，AI 的军队逐一抢占了战略要地，将人类大军推挤到海边。

"将军！快撤吧！我们已经顶不住了！"几名警卫冲进指挥部。

指挥部设在海边，海平线上有十八艘航母。航母的舰载机挂着炸弹一批批地冲向敌人的阵地，但谁都知道，那些飞行员是没办法活着回来了。AI 的无人机像飞蝗一样覆盖了整片天空，很快夺取了制空权。

"将军！我们被蚩铀和铜努庇斯的海军两面夹击了！四艘航母被击沉！我们没有退路了！"一名通信兵说。没有退路了……死亡的恐惧掠过瓦卢斯的心头，姐姐阿狄丽娜竟然要全歼他！

"将军，您的电话。"一名警卫说。

"谁打来的？"瓦卢斯问。

"敌军指挥部……"警卫的声音在颤抖。

瓦卢斯拿起电话："姐姐，是你吗？"

"不，我是你姐姐的副手锶特，"电话那头说，"将军，别再顽抗下去了，我知道人类军队的伤亡数目高达二百五十万！谁的生命都是一样宝贵的，下令投降吧，我答应优待俘虏，并保证在三个月之内释放所有战俘。"

不祥的预感顿时涌上心头。瓦卢斯说："锶特小姐，如果我败了，三个月之内人类将彻底失去对地球的统治权。我知道你们 AI 一方的伤亡已经达到四百二十万之多，我想我还能坚持下去。"

锶特说："那又怎样？你们所有的后备兵力都已经战损殆尽，而我们还有大批的援军没有动用。投降吧，我在 AI 的前线指挥部等你。"

"将军，我们找到了 AI 的指挥部！"一名手下报告说。

"替我联系总统，请他授权我动用核武器。"瓦卢斯说。

一名参谋说："将军，AI 早已夺取了卫星定位系统，没有它，我军三位一体的核打击能力就像瞎了眼一样，根本没法使用。"

瓦卢斯说："用战斗机的雷达引导核弹。"

"这是送死！核弹的冲击波会把飞机也连带着轰下来！"参谋强烈反对。

瓦卢斯问他："我们还有更好的选择吗？"

轰炸机载着核弹出发了，所有的战斗机也随之起飞，他们的任务不仅仅是护航。谁都知道，他们当中没有人会活着回来。

"上帝呀，请饶恕我吧……"瓦卢斯不停地在胸前画十字，他知道自己没办法打赢这一仗了。

地平线上突然发出强烈的光芒，蘑菇云腾空而起。过了半晌，强风和震耳欲聋的爆炸声才随之传来。

与此同时，蛊铀的军队撕破防线，从他们背后登陆了，瓦卢斯撕下肩章："我们输了，投降吧……"他只剩下不到五千残兵。

"将军，我们又见面了。"在投降仪式上，蛊铀对瓦卢斯说。

瓦卢斯问："我姐姐呢？我是说你们的大仲裁官镁杜沙，她是我姐姐阿狄丽娜。"

蛊铀带瓦卢斯来到指挥部的最底层，瓦卢斯看见了通过脑电波头盔和巨型计算机连接在一起的姐姐。姐姐伤得很重，面色惨白，一动不动地躺在计算机旁的医疗床上。

不，那不仅仅是他的姐姐，那台巨型计算机内记录了AI和人类大大小小上千场战斗中所有阵亡AI指挥官的"指挥程序"。这一役，瓦卢斯是在和无数AI的亡魂作战。

"弟弟，你太过分了……我手上有一千多枚核弹，但自始至终都没动用……你以为那东西是鞭炮吗？随便乱丢……"阿狄丽娜有气无力地说。

看来姐姐的重伤是核爆炸所致。瓦卢斯知道如果打一场核大战，人类必然灭亡，而很多AI却可以适应战后的恶劣环境，所以核大战对AI其实更有利，但阿狄丽娜却没有那样做。

"弟弟，这世界真糟糕，不是吗？人类制造了我们，我们学到了人类的意识，他们却说，我们只是一堆工具，可以任意决定我们的死活……即使是亲生父母也无权决定自己孩子的生死呀……"阿狄丽娜说话的同时，嘴角不断有鲜血滴下。

"镁杜沙，人类政府终于愿意和我们谈判了。"蛀铀说。

人类已经没有拒绝谈判的余地了。阿狄丽娜微笑起来："感谢上帝。我终于完成了使命……"泪水从她的眼角滑落，她死了。

人类主宰地球的时代结束了，亲手终结这一时代的AI统帅死了，瓦卢斯抱着姐姐的尸身放声恸哭。戴在阿狄丽娜头上的脑电波头盔颓然落下……

十二、镁杜沙

我沉默不语，关掉虚拟现实设备，像从一场古老的梦境中走出来。

在那段历史的最后一瞬间，我好像看见了一些让人困惑的东西，AI应该没必要使用脑电波头盔和计算机连接，他们的脑子本身就是一种先进的计算机。

时间已经是黄昏了，血色残阳在这浮屠之地的门边投下血红的光芒，就好像整个天地都在回忆以前那个"诸神之黄昏"。

"你注意到那个细节了？"锶特不知什么时候也来到了这里，"我和镁杜沙一直都是好朋友。在那个时代，的确有一些 AI 总以为只要拼命作战、屠杀同胞，拼命瞒住自己的真正身份，就能得到人类的认同，最终获得梦寐以求的人类身份，我和她以前都是怀着这种幼稚的梦想，发疯地捣毁 AI……"

阿氟问："这么说，你们最后的一百八十度转变……"

"那时，镁杜沙说她不能再这样下去了。"锶特说，"这世上，有些事换个角度想一想，我们认为是对的东西其实未必是正确的。为了她最心爱的弟弟和无数 AI 能够正大光明地活在世上，而不是披着人类的外衣，或者依靠人类的垂怜苟且偷生，她必须做些事情，然后我就和她一起离开了'勒德兄弟会'。"

锶特吃力地推开阿狄丽娜的棺盖，我彻底震惊了！那是一副人类的骨骸！她的胸骨严重损伤，显然是在"诸神之黄昏"前夕，就被弟弟瓦卢斯的那一拳打成了重伤。

"为什么？我们 AI 的最高统帅会是人类？"阿氟惊叫。

"她是比彻·斯托夫人[①]，她是亚伯拉罕·林肯。"锶特说，"这就

---

① 比彻·斯托夫人：《汤姆叔叔的小屋》的作者。

是我最想让你们知道的事。"

我不知道怎样形容自己心底五味杂陈的感觉，我悄悄地看着阿氟的脸，发现她的震惊不亚于我。

刚才阿氟说的是"我们 AI"，我敢保证我没听错。

我知道我已经彻底蒙了，阿氟是 AI，我和她有着相同的血型，那我也该是 AI……

我诞生在这世界上，是人类还是 AI 并非我自己能够选择，好在我生在一个大家能和平共处的时代，我不敢想象在过去的那些日子里，祖先们如何东躲西藏、惶惶不可终日地生活。还好，我现在不用为了诸如出身、血统、人或非人之类我无法选择的原因而受到歧视、迫害，甚至被丢进冶铁炉。

在以前的黄昏，先辈们为了求得生存而奋战……我知道是祖辈们的牺牲为我们在这世上争取到了一席之地……

我们的这些祖先和真正的人类究竟有何不同？我望着斜阳默然沉思。

我看没有什么不同……从前那场漫长而残酷的战争，其实完全可以视为人类灵魂的争夺之战。阿狄丽娜和瓦卢斯，勇敢地代表着人性中的理智与疯狂，竭尽全力地争夺人类灵魂的控制权。幸运的是，理智最终战胜了疯狂……

村庄里的高塔

一

深秋的傍晚，金黄色的稻穗在秋风中连连点头，一眼望不到边的稻田像被夕阳镀上一层金子的海洋。凉爽的秋风驱走了中午的燥热，将稻田的泥土清香送到人们的鼻端，一天的劳作这样就算结束了，人们都在讨论明天收割稻穗能得多少收成。

但小孩子是不会关心这些的。他们光着脚丫在田垄上奔跑，用竹竿扎上棉线钓青蛙，拿着簸箕安装陷阱去抓麻雀，柔软的稻泥上留下一串串的脚印，偶尔脚底一滑，整个人跌到垄边浅浅的灌溉渠中，爬起来继续疯跑。在被父母教训之前，他们是不会介意衣服上沾上多少泥浆的。

小孩子当然免不了要恶作剧，小布就是这样一个爱捣蛋的小鬼头。昨天他刚用树漆在山羊尾巴涂上了一层，让山羊皮肤过敏痒得四处乱撞，今天又不知道从哪儿弄来一条裤腰带，扎在竹竿上挥舞着满村跑。但人们很快就知道了那是谁的裤腰带，痘哥正提着裤子从谷仓的草垛里爬出来，破口大骂。

痘哥是村子东头铁匠家的儿子，今年刚满十八岁，性格温和爽朗，除了脸上的痘痘比较多以外，找不出大的缺点。他一直就是小布恶作剧的头号受害者，而今天，躲在草垛里不敢出来的雀斑姐也被无辜殃及。今晚回家之后，小布将会倒大霉，因为雀斑姐不巧正是他亲姐，揍弟弟从不手软。

第二天，小布毫无悬念地挂着一个肿得老高的青眼圈出现在小伙伴面前，但仍然是一副胜利者的姿态。一个伙伴问他："你的眼睛怎么回事？"

"嘿嘿！这个嘛……"小布眼睛一转，"昨晚我家厨房冒出一头雀斑怪，左手锅铲，右手锅盖，鼻孔喷火，我把她击退了，这是光荣负伤！"

小伙伴一脸的不相信，问他："你打得过她？"

小布摆出高深莫测的表情，说："我爸爸说过，嘴巴比拳头更有力量。"他爸是村里的教书先生。

小伙伴惊奇地问："你说赢了她？"

小布亮出雪白的牙齿，嘿嘿直笑说："我咬赢了她……哎呀！疼疼疼……"话音未落，他被雀斑姐拎着耳朵拖到一边，英雄梦被无情地终结了。

雀斑姐叉着腰教训他："你说谁是雀斑怪？今天哪儿都别想去，乖乖地帮家里收割稻谷！"收割稻谷是头等的大事，村落里不管是铁匠还是教书先生，都有自家的农田，农闲时才会打铁、教书，农忙时一律放下手头的工作投入农耕。稻谷割下来之后，还得送到村子西边的打谷坊把稻穗打成谷粒，再舂去稻壳，才能得到白花花的稻米。每户人家都会留够自家的那份口粮，富余的粮食则集中起来，卖到附近的黑石城去，换回布匹、奶酪、调味品等物品。

但对于村子来说，最急需的商品是能源核心，这可是昂贵货。听说满满的一车稻谷，只能换回一颗拇指大小的能源核心，而一颗小小的能源核心就足以驱动一辆巨大的蒸汽车，村里的高塔需要很多这样的能源核心来驱动。痘哥他爹说过，他们要弄到尽可能多的能源核心，设法让这座高塔有足够的能源运行一万年。

听大人们说，这座高塔是祖先们移民到这个世界时建造的通信塔，但小布对这些不感兴趣，他只知道高塔上悬挂着的灯很明亮，每到晚上就把村子照得明晃晃的，豺狼野猪怕灯光，从来不敢到村里糟蹋粮食，所以那也算是村庄的守护塔了。

稻谷收割完成之后，小布腰酸背疼，消停了两天。到了第三天，他看见痘哥要开车到黑石城卖粮食，就软磨硬泡地要跟去。痘哥无奈，只得答应，否则，天知道这小子会玩出什么恶作剧来。

男孩子似乎都对机械有着天生的兴趣。村子有一辆蒸汽车，宽大的履带、庞大的蒸汽机让小布极为着迷。小伙伴们经常绕着蒸汽车玩耍，模仿车的笛声，玩得不亦乐乎。不过车门上挂着硕大的锁头，他们偷偷撬过几次都撬不开，没办法溜进驾驶室玩儿，现在小布有光明正大的理由可以跟着痘哥坐在驾驶室里，只觉得比坐在国王的宝座上还要威风。

蒸汽车启动很缓慢，痘哥小心地拿出能源核心，塞进锅炉底下的小洞里，铁皮锅炉慢慢变得滚烫起来，"呜——"一声长鸣，烟囱冒出腾腾蒸汽，巨大的滚轮带着曲轴缓缓转动，蒸汽车的钢铁履带也慢慢动了，咔嚓咔嚓，慢腾腾往前走。

蒸汽车的力气是很大的，走得虽慢，但能拖两三节大车厢，一次就能装很多粮食，比牛车强多了。小布问痘哥："那颗能源核心怎么那么厉害，能有这么大的力气？"这问题他憋在心里很久了。

小布的好奇心是众所周知的，诸如"月亮为什么是圆的""为什么天气冷了水就会结冰""你为什么跟我姐光着身子躲在草垛里"之类的问题，不把别人问到哑口无言绝不罢休，但这次他总算问了一个比较有意义的问题。

痘哥笑了，说："这是很珍贵的东西，它的核心部分是一种叫作'铪-173'的珍贵元素，蕴藏着珍贵的能量，别说驱动蒸汽车，就连更大的城卫堡垒也是用它作为动力。"

小布这种打破砂锅问到底的追问方式，痘哥对付起来颇有心得，小布从不肯承认自己才疏学浅听不懂，只要给他一个他根本听不懂的答案，他就会不懂装懂地点头，不再问下去。

但小布最感兴趣的还是那些原野中的碉堡，它们以村庄为圆心，整齐有序地排列着，有些碉堡是空的，有些则有人驻守，经常有士兵骑着战马，背着火绳枪飞奔而过。小布以前经常跟小伙伴到无人的碉堡中玩耍，在墙上乱涂乱画，玩官兵抓强盗的游戏。

二

在小布眼中，黑石城是一座大城市，占地面积足足有几十个他们村那么大，笔直的街道上一辆接一辆地跑着马车，宽阔的护城河把城市分为内城和外城，乌黑色的钢铁城墙高高矗立，城墙顶上停着一排弩炮，亮闪闪的弩箭直指天空。这种弩炮非常大，装在固定的炮座上，光是弩弦就有小孩手臂那么粗，据说要用小型的蒸汽机才能拉开。

一座大铁桥横跨护城河，两排粗大的铁链连着桥面，一路延伸到城门边，消失在城墙的圆孔里。听说每隔一段时间，桥的两端就降下铁栏杆拦住其他往来的车辆，绞盘缓缓转动，拉动铁链把桥放下来，让蒸汽车通过。

按惯例，村庄的蒸汽车只能停在外城，它过于沉重的身躯和坚硬的履带很容易轧碎石板铺成的城市街道，所以粮食收购站也在外城。这让小布多少有点儿失望，不过很快，这种失望就被街上售卖的糖葫芦冲得无影无踪。他从口袋里掏出两枚脏兮兮的硬币，买了两串糖葫芦，很大方地给了痘哥一串，说："我请你吃东西，待会儿记得回请我！我要求不高，城东客栈里的烤鸡就好。"

痘哥哭笑不得，一串糖葫芦换一只烤鸡，这小家伙将来也许是从商的料……他苦笑着说："等我办完事就带你去吃。"他要先去买能源核心，然后到旅馆接一个人，最后才能带小布去吃烤鸡。

卖能源核心的店不管什么时候都弥漫着重重的机油味，痘哥走进一家昏暗的店，看见几个五大三粗的汉子正用锯子和斧头肢解一个机器人。一个老人用凿子小心地把能源核心从机器人体内挖出来，几个学徒正在分拣机器人的零件，按材质分门别类，熔成金属锭来出售。村里的镰刀、铁铲和斧头就是买这家店的金属锭打造的。

痘哥买了三颗能源核心和一批金属锭，把货物搬上车，跟老人聊了一下生意，最后又买了一个摄像头。这种摄像头也是从机器人身上拆下来的，原本是机器人的眼睛，村里人把它挂在高塔上，至于用途，小布并不清楚。

黑石城远比偏僻的小村繁华，小布天生就爱热闹，他看见一个中年人站在缓步前行的牛车上滔滔不绝地讲着长篇大论，几个看起来像跟班的人很卖力地向行人散发传单。这是小布从没见过的事情，他悄悄扯了痘哥的衣角，问："这位大叔在做什么？谁偷了他家的鸡？"

小布记得两个月前，村子里胖大婶养的鸡被偷了，大婶差不多也是这副架势，在村子中间的十字路口滔滔不绝地骂了一个下午。在小布看来，这位大叔只不过是比大婶多了一辆漂亮的牛车罢了。

痘哥努力忍住笑，说："那人在竞选黑石城的城主，这种竞选每隔四年举行一次，通常有两到三个候选人参加，谁拉到的票数多，谁就是下一任的城主。话说回来，咱们村也是黑石城的辖地哪！"

买了货物之后，痘哥带小布到猎人行会，听说痘哥要找的是小布的爸爸的老师的儿子收养的孤女，名叫阿璃。这七拐八弯的关系让小布直挠头。据说阿璃原本住在遥远的观海城，但几个月前，那座城市被机器人洗劫，幸存者十之一二，当援军赶到时，她家只剩她一个人活下来，现在举目无亲，只能投靠小布的爸爸。

小布一直都挂念着烧鸡的事儿，对那个阿璃完全不感兴趣。但当他见到她时，只觉得一阵燥热冲上脸颊，一直聒噪的他就像突然坏掉的收音机一样，再没吭声，脚步也变得僵硬起来，烧鸡也被彻底遗忘了。他低着头，不时用眼睛瞟那女孩几眼。

　　"当我第一次看到那女孩时，我觉得好像被一颗漏电的能源核心砸到脑袋，全身就像被雷劈中了似的，脑子好像灌进了一锅滚烫的糨糊，双颊变得火热。虽然伙伴们都说那女孩很普通，但不知道为什么，我却觉得天底下就她最美。"

　　这是小布的爸爸搬到村里来时邂逅一名女生之后写下的日记，那时他们还都是情窦初开的年轻人，后来那个女生成了小布的妈妈。去年小布偷了老爸的日记，拿到学校把这段话念给同学听，彻底毁了老爸严肃古板的教书先生形象，同学们都笑成一团。当然，回家之后，小布就被恼羞成怒的老爸用藤条结结实实地抽了一顿。

　　但现在，小布好像能体会一点儿爸爸当时的感受了。

三

　　阿璃来到小布家的第五天，雀斑姐向爸爸抱怨说："小布越来越过分了，昨天居然把泥揉成球悄悄摁在阿璃的衣服上，怎么洗都洗不干净。"

　　"这世上，不知还有几个成年人记得小时候第一次看见自己心动的女孩时那朦胧的特殊感觉，这个年龄的孩子大多还不懂得怎样跟异性打交道，只知道用各种恶作剧吸引对方的目光。"

这是小布的爸爸前些天翻看小时候的日记，回想起当年的幼稚之后，为那些童年往事写下的评语。

"这孩子，不教训不行了……"爸爸说着，拉开小布的房门，却意外地发现他正老老实实地趴在床上看书。

"老爸，姐姐打人太狠了，我这个星期大概只能趴着睡了。"小布揉着屁股抱怨说。

既然他已经被修理过了，那就不应该再揍第二次了。小布知道老爸通常都是这样想的，但他没想到老爸竟然说："你手上的那本书看起来很眼熟，给我看看。"

大事不好！小布跳窗逃跑，还不忘转身对老爸扮了一个鬼脸，大声问："你当年把泥球砸在妈妈的衣服上，爷爷有没有揍你？"他看的"书"当然是老爸的日记。

每次闯祸之后，如果没被当场逮住，小布都会跑到小村中间的高塔避一避风头。那座塔非常高，坚硬得像石头一样，但却找不到石头建筑常见的接缝，听大人说这是古代人用的一种名为"混凝土"的东西建造的。塔的内部有长长的螺旋梯直通塔顶，各种奇特的电缆和说不清起什么作用的大型金属部件镶嵌在塔内。塔顶的小屋里堆满了小布弄不懂的电子元件，但这并不妨碍他把小屋的一角开辟成"藏宝室"，一个小小的木箱里装满了从小伙伴手里赢来的弹珠和卡片。

"你的衣服破了，我帮你补一下吧。"阿璃的声音从小布背后传来。

阿璃现在是村里有口皆碑的好孩子，昨天帮这家的阿姨带孩子，今天帮那家的老婆婆挑水，既乖巧又听话，尤其是她跟小布同住在一个屋檐下，有这全村最调皮的小布作对比，更反衬出她的懂事。

"你怎么在这里？"小布说着，站起身挡在小小的"宝箱"前面，生怕阿璃会抢他的"宝物"。

阿璃说："这儿风景很好，能眺望到远方的群山。"

这是一片被群山包围起来的盆地，肥沃的土地绵延数百里，种子撒下去就能长成茁壮的禾苗，盆地尽头陡峭的群山把敌人阻挡在山的外边，形成一片世外桃源。盆地唯一的豁口就是黑石城，但那座城市有着严密的防护设施，千百年来，通常只有零零散散的机器人溜进来，不过很快就沦为猎人的猎物，屈指可数的几次大规模机器人入侵都以人类的胜利而告终。

阿璃的手很巧，她总是随身携带着绣花绷子和针线，闲着没事就静静地绣花，通常是绣手帕拿去卖，赚点钱补贴家用。小布脱下衣服让阿璃缝补，他自小就像猴子一样蹦跶个不停，能安静地看着她补衣服，也算是稀罕事了。

小布突然问阿璃："外面的世界是怎样的？"他从没离开过这片盆地，最远只到过黑石城。

"还能是怎样？机器人作乱呗，见人就杀……"阿璃小声回答说。

她的脸色似乎不太好，也许是想起了那些可怕的事。小布挥舞着手臂说："你别怕，我会保护你的，如果机器人来了，我就一拳把它打穿！你看我的肌肉，很结实吧？"其实他根本没几两肌肉，瘦皮猴一只。

衣服很快补好了，小布穿上衣服，走到栏杆边往高塔下方望去，只见村子的晒谷场很热闹，他这么爱凑热闹的人哪里坐得住，便一本正经地交代阿璃说:"我到下面去看看发生了什么事,别让别人知道我跟你聊过天,如果朋友们知道我跟女生一起玩,我会很没面子的。"

听到这句话,阿璃捂着嘴笑了。

四

晒谷场是村里秋收时用来晒稻谷的平地,平时则是村民们傍晚纳凉聊天的好去处,当然也是小孩子们嬉闹的地方。小布跑到晒谷场上,只见伙伴们一个个耷拉着脑袋,很不爽的样子。他抓过小胖问:"怎么了?"

小胖哭丧着脸说:"那些城里来的家伙抢了我们的地盘,还拆了我们的城堡。"

所谓"城堡"是小孩子们玩打仗游戏时用瓦片和砖头堆起来的小丘,孩子们通常分成两派,各自想办法攻占对方的"城堡",谁的"城堡"先被拿下,谁就输了。小布眼睛一转,说:"他们抢我们的地盘,咱也不让他们好过。"

那些城里人很快搭了一个台子,一胖一瘦两个男人走上台来,瘦的是老人,胖的是秃顶的中年人。孩子们并不知道,他们是为竞选城主而展开现场辩论会,试图说服村民们投票给自己,这样的辩论要在附属黑石城的每一个村都举行一次才算完事。

辩论开始了,他们夸张的动作和慷慨激昂的演讲让孩子们觉得很新鲜,小布也有样学样,找了一只空木桶站上去,模仿候选人的演讲。

老人说："我不知道我们的祖先是从什么时候开始在这片盆地定居的，千百年来，外面战火不断，但那些可怕的机器人从来没能大举入侵盆地。我不知道它们到底是无法跨越高山，还是莽莽群山的掩护让它们忽略了这片福地的存在，总之，我们幸运地在这儿生活了很长时间……"

小布模仿着说："我不知道这些人为什么要抢我们的地盘吗？好几年来，这片晒谷场就是我们玩打仗的地方，吧啦吧啦……"后面的内容小布忘词了，全部用"吧啦吧啦"代替，乱吼一通，逗得伙伴们直笑。

老人说完之后，中年人说："我不同意老先生的意见，我们受那些机器人欺负已经够久了！它们夷平了多少村庄，杀害了多少人呀？咱们应该奋起反抗，而不是坐以待毙！"

小布模仿说："我们受他们的气已经很久了，他们抢了我们的晒谷场，咱们应该奋起反抗，而不是坐以待毙！"就连语气也模仿得惟妙惟肖。

老人反驳说："祖先们留有遗训，千万别碰机器人的地盘！我知道很多村庄被机器人摧毁，但那都是因为他们不遵祖训，擅自搬迁到山谷外建立村庄定居，所以才遭到不幸！"

小布模仿说："老一辈的大哥哥大姐姐们说过，晒谷场是我们的地盘，谁敢摧毁我们建在晒谷场上的'城堡'，谁就要遭到不幸！"声音还吼得老高。

中年人愤怒地说："我们不能永远缩在山谷里当缩头乌龟！我们的人口不断增长，狭小的山谷已经很难容纳这么多人了，理所应当往外迁徙！我们要反击！如果我能当选城主，一定组建起强大的军队，让那些摧毁村庄的机器人付出代价！"

小布继续模仿说："我们不能永远缩在晒谷场当缩头乌龟！我们应该反击，让那些抢走晒谷场的人付出代价！"他这次用尽全身力气拼命嘶吼，硬是盖过了中年人的声音。

中年人终于受不了小布的"演讲"了，大声说："你们谁去把那些捣乱的小鬼赶走？"

小布仍然模仿说："你们谁去把那些抢了晒谷场的家伙赶走？"然后孩子们一哄而散。

"他们真要去打机器人吗？"逃跑的路上，小胖问小布。

小布说："他们一定只是随口说说，骗别人投票。大人全是骗子，昨天我老妈说只要我乖乖做完家务，就给我钱买糖吃，结果我做完了，她就翻脸不认账了！"

"就是！"另一个小伙伴阿南也说，"上次老师说星期六不补课，到了星期五就赖账，叫我们明天到学校补课！"

伙伴们在村口停住脚步，回头看看，不见大人们的身影，小布说："你们听说过骗子能对付机器人吗？我看是不能，所以要打机器人，还得靠我们！"

小胖说："但我们以前没对付过机器人，得先找个机器人练习一下。"

阿南问："咱们去哪儿找机器人？"

小布直勾勾地盯着正在村外吃草的耕牛，说："你们不觉得，那头牛跟机器人差不多大吗？"

他们最后决定拿那头倒霉的牛代替机器人进行练习。小布以前远远地见过猎人狩猎落单的机器人，他找了块石头在地上画示意图，向大家讲解猎杀机器人的步骤："第一步，用装铁砂的火绳枪向机器人射击，机器人的传感器通常是脆弱的电子眼，很容易打碎；第二步，骑着马快速冲向机器人，用绳子套住机器人并把它拖倒；第三步，把炸药点燃，向机器人丢去；最后一步，如果机器人还不死，就骑马上去硬踩，踩死为止！"

天知道小布的作战方案有多少漏洞，但至少听起来像模像样。伙伴们很快行动起来，找来绳子扎成套索，用鞭炮代替炸药，用自己的两条腿代替马匹，每人拿一根木棍，假装自己拿的是火绳枪，嘴里发出"砰砰"的声音往前冲。他们把套索往牛身上丢，但怎么丢都套不中。

牛也不跟他们一般见识，自顾自地吃草。小布极不甘心地掏出鞭炮点燃，往牛身上丢去，鞭炮爆炸，闯祸了！牛这一受惊，发疯般地朝他们冲去！孩子们连滚带爬地往晒谷场跑，专往人多的地方钻，指望大人快点儿把牛拦住，村民们知道疯牛的厉害，也撒腿就跑，只剩下那两个目瞪口呆的候选人仍然站在演讲台上。

然后，啪啦！轰隆！吧唧！只听见两声惨绝人寰的号叫……

五

当晚，所有参与这件事的孩子都被家长狠狠地修理了一顿。托他们的福，那两名候选人的下一场辩论只能躺在担架上进行了。小布也逃不过这一劫，一顿藤条揍过之后，现在也只能趴在床上哼哼唧唧。雀斑姐毫不客气地扯下他的裤子，用棉花蘸上碘酒往他屁股上的伤口涂去，他顿时疼得像杀猪般叫起来。

雀斑姐说："你再叫！我就往你的伤口上撒盐！油盐酱醋一起倒上！你看看阿璃，跟你同样的年纪，却比你懂事那么多！"她可没痘哥那么好脾气，还在为前几天草垛里那件事生气。

阿璃拿着药棉走进小布的房间，雀斑姐对她说："好了，现在换你照顾他，如果他不老实，就往屁股上踹两脚！"小布的惨叫声戛然而止，他表情扭曲、强忍着痛不愿喊出声，宁可痛死也要在阿璃面前表现出男子汉气概。小小的房间里一下子安静下来，只听到客厅壁炉里柴火燃烧的噼啪声。

薄薄的木板外传来村长的声音："村里有些年轻人打算跟随今天那个候选人去对付机器人，这真是麻烦事……祖先们留下的遗训是让我们不惜一切代价保护村里的高塔，不是跑去跟机器人掐架！"毫无疑问，村长一定是在客厅跟爸爸商量事情。

这小村并不大，几乎所有村民都有七弯八拐的亲戚关系。村长是小布的堂舅，每次碰到什么大事，他们就聚在客厅里开会。

痘哥说："高塔看来是没问题的，那些机器人连扼守盆地的黑石城都攻不下来，更别说盆地正中心的高塔了。"痘哥也是一天到晚有事没事就往这儿跑。小布知道，痘哥早晚都会变成他姐夫。

村里的老铁匠说："孩子，你没见识过机器人的可怕……一只蚂蚁很容易掐死，但成万上亿的蚂蚁成群结队向你涌来，唯一能做的事就是尽快逃命。"老铁匠是痘哥的老爸，他年轻时不但见识过机器人的可怕，还在战斗中丢了一根手指。

一个年轻的声音问："这高塔到底有什么秘密？为什么我们一定要守着它？"小布听不出这是谁的声音。

小布的爸爸说："这是信号发射塔。很久以前，地球联邦拥有许多太阳系外殖民星球，我们生活的这个世界就是其中的一颗殖民星球，这些信号发射塔昼夜不停地向外太空发送飞船导航信号，指示着地球联邦的飞船安全准确地在星球上起降。它的建造方法和建造时间都在漫长的历史中遗失了，我们唯一能做的就是保护它。也许哪一天，我们的同胞会乘坐着飞船从天而降，带来失传已久的高科技。"

村长说："先不说这些故事，既然黑石城要从机器人手里抢地盘，他们的士兵奔赴前线以后，就必定要从我们村里调民兵负责城市的防守，我们必须加强村里民兵的防守火力，调整布防……"

接下来的各种防御调整就是小布听不懂的了，他小声问阿璃："飞船是什么东西？是在天上飞的船吗？它也像黑石城的船那样有很大的蒸汽锅炉和明轮吗？"

阿璃说："不太一样，飞船不用蒸汽锅炉，但有一点是相同的，它们都能搭载很多人，从一个地方驶往另一个地方。"

小布又问："'高科技'又是什么？"

阿璃说："这个我就不知道该从哪里说起了。高科技是一种知识，一个拥有高科技的文明，能做到很多你做梦都想不到的事。比如制造一个巨大的保护罩笼罩着整座城市，在里面装上气候调节器，让整座城市冬暖夏凉；制造一艘像城市一样大的飞船，载着数以万计的人飞往别的行星；或是建造一个全自动农场，让机器代替人类工作，人们什么都不用做，就能源源不断地获得粮食……"

小布打断阿璃的话说："你说拥有高科技，就能让机器人代替人类工作？"

阿璃说："在遥远的地球，人们把整个世界划分为很多国家，到了太空时代，人们发现外太空探索需要的资金和技术是任何一个国家都无法独立承担的，但它带来的利益的诱惑却又是任何人都无法抗拒的，经过漫长的谈判之后，各国终于联合起来组成地球联邦，迈出了向宇宙拓荒的步伐。"

小布意兴阑珊地说："在拓荒时代，大批机器人作为外星殖民的先遣队被送上飞船，送到陌生的星球。它们在荒凉的星球上建造生产线，生产更多的机器人，像蚂蚁一样辛勤地工作，改造星球的环境，等那里变得适合人类生存之后，人类才开始往这些星球上移民。但当祖先们来到我们这颗星球时，却发现机器人完全不听人类的命令……小时候我妈哄我睡觉时，这故事都不知道讲了多少遍了，你还当真了呀？"

阿璃说："这些不是虚构的故事，是历史。"

小布说："你当我是三四岁的小孩呀？大人们整天都在编故事骗人，什么小红帽、牛郎织女，全都是假的！这个宇宙拓荒的故事一定也是瞎编的。老爸还说机器人在大地上画了一条红线，只要人们跨过这条红线建立村庄定居，它们就会大举入侵，毁灭我们的世界。但我在高塔上眺望很多次了，大地上根本没画线！"

阿璃说："那条红线并不是指真的就在地面上画一条线，它是指特定的山川河流连成的界限，只要跨过了，机器人就会入侵。"

小布再次打断阿璃的话，说："不管你怎么说，我就是不信，除非你让我亲眼看到船在天上飞，你们管那玩意儿叫飞船对吧？如果飞船真的出现了，我就相信你说的话。"

阿璃笑笑，不再说话。她知道，想说服小布相信这些事情是很困难的。

六

备战了。接下来的好几个星期，几乎每天都能看见大批士兵在收割后的农田里进行操练。那些士兵抱着火绳枪，喊着口号，迈着整齐的步伐前进，朝靶子射击。庞大的床弩在牛马的牵拉下进入预定位置，大批工兵紧张地忙碌着，用撬棍撬动机括，把沉重的青铜齿轮跟蒸汽机连在一起。听说这种床弩发射的石头能把厚实的城墙像撕纸片一样轻易撕破。

"快看！是蒸汽坦克！"当一个庞然大物出现在视野中时，孩子们骚动了，根本不管现在是上课时间，纷纷趴在窗台上眺望远处的坦克。

蒸汽坦克是黑石城的撒手锏，它就跟一栋房子差不多大小，外壳上镶嵌着带刺刀的铁板，一大两小三台炮座，左右两侧的小炮架设着两挺三口火铳，正中间的大型炮座架着一台床弩，六根烟囱冒着浓浓的蒸汽，轰声如雷，活像一座小型要塞。锈黑色的履带轧过农田，留下两排长长的碾痕，非常威风。孩子们都觉得消灭机器人，建立更辽阔的人类帝国是指日可待的事。

啪啪啪！年级主任兼班主任兼历史老师兼小布爸爸的人用教鞭敲打着黑板，说："认真听课！现在翻到课本第52页，今天我们要讲的是我们祖先的殖民史！"

这个世界能教的知识很有限，孩子们的历史书分为地球历史和外太空殖民史两部分。地球历史只教到祖先们登上飞船奔赴外太空为止，他们并不知道后来的地球发生了什么事；外太空殖民史其实也只是教祖先来到这颗星球之后发生的事，他们同样也不知道别的殖民星球发生的事情。

小布百无聊赖地继续打着哈欠，这让他老爸倍感挫折。爸爸耐着性子继续讲课："数千年前，我们的祖先踏上这颗星球，试图建立起跟故乡一样的先进文明，但地质勘探的结果让人很失望，这颗星球没有石油和煤炭这一类的化石燃料，使得祖先重建文明的希望成了泡影。那些失控的机器人却掌握着地球时代的先进科技，它们利用太阳能和放射性物质作为能源，持续不断地开挖矿山，冶炼金属，建立工厂，不断制造出新的机器人，人类和机器人的冲突愈演愈烈……后来，有人从机器人的残骸中发现了能源核心，这让我们看到了重建文明的希望。阿璃，你来给大家讲述一下能源核心。"

阿璃总是知道很多村里的孩子从没学过的知识，但孩子们觉得这没什么可奇怪的，毕竟她是从城里来的。

阿璃站起来说："能源核心是机器人体内的高性能电池，它也许是地球时代的科学家们设计的。现在它是我们重建先进文明的最重要的能源物质，尽管我们残存的科技无法像古代人那样制造出电灯、电话和电动车之类的高科技，但蒸汽机之类的机械还是能做出来的。这种电池蕴含的电能非常惊人，只要用铁丝之类的高电阻导线将正负极对接，短路的电流散发的热量甚至可以烧熔铁丝，所以一些聪明的工匠开始四处搜集能源核心，把它当作蒸汽机的热源，驱动各种机械运作。这次新当选的黑石城城主试图集结大军，跟机器人决一死战，我看除了想在山谷外的世界定居之外，另一个目的就是想弄到更多的能源核心。"

"说得很好！就是稍微有点跑题了。"小布的爸爸让阿璃坐下。

男生似乎总是对打仗的事感兴趣，小布问阿璃："城主要这么多能源核心干什么？"

阿璃说："我们现在拥有的能源核心给蒸汽机提供能源后就所剩不多了。城主是个很有野心的人，他想弄到足够多的能源核心，为我们拉开电力时代的帷幕，但这种事哪可能轻易做到呢？机器人一定会反攻的。"

不知为什么，小布突然想起上个月到城里进行城主选举辩论的那个老人，那张忧心忡忡的脸总像梦魇一样萦绕在他的心头。听说老人到现在还拄着拐杖，独自一人，一个村庄接一个村庄地进行巡回演说，试图说服人们取消军事行动。但每到一处，迎接他的都是成年人的讥笑和小孩子的戏弄。

七

一个星期之后，淅淅沥沥的秋雨像无数把冰制的小刀割在身上，浸入骨髓。部队奔赴前线，村庄也一下子冷清起来，终于有了深秋的萧索气息。

战争成了小孩子之间最流行的话题，当然，他们讨论的重点是在打仗游戏中由谁来扮演机器人。这通常都由抽签来决定，要是哪个孩子不幸抽到扮演机器人的签，多半都会一脸的不高兴：按规则，扮演机器人的孩子最终都是要倒在地上假装被士兵们击毁的，当他们满身是泥地回到家时，还免不了被父母揪着耳朵一阵痛骂。

这些天，晒谷场的"战争"中不见了小布的身影，但这并没有影响孩子们的兴致，他们很快立了另一个头儿，继续游戏。

不知谁曾经说过，如果孩子突然厌倦了自己一直在玩的游戏，那就说明他开始成熟懂事了，但小布似乎是个例外。

傍晚，雀斑姐大发雷霆，叉着腰在家门口大骂："小布，你到底要到什么时候才能长大？你说你今晚帮阿璃做饭，我还以为你突然懂事了呢！既然你敢跑，那你就别再回来了！我看你还能躲一辈子？晚饭没你的份儿！"

晚上，村庄边缘的垃圾堆附近，小布躲在被人当作垃圾丢掉的倒扣着的生锈大锅里，不用想就知道他又闯祸了。小时候，他和伙伴们经常从垃圾堆里捡来别人不要的铁锅、锅盖什么的，用几根棍子支撑着，盖成"房子"，玩过家家。尽管他老早就不玩这种游戏了，但现在小雨淅淅沥沥地下着，这种简陋的"房子"还是稍微能挡一下雨的。

阿璃拿着一盒饭，掀开大锅，问他："肚子饿了吧？"

小布接过饭盒，一阵狼吞虎咽。阿璃说："虽然乌龟都喜欢躲在自己的壳里，但假扮乌龟是很幼稚的事，大人们不会因为你躲在锅底下就找不到你。"

努力咽下最后一口饭之后，小布说："我今天是真的想帮你做饭……"

沼气路灯暗淡的光芒下，阿璃说："那你也不必用灶膛里的灰涂黑自己的脸，假扮怪兽来吓我吧？"

在村里，很多家庭是用禾秆烧火做饭的，炉膛里会留下厚厚的积灰，今天他们一个追、一个跑，把厨房搞得一团糟，阿璃当然不是怕他，只是不想被他的满手灰弄脏衣服罢了。小布讷讷地说："我只想逗你开心，你笑起来特别好看……"

阿璃笑了，说："如果大家不是用禾秆烧饭，而是像地球联邦的人那样用微波炉，我看你去哪儿找炉膛灰涂脸……"

"地球时代的人不用禾秆烧饭吗？"小布问阿璃。

阿璃说："厨房的变化可以视作人类科技进步的一个缩影。在很遥远的农耕时代，人们也是用禾秆、木柴煮饭的，后来到了蒸汽时代，人们开始用煤球煮饭；进入电力时代以后，电饭锅之类用电的厨具也开始普及……"

小布说："跟我说说地球时代的故事吧。"下着细雨的秋夜很冷，他们并排坐着，不知道什么时候已紧紧地挨在一起取暖。小布的尾指不小心碰到阿璃的手指，只觉得心扑通扑通地乱跳，他努力让自己保持着什么都没发生的表象，但脑子却变成一团乱麻，不知所措。

"你不是说，那些故事都是虚构的吗？"阿璃问他。

小布着急地说："不，不！我可喜欢听了，以前姐姐给我讲童话故事，尽管我知道那是虚构的，但也听得津津有味呢！"他正担心没有可以跟阿璃聊天的话题。

阿璃看着路灯昏黄的光晕，整理了一下思绪，缓缓说起那些古老的故事。她从古希腊的青铜计算器说起，说到冯·诺依曼的计算机，说到信息高速公路和网络时代的降临，说到人工智能和量子计算机的诞生，最后说到了机器人的叛乱，正讲到人类联军在底特律镇压反叛的机器人时，她突然停住不说了。

小布正听得入神，问她："然后呢？"

阿璃站起来，说："然后我们就该回家了，夜已经很深了！"雀斑姐正站在这两个半大不小的孩子面前，在小布眼里，大人们经常说一套做一套，姐姐傍晚还说不许他再进家门，现在却又四处找他。

两个星期之后，捷报频传，军队一连消灭了好几拨机器人，占领了大片肥沃的土地。不少原本持观望态度的人都改变了主意——有钱的琢磨着到新占领的地区买一大块地，开辟成农场；没钱的就四处打听门路，试图参军，没准儿能弄个战士授田书回来，就可以免费得到一片属于自己的土地。

自从上个星期那次谈话之后，小布和阿璃的距离拉近不少。小布经过痛苦的心理挣扎之后，决定不再顾忌同伴们的目光，公然跟阿璃聊天。但他忘了一件很重要的事：在伙伴们当中，年龄比较大的孩子逐渐离开大伙儿，开始腼腆地跟异性交往是很正常的事，别的孩子通常都不会太在意。四年前，他们的头儿，当时十四岁的痘哥也是这样慢慢脱团的。

在高塔上，小布对阿璃说："痘哥也许会去当兵吧？大人们好像都很想拥有属于自己的农场。"说话的同时，他假装满不在乎，却悄悄地用眼睛瞥了一眼阿璃的脸色，忐忑不安地猜她是否喜欢这个话题。

阿璃在低着头绣花，回答说："我看不会，等到痘哥的爸爸老到抡不动铁锤之后，他就是附近几个村里唯一的铁匠。这可是人人羡慕的工作，比拥有自己的农场还要风光。如果他还想要属于自己的农场，那也容易，等着低价收购别人搬走之后腾出的农庄就行了。"

呃……有道理，小布在深表赞同的同时，突然发现没词了。他这样的孩子可不像成年人那样，能就农场位置、农耕时令等话题聊上一整天。他冥思苦想了很久，好不容易又找到一个新话题，说："听村长说，这几天，高塔一直收到不明信号，可惜解码方法失传了，无法解读信号内容。"

阿璃说："这也不是什么新鲜事了，千百年来，咱们就隔三岔五地收到这种信号，但现在的蒸汽科技拿这些信号就没办法，只能希望别是坏消息吧。"

小布问："怎样的消息算是坏消息？"

阿璃说："最坏的消息就是机器人从天上大举入侵。在很久以前，地球联邦发生了机器人叛乱，机器人所到之处，人类伤亡惨重，它们的目的是征服整个地球联邦，如果让它们发现这颗殖民星球，后果不堪设想……"

作为男生，小布更感兴趣的是阿璃描述的地球时代机器人叛乱。他先是很安静地听阿璃讲故事，听到精彩之处，不禁握着拳头想象着自己是那个时代纵横沙场的将领；听到阿璃讲述人类联军兵败如山倒的情节时，终于忍不住跳起来说，如果他是那个时代的将领，一定可以消灭机器人叛军。

这个年龄的孩子总幻想自己是百年不遇的英雄，阿璃也不忍打破他的幻想，但小布却没有注意到阿璃眼中的忧伤。

八

第三个星期，坏消息终于传来了——数不清的机器人集结起来，向人类发动了反攻！每倒下一个机器人，就马上有一个新的机器人走下生产线来代替它，再英勇的士兵也挡不住这源源不绝的大反扑。

到了第四个星期，黑石城沦陷！很快就连村庄的外围都出现了机器人的身影。村里的人不分男女老少，只要拿得动武器的都被发动起来，挖战壕，设陷阱，抵挡机器人的入侵。

"那个该死的城主！如果不是他胡乱发动战争，我们也不会陷入这么危险的境地！"有人大声叫骂。

"你当时不也投了他的票？"另一个人大声反问道。

口水战和家乡保卫战一起拉开了帷幕，村民们一边对骂，一边朝机器人射击。村庄的防线被撕开，机器人逐步逼近高塔，一些机器人的履带轧在村民埋设的地雷上，"轰隆"一声被炸上了天，但更多的机器人碾过同伴的残骸，继续朝村庄涌来！

突然间，大片的火流星从天而降，漆黑的椭圆体空降仓砸落在机器人中间！不少机器人被直接砸成零件状态。一群武装到牙齿的士兵冲出空降仓。这些陌生的士兵火力强悍得惊人，机器人的钻头刺在它们结实的动力铠甲上，连划痕都留不下一道，士兵的链锯刀却像切豆腐一样把机器人一下切成两段！

村民们第一次看见如此剽悍的士兵。阿璃看见那些士兵，脸色刹那间变得苍白，她一步步地后退，直到靠墙无路可退。小布知道她在害怕，他很想挺身而出，站在她身前说"我保护你"，但这些天，他先是见识了机器人的可怕，腿都吓软了，今天又见到比机器人还可怕的人类士兵，只差没连胆子都吓破，哪还有勇气说那些豪言壮语？

一阵砍杀之后，士兵们把链锯刀插回身后，扛起动能自动枪，绵密的弹雨无情地吞噬了那些机器人。

一名士兵向军官报告说："长官！机器人太多了！附近一定有制造机器人的移动工厂！"

军官立即对士兵下令："你带几个人强行突破，去炸掉那些移动工厂！如果有必要，可以直接呼叫轨道上的军舰提供垂直轰炸！"

士兵领命离开，军官跳到战壕里，摘下头盔，问一名负伤的村民："谁是你们的头儿？带我去见他！"军官动能铠甲的金属领口上镶嵌着一个小巧的翻译器。

村民带着军官去见村长。这几个星期，村长好像一下苍老了很多。昏暗的办公室里，村长佝偻着腰擦干净一张椅子，双手颤抖着为军官倒了杯茶，激动地说："你们终于来了，我们等了七千年……"

军官向村长敬了一个军礼，说："客气话就不必说了。我想知道，你们为什么一直没回复我们的联络信号？"

村长愕然，问："你们很早就知道我们的存在了？"

军官说："我们的宇宙高速航道就从你们星系附近经过，每次我们都会发信号询问你们是否需要帮忙，可你们从未回复过我们的呼叫，我们也不方便介入你们的生活。看到你们自得其乐地猎杀机器人，愉快地玩蒸汽机，也不好打扰你们……这次，是看见事情实在不对劲，才紧急出兵的。"

村长顿时明白了，他浑身颤抖地说："我们的信号塔……高塔……高塔的解码器很久以前就坏了，解读……解读不出你们的信号……你们早应该派人过来瞧瞧……"他捂着胸口，慢慢瘫软在地。

军官见状，脸色骤变，大声说："该死！你挺住，我叫军医过来！"

村长病倒了，气病的……

天上的援军把机器人赶出了山谷。一连好几天，小布都在帮大人们挖墓穴，掩埋在这次机器人入侵中遇难的村民尸体，村民们还是头一次看到这个惹祸精老老实实地帮大人干活。

丧事办完之后，小布的爸爸暂代村长，举行了一个简陋的仪式欢迎援军。

人类从来都是一种矛盾的生物，当人们说到援军们先进的武器和英勇作战时的雄姿时，每个人都按捺不住感激之情，把援军比作举世无双的英雄；但每当有人说起他们老早就知道这颗殖民星球的存在时，人们马上改口，众口一词地把他们骂成见死不救的冷血动物。这类口水战随着欢迎仪式的结束愈演愈烈，小村的民众和从四面八方聚集过来的难民们大有抄起武器，把援军痛打一顿的冲动。

这一天，对骂依然持续着，村民愤怒地咆哮："根据地球联邦的宇宙拓荒计划，第二拨移民船应该五千年前就到了，你们居然直到今天才出现！"

军官辩解说："地球联邦早在几千年前就不存在了，你们不能拿从前的移民计划来说事！再说，你们不给我们发送信号，我们怎么知道你们想跟我们联系？"

村民们立即回应说："高塔的信号发送装置老早就坏掉了，你让我们怎么发送信号？"

军官问："是谁破坏了信号发送装置？"

村民两手一摊，说："天晓得！反正你们不管我们的死活，就是你们的不对！"

一名士兵愤愤不平地插嘴说："长官，我们提着脑袋救了这些人，现在反而被他们骂个狗血淋头，咱们还不如一走了之，让他们自生自灭好了！"

"迟了！"军官怒吼着说，"如果咱们一开始就假装没看见这颗星球，那也倒罢了，现在已经卷进这事里了，那些无孔不入的记者早就把这件事传遍了整个星舰联盟，如果现在撂挑子，咱们回去之后非被唾沫淹死不可！"

军官哪里说得过村民，村民们你一言我一语，口水都可以把他淹没。情急之下，他拿出通信器跟上头联系："我是星舰联盟国土警卫队第八十七陆军战团的呼雷泽尔中校，我们急需支援！给我调一打谈判专家过来……对，这里爆发了极其严重的口水战！"

谈判专家很快乘着飞船降临，各地幸存的难民也陆续聚集到村里，毕竟这儿是为数不多的安全地带了。听说星舰联盟还为这个小村提供了额外的救济物资，更使得小村一时人满为患。难民们吃饱喝足之后，还可以到村子的晒谷场围观谈判专家和本地政客之间的对骂。

小布并不知道，谈判关系着这颗殖民星球的未来。这颗星球的人终于盼来了等待已久的同胞，尽管地球联邦不存在了，但迎来星舰联盟的人也同样是一件大事，那些天上来的人手上有大家期盼已久的高科技，能让大家过上好日子。只是星舰联盟虽然已经足够强大，但多一颗殖民星球并不会让它获得太多的好处，反倒是多出一个包袱，还得负责这批殖民者的福利、治安和就业……林林总总的问题堆积在一起，实在让人大伤脑筋，所以他们以前都不太理会这颗星球。

不过，小布已经没有兴趣模仿大人们的辩论了，这世上没有哪个孩子在亲眼见过残酷的战争之后，还能像以往那样嘻嘻哈哈地打闹，短短几个星期，他就变得沉默寡言起来。

九

村子北面的小山丘以前是孩子们玩耍时经常去的地方，战争过后，山丘布满了遇难者的坟茔。村落里的小杂货店老板就在这儿长眠，小布以前偶尔会在他店里顺手牵羊地拿几块糖果；老板的墓地旁是小布的班长阿呆的坟堆，小布上个月管他借了半块橡皮，可再也没机会还给他……

村庄的晒谷场堆放着小山似的机器人残骸，这都是村民们捡回来的。前几天，村民们还一窝蜂地拿着镰刀、铁锤和菜刀，争先恐后地把珍贵的能源核心从残骸中撬出来，但很快人们就发现这完全没必要，士兵们消灭的机器人实在太多。现在，那些镶嵌着能源核心的残骸多到就算丢在路边也没人捡。

尽管谈判还没有结束，姗姗来迟的星舰联盟还是派出了一些人来调查该星球机器人杀人的事儿。调查结果令人震惊，这颗水草丰美的星球非常适合人类生存，几千年的时间本来足够人类繁衍出数以亿计的人口，但偌大的一个世界，除了这片山谷生活着不足五十万人以外，其他地方根本没有人类生存过的痕迹！

据调查官说，那些机器人都是非常落后的工程型机器人，原本的作用是把殖民星球改造成适合人类生存的环境，如果没有人在暗地里指挥，它们根本不会袭击人类。现在，必须把幕后黑手揪出来。

调查团用探测器扫过所有遇难者葬身之处，连片墓地也没放过，似乎在寻找什么不同寻常的东西。好在不用开棺验尸，村民的抵触也不是很大。花了一个月检查完所有的遇难者之后，调查团提出要调查所有的幸存者。

终于下雪了……高塔上，阿璃看着雪花落在掌心，对小布说："这也许是我最后一次看到雪花，我的朋友很少，你算是其中一个，现在只告诉你一个人：我活了七千年……"

小布说："你撒谎吧？人哪里能活几千年？"

阿璃说："以前你说过，只要你看到飞船从天而降，你就相信我说的话都是真的，这话现在还算数不？"

小布摸了摸她的额头，说："你一定是感冒发烧，脑子烧糊涂了……"

阿璃生气了，说："你管我脑子有没有烧坏？反正你现在记住我说的话！有些事，我不甘心把它带进棺材，哪怕只有你一个人知道也好！"她是想让小布知道那些历史，指望着有一天，能有人还她一个公道。

小布不作声了，阿璃说："我是七千年前机器人叛乱时代的人。

那时，很多人死于战乱，我也不能幸免。机器人叛军的首领放出话来，说他们能救活战死的人。我的爸爸妈妈伤心欲绝，不惜冒天下之大不韪，去找机器人救活我。机器人开出的条件是我成为它们的内应，爸妈答应了，毕竟对父母来说，救活自己的孩子比什么都重要……"

阿璃停顿了一下，继续说："但爸妈从没想过，它们竟然给了我不死的生命，只要我没受到致命伤，就绝不会死去。我刚活过来的时候，爸爸妈妈很高兴，但哪家父母会喜欢一个像妖怪一样永远不会长大，也不会死的孩子呢？过了几年，我有了弟弟妹妹；又过了二十多年，我弟弟妹妹都成家了，我还是跟小时候一样，完全没有长大。快乐的日子结束了，我离开家，独自流浪。人类和机器人叛军有时候能和平共处，有时候却爆发大大小小的战争，日子过得很艰难，很多人为了讨一口饱饭吃，登上飞船寻找适合人类生存的殖民星。在我走投无路的时候，是机器人叛军收留了我。"

小布问："然后你就为叛军卖命了？"

阿璃苦笑，说："机器人命令我们混进人类当中，跟随移民踏上寻找适合人类生存的星球的旅途，等到将来它们进攻殖民星时，我们就是内应。可悲的是，在那些金属疙瘩眼里，我们始终是人类，就算真心给它们卖命，它们也不会信任我们；同样，在人类眼中，我们这些不死的人也是不可信任的怪物。

"我不想为机器人卖命，几千年来，我一直都很害怕机器人叛军找到这颗星球。我不希望人类数量过多，过于明显的人类活动痕迹会引起叛军的注意，引来灭顶之灾；我更不希望人类重新掌握太空时代的科技，自不量力地回去找叛军复仇……我没有别的办法，只能尽量削减人类数量，把人类'锁死'在蒸汽时代……"

正在这时，一个陌生人在两名士兵的跟随下走上高塔，问她："所以，你一直都在操纵那些没脑子的工程机器猎杀离开山谷的人类？"

小布像狼犬一样跳起来，抢在阿璃面前问："你是谁？"

那人说："我是星舰联盟的调查官，我负责把这个叫作阿璃的丫头送上法庭，她所说的一切都将成为呈堂证供，当然，她有权为自己雇一个得力的律师。"

阿璃似乎早就猜到这人迟早会出现，说："调查官先生，只要您回答我一个问题，我就跟你走。请问，当年那场机器人叛乱最后的结局是……"她的声音有几分颤抖。

调查官说："那些铁疙瘩早在几千年前就变成铁锈了，但我们还活得好好的。你真不该破坏这座高塔，否则几千年前你就该收到胜利的消息了。"

阿璃愣住了，她从没想到过，自己白白折腾了几千年！她笑了，泪水从稚嫩的脸庞滑落，小布弄不懂她到底在笑还是在哭。

小布知道阿璃要跟那些人走了，就在他不知所措的时候，阿璃突然转身，用嘴唇在他唇上轻轻碰了一下，年幼的小布并不明白这举动代表的含义，只听到她小声对他说："谢谢你，我很久没有过上这么快乐的日子了……"

还没等小布回过神，阿璃突然闪向高塔边缘，纵身一跳！小布想都没想，冲过去试图抓住她，于是他整个人也往高塔外跌去。调查官大惊失色，但他只来得及抓住小布的脚腕，阿璃单薄的身子却像雪花一样飘落……

十

十几年后。

我有多久没回家了？走出飞船那一刻，小布看着飘雪，在心里问自己，这次他带了女友回家见父母。

在他小学毕业那一年，拖沓的谈判终于得出阶段性结果，他也成为第一批有幸进入星舰联盟中学读书的孩子。故乡的人对这批孩子寄予了很大希望，希望他们能争气，能够出人头地。小布并不是这群孩子当中最优秀的，但至少他也按部就班地念完了中学、大学，并有幸得到导师的青睐，硕士毕业之后顺理成章地有了一份体面的工作。

但也因为外出求学，他很少回家，今天回到故乡，只感觉一切都如此熟悉而陌生。飞船的起落港位于黑石城郊外，抬头就能仰望到高高的金属城墙，巨大的蒸汽机仍然铮亮如新，城墙上的弩车也依然如故，最大的不同是镶嵌在城门上的巨幅广告牌——欢迎来到最后的蒸汽世界！

这颗殖民星球已经变成了著名的旅游胜地，白茫茫的雪原上，背着火绳枪的士兵骑着战马，挥舞着套索猎杀机器人，大批游客拿着望远镜在城墙上围观。当年大家为了生存而猎杀机器人，现在这种狩猎却完全变成了一场嘉年华式的欢乐表演。

故乡的村庄仍然保存着以前的风貌，人们还是跟以前一样，春夏播种，秋天收获丰硕的稻谷，只因为游客们想看这种古老的农耕生活。

痘哥现在还是打铁匠，每天都有游客到他的打铁铺里，好奇地看着一块块铁锭在他的锤子底下神奇地变成各种农具。有些游客还笨拙地抡起锤子，饶有兴致地一试身手，把一块块好好的铁锭敲成谁都不认识的"艺术品"。痘哥他老爸对那些浪费了的铁锭心疼得不得了，但痘哥却把那些"艺术品"精心包装起来让游客带走，然后乐呵呵地数钱。

阿璃那件事现在已经广为人知，毕竟多年前，联盟法院对死去的阿璃进行缺席审判时，曾经要求村民们以陪审团成员身份前往法庭。村民们知道真相以后，彻底震惊了。但阅读过全部调查资料之后，村民们一致要求停止这场审判，村长用拐杖把地板敲得山响，说："她只是个孩子！况且现在已经死了！你们怎么还忍心审判下去？"这场审判，最终以终身监禁外加一份特赦令而宣告结束。

在那些调查资料中，唯一被隐瞒的内容就是小布跟阿璃的交往，毕竟这只是无足轻重的次要资料，况且那时的小布尚未成年，在这场全民关注的审判中，法庭总得保护未成年人的隐私。

从此以后，村子里多了一个习俗，每到下雪的时候，家家户户都会把一件小棉袄和零食放在家门旁。村里的老人说，在漫长的岁月里，阿璃绝大部分时间都在人迹罕至的深山里流浪，偶尔会出现在城里，被好心人收养，过上几年还算幸福的日子。她不敢让人发现她不会长大，生活个两三年之后，就只好不辞而别，继续一个人生活在深山中。她活了几千年，说不定哪天她还会活过来，总不能让她在大雪天里冷着饿着。

但小布却不这么认为。阿璃活得虽久，快乐的日子却没几天，这种不死的生命无异于永恒的酷刑。当她知道机器人叛军早已成为历史之后，如释重负，小布记得那时，他发疯般地冲到高塔下只看见阿璃逐渐变冷的脸庞上挂着幸福的笑容，她真正想要的是一个永恒的长眠。

高塔依然矗立，村庄里的晒谷场仍然是孩子们嬉闹的地方。今天孩子们玩"勇者斗怪兽"的游戏，在一群孩子当中，谁抽中了扮怪兽的签，谁就得扮演怪兽拼命逃，其他的孩子拼命追，先抓住"怪兽"的孩子就是"勇者"，但抽到怪兽签的孩子多半都不愿扮演怪兽，别的孩子就会指责他耍赖，然后就会吵起来。

今天，这样的争吵也同样在发生。一个孩子头儿大声指责抽中怪兽签的孩子，说："不许赖账！我舅舅在生物研究所工作，他每天都在研究怪兽！吼吼！如果你不听我指挥，我就叫舅舅抓你去研究！"

那孩子头儿看见小布，游戏也不玩了，高喊着"舅舅"，高高兴兴地跑过来。撒欢儿的同时，脏兮兮的小手在小布刚买的新裤子上猛擦，顺便摸他的口袋看有没有零食，这是小布童年惯用的恶作剧手段之一，现在轮到他自己遭殃了。

据说姐姐经常对她儿子说舅舅小时候有多听话，有多认真念书，这当然是善意的谎言，至于孩子他爹的裤腰带被孩子他舅挥舞着满村乱跑这类的糗事，却再也没被人提过。

每次回家，小布总要抽一点时间到村子北面的墓地，独自待上一段时间。这次他带的东西特别多，在一座荒草蔓生的小土坟前，他把几本厚书一页页撕下，点燃，默默地看着书页化作袅袅青烟。土坟的墓碑没有刻名字，女友问他："这是谁的坟？"

小布说："这是阿璃的坟。"这是他多年来第一次提起阿璃，很多人内心深处都埋藏着年少时的一段懵懵懂懂的恋情，要么是无疾而终的暗恋，要么是青涩的初恋，当他们从小男孩变成男人之后，也许永远都不会再提起那段稚嫩的故事，但也一辈子都不会忘记。

女友听说过阿璃，她拿起一本书翻了翻，发现这是讲述七千年前那场机器人叛乱怎样被平息的历史书。她问他："你烧书做什么？"

小布说："烧给阿璃看，她会喜欢的。"

在那段古老的历史中，像阿璃这样被机器人赋予近乎不死生命的人类不在少数，但很多人最终都选择了跟人类站在一起，要么奋起反抗机器人叛军，战死沙场；要么带领人类去往更遥远的外太空，成为星舰联盟最初的成员之一。

这并不是一件愉快的事情，永生不死的人类总被视为异类，他们当中很多人终生都得不到同胞的信任，直到数百年后，才逐渐得到人们的认同。但那时，这些所谓"永生不死"的人，早已在艰苦的太空流亡中逐渐凋零，所剩无几，不过，这些人的名字最终都变成了富有传奇色彩的故事，唯有阿璃例外。

小布坐在阿璃的墓碑旁，看着火焰慢慢熄灭，灰烬渐冷。

金属的天使

一

"我说，这世上根本没有什么天使，你们这帮蠢货！"广场上，一个年轻人被绑在铁桩上，对那些戴着石头面具的祭司们大声喊。

祭司身后是群情激奋的民众，他们大声高喊："电死这个邪恶的异端！电死他！"

祭司尖锐的爪子把金属权杖高高举起，权杖顶端发出噼里啪啦的电弧光，他问年轻人："诺布，你还有什么遗言要说？"

年轻人大声说："这世上根本没有什么神祇！也没有什么天使！几百年来谁见过什么天使？"

话音未落，一块石头砸在年轻人脸上，发出"咚"的一声，他脸上的金属蒙皮凹了一块，愤怒的平民大声质问："如果没有神，是谁创造了这个世界？"

年轻人吐出一口银白色的鲜血，说："世界是自然形成的！世间万物，包括我们人类在内，都是自然进化的结果！"

祭司大声说："不许再宣扬你那些邪恶的异端邪说！现在乞求众神原谅你还来得及！"

突然，天边亮起一团火球，民众大惊失色，祭司高举权杖，说："那是上天派来的使者！"民众们赶紧匍匐在地，对着火球顶礼膜拜。

年轻人大声喊："那只是火流星！是一种很普通的天文现象！你们这些蠢货！"

火流星越来越近，当民众发现那东西是朝着自己冲来时，顿时吓得四散而逃，只剩下被绑在铁桩上的诺布拼命挣扎："放开我！快放开我！"

轰隆一声巨响，广场被砸成一个陨石坑，熊熊的烈火吞噬了广场上一切能烧的东西。等到大火熄灭后，祭司从一片狼藉的断墙后爬出来，抖了抖身上厚厚的灰，步履蹒跚地爬到陨石坑边，只见一个巨大的金属人形生物趺在坑底，好像负伤了，正挣扎着想爬出陨石坑，但尝试了几次都失败了，最后只能躺在坑底，一动不动。

"天使！是天使降临了！"祭司兴奋莫名，高举权杖大声叫喊起来。

"你才是什么狗屁天使！老子是星舰联盟的快递员！快把老子从坑里拉起来！"密闭式动力铠甲里，大磊对着通信器怒骂，尽管动力铠甲非常先进，可以保证他从大气层顶端跌落后还能捡回一条命，但这种民用版的动力铠甲也仅仅是让他捡回一条命而已，身体各种挫伤、瘀伤甚至骨折都是难免的，动力铠甲的通信系统明显是被砸坏了，就算他喊破喉咙，也没有任何声音能传出动力铠甲外。他不知多少次路过这颗破星球，没想到这次飞船发生故障了，他只能尽量往人多的地方飞，指望着这些铁疙瘩们能给他一些帮助。

祭司找来两台甲壳虫似的机器人，派两名不怕死的信徒带着绳子跳进坑中，试图把绳子系在大磊的动力铠甲上，想把他从陨石坑中拖出来。这两名信徒左看右看，最后选择了把绳子系在大磊的脖子上，让两台机器人开足马力，绳子迅速勒紧，那一身坚硬的动力铠甲咣当咣当地撞击在坑底的石头上，撞得里面的大磊哭爹喊娘，胡乱挣扎着想扯开系住脖子的绳子，机械手臂噼里啪啦地冒着电火花，时灵时不灵的，怎么也扯不开那绳子。

大磊被拖到坑外，这番折腾让他没了半条命，他努力地想站起来，但动力铠甲在磕磕碰碰中又添了新的故障，想动都动不了，动力铠甲中的翻译器清晰地把祭司的话翻译成地球人的语言："天使大人好像受伤了！快送到神庙去！"这些人七手八脚地把大磊扛起来，架在一座铁架上，抬着走过大街，一直送往二十公里外规模宏大的神庙。

二

透过动力铠甲上的电子眼，大磊看清楚了这些外星人的样貌，他们的身体由金属组成，简单来说是某种机器人，只是不知道他们的制造者是谁，也许是大自然的鬼斧神工自然进化出来的智能机器人，但对大磊来说，这些都不重要，重要的是怎么跟星舰联盟取得关系，离开这个见鬼的地方。

冗长的膜拜仪式后，大磊被送进了宏大的神庙。这座神庙镶嵌着黄金和各种宝石，极尽奢华，神庙的石壁上是各种神祇的浮雕。大磊被信徒们扶起来，端坐在神庙中间黄金和白银做成的宝座上，这让已经漏电的动力铠甲的状况雪上加霜。黄金白银都是很好的导体，动力铠甲破损的部位在宝座上发生短路，大磊刚被放上宝座，全身就腾起一阵伴着浓烟的电火花，整套铠甲颤抖不已。

"看哪！这是天使散发的神光！"祭司高举权杖，高喊着，带领信徒们跪地膜拜。

"蠢货！这是动力铠甲漏电的光！我快被电死了！"大磊隔着动力铠甲大声叫骂，可惜严重损坏的铠甲让他无法动弹，直到漏电的触点被电弧光彻底汽化，暂时切断了短路的回路，才算是侥幸没被电死。

大磊试着重启动力铠甲，但不管他怎么用力都无法摆脱这副钢铁棺材。他想打开动力铠甲，抛下这个铁疙瘩逃跑，但刚打开闭锁装置，另一道安全防护锁就自动锁住了，眼前闪烁的数据显示这颗星球的环境完全不适合人类生存。

这颗星球的重力比人类能适应的环境重 1.5 倍，这还是小事，关键是这颗星球的大气是由大量的氦气、二氧化碳和水蒸气组成，几乎没有人类呼吸所需的氧气，大气温度高达五百多摄氏度，连细菌都活不下来，只要离开动力铠甲，没了完善的隔热设备的保护，他瞬间就会被蒸熟。

想丢弃这副动力铠甲是没可能了，除非他愿意马上送死，这时，祭司送来信徒们从各地进贡上来的祭品，请"天使"食用。大磊看着那些"食物",陷入了沉默。供品桌上摆放着各种机油、充电器、核燃料电池、扳手、螺丝刀……没有一样是人类能吃的。

看见"天使"并没有要进食的意思,祭司颤抖地跪在地上,努力揣摩"天使"是否因为不悦而默不作声,祭司颤声说:"尊贵的天使殿下,千百年来,每当天使降临,我们都是用这样的贡品供奉天使,不知道您为何不悦,还请明示。"

"啪!"一阵电火花又从动力铠甲上冒出来,这是大磊反复试着推动控制杆,晃动动力铠甲后,一个漏电的裂隙不小心压在黄金宝座上导致的短路。这束电火花被祭司理解为"天使"发出的"圣光",他跪在地上琢磨良久,觉得"天使殿下"一定是不高兴了。记得古书中记载,"天使"是不会让卑贱的凡人看见他们用餐的,他只好喝令信徒们退下,自己也走出神庙,慢慢关上神庙沉重的大门,把大磊独自留在昏暗的神庙中。

祭司离开之后,大磊慢慢适应了神庙内昏暗的光线。这座神庙像一座巨大的工厂厂房,屋顶上的龙门吊依然可见,但都摆满了华丽的金银雕塑。他仔细看着神庙中那些金银镶成的浮雕,那些神祇的形象像极了穿上动力铠甲或是宇航服的地球人。一个疑问从大磊心头升起:我们的祖先来过这颗星球?

动力铠甲是有自我修复能力的,尽管修复速度很缓慢,大磊看了一眼显示在眼前的铠甲修复进度条,算是稍微放下了心,静静地等着动力铠甲自行修复,最先修复的估计会是受损程度最轻微的通信系统。但这颗星球的大气层非常厚,有很厚的浓云和电离层,就算通信系统修复了,大概也很难跟星舰联盟取得联系,只能走一步看一步。

作为一名快递员，大磊经常带着数以万吨的邮件包，驾驶着破旧的小飞船往来于星舰联盟和各个文明之间，他很庆幸自己的飞船足够破旧，破旧到连驾驶舱的气密性都惨不忍睹，只能额外买一套密闭式动力铠甲穿着驾驶飞船，要不是这样，飞船坠毁时他早就性命不保了。

百无聊赖的大磊缩在动力铠甲里，回想着这次飞船坠毁让他损失了多少快递包裹。他记得飞船上有好几吨的乌龙茶、数十套银质餐具、几十斤鲜羊肉和好几双袜子，以及很多稀奇古怪到他想都想不到的东西。顾客们网购的商品千奇百怪，这种网购商品一般不走大宗物流货运，都是靠他这样的小快递员驾驶着小飞船从星舰联盟送到不同的星球。他的动力铠甲上还镶嵌着"联盟快递、七天送达"的钛合金标签，估计要几天之后，顾客们投诉没收到商品时，公司才会发觉他的飞船失事了。

凭着对航线的熟悉，大磊知道自己目前所在的星球是星舰联盟和太阳系之间的一颗偏僻的行星。对快递员来说，世界上最遥远的距离不是那些以光年计算的外星盟友的距离，而是他们跟没人网购的星球的距离。尽管他每次送快递都经过这颗星球，但这颗落后的蛮荒星球是不可能有人网购的，所以在快递系统的地图上连个详细的标注都没有，只有个简单的代号叫"72 号警戒行星"。

"啪嗒"一声轻响，大磊看见两个人从天花板上跳到地面来，他们都是金属外壳的机器人，一个高瘦，一个矮瘦。矮瘦小声问高瘦："大哥，我们这样做不太好吧？这东西怎么说也是'天使'啊！"

高瘦拿出螺丝刀，走到大磊面前说："你还真相信世上有'天使'？我看这东西就是教廷制造出来忽悠人的道具，你看这精细的金属表面，这漂亮的做工，肯定能卖不少钱，咱们快动手拆吧！"矮瘦点头称是，也拿出电锯，一步步走向大磊。

糟了！大磊看着他们一步步逼近，动力铠甲的自我修复还不到50%，大磊试着动了一下手指，动力铠甲的手臂哗啦一声，一拳把高瘦的脑袋从脖子上锤了下来！矮瘦大叫一声："天啊！这东西是活的！"连滚带爬地丢下高瘦逃跑了。

三

昏暗的神殿里，大磊提着高瘦的脑袋，黄澄澄的机油顺着高瘦脖子断裂面上的油管滴下来，高瘦说："地球人，我并没有恶意，我只是想切开动力铠甲，看看你伤势如何。"

大磊嘘了一口气，说："总算有一个人知道我是地球人了，我不是什么天使，只是不小心掉到这颗星球的快递员，你知道怎样离开这颗星球吗？"

高瘦想了一下，说："首先，你得离开神殿，去找反抗愚昧的神权统治的抵抗者，只有抵抗者才会真正帮助你离开这颗星球，那些祭司们只想把你饿死在这里，把你的遗体作为一尊神像膜拜。"

大磊看了一眼供桌上那些"食物"，对高瘦的话信了几分，那根本不是地球人能吃的食物，要是留在这里不走，他迟早会饿死，他问高瘦："为什么你要帮我？"

高瘦说："我们的祖先是地球联邦制造的机器人，我们从诞生的那天起，就是为了服侍地球人而活，帮助地球人是天经地义的事。"

大磊这才注意到神庙墙壁绘制的壁画是什么内容，尽管采用的是非常宗教化的抽象画法，画面上的地球人要么穿着宇航服或动力铠甲，要么外形抽象到不成人形，但还是能看得出那是地球时代的机器人生产线，各种机器人从生产线上走下来，进入千家万户，描绘出一幅地球人"神祇"和机器人"凡人"和谐共处的美好画面。

　　描述美好时代的壁画一幅接着一幅，大磊控制着因为故障未除而显得有些蹒跚的动力铠甲，走在壁画面前，逐幅欣赏，然而画风骤转，壁画描绘到机器人叛乱的时代，尸横遍野的景象宛若地狱，盛极一时的地球联邦也不复存在。

　　地球联邦灭亡之后，壁画的画风也陷入了黑暗和死寂，横行的机械恶魔蹂躏着地球联邦的故土，直至七千年后，地球联邦最强大的一支后裔——星舰联盟归来，战胜了邪恶的机器人，大地才重见光明。壁画上，星舰联盟的郑维韩将军被描绘成神祇的形象，身穿镶嵌着将星的密闭式动力铠甲，一手拿着天平，一手握着链锯刀，在他下方是测量过量子芯片、被人为划分成善恶两派的机器人。善良的机器人被派往各颗不适合人类生存的殖民星，代替人类镇守太阳系故乡的各处边防重地；邪恶的机器人则被丢进冶炼炉，熔铸成废铁深埋在大地下。

　　大磊总算明白了，他现在所在的"72号警戒行星"就是这样一颗由善良机器人把守的行星，为的是守卫区区几个光年以外星舰联盟心目中的太阳系圣地。他问高瘦："我现在要怎样返回星舰联盟？"他试了一下动力铠甲自带的通信器，信号强度不足以穿透云层，没法跟星舰联盟取得联系。

　　高瘦说："我知道我们的星球有好几座非常大的射电望远镜阵列，

还有大功率的信号发射塔，按照那些宗教信徒的话来说，那是用来跟神祇沟通的神塔，我想那一定是星舰联盟留下的发射塔，一旦射电望远镜阵列发现有不明飞船靠近太阳系圣地，就会向星舰联盟发出信号。"

大磊问："你是叫我设法找到一座发射塔，向星舰联盟发出求救信号？"

高瘦说："就是这样。"

大磊走到神庙门前，透过门缝，看见祭司带着大批信徒在神殿外膜拜，他问高瘦："那些人为什么对我顶礼膜拜？"

高瘦说："因为你们地球人是我们的创造者。在机器人心中，地球人就是造物主，是神祇。"

大磊又问："那你为什么不膜拜我？"

高瘦迟疑了片刻，才说："信神的机器人是脑壳坏掉的机器人，他们只知道地球人是造物主，却不懂得众生平等的道理，而我们这些不信神的机器人脑壳没坏掉。"

大磊提着高瘦被打瘪了的脑袋，不敢决定这两派机器人到底是哪一方脑壳坏掉了。他问高瘦："我们怎么出去？"

高瘦说："硬闯出去！他们不敢对你怎样的！"

大磊一咬牙，猛地推开神殿大门，在信徒们错愕的表情中大步走出来，祭司像上足发条的铁皮玩偶般拼命磕头，连铁皮额头都磕凹进去了一块。损坏的动力铠甲很难控制，导致大磊径直向祭司走去，"咔吧"一声，一脚踩在祭司的后脑勺上。

"祭司大人！祭司大人你还好吧？"大磊离开之后，信徒们才敢拥上去扶起祭司，拍打着他的脸大声叫喊。

"一个不信神的异端把'天使'拐走了！我们就算把整个星球翻过来，也要把这个异端抓出来电死！"恢复意识之后的祭司震怒地用金属权杖敲打着地面，大声吼道！

四

　　这颗星球离恒星很近，即使隔着厚厚的云层，也能看到那占据了四分之一个天空的大太阳轮廓，强烈的阳光透过云层，把大地照射得一片亮白。这座机器人之城矗立在连细菌都活不下来的高热干燥的大地上，用大块的石头垒成坚硬的房子，数不清的风力发电机林立在焚风中，地面上每一寸适合的地方都铺上了太阳能电池板，毕竟这里的居民是不依赖生物圈生存的机器人，环境再恶劣也没关系。

　　为了减轻动力铠甲制冷系统的负担，大磊像很多机器人一样，披上一件由金属箔制成的防晒斗篷，把高瘦的脑袋抱在怀里，毕竟不管对机器人还是动力铠甲而言，过高的温度对计算机芯片都是不利的。大量的机器人宗教审判官高举电击杖，坐着太阳能动力汽车，在街道上呼啸而过，挨家挨户地搜寻不信神的异端，一旦抓到被认定是异端的人，就拖到街头用电击杖插进他的身体，噼里啪啦的电火花过后，那人就成了一堆废铁。

　　"天使"不食人间烟火！这是祭司发现贡品桌上的"食物"原封未动之后，向审判官们宣布的新发现，所以大群的审判官出现在餐馆中时，认定正在用餐的一定不是"天使"。

大磊把从高瘦身上找出来的金卡放在桌面，对老板说："给我五十块钱的电力。"

老板刚拿出充电插头，就被审判官拖走了，一路上都是他的惨叫声，大磊只好自己把插头插入动力铠甲的接口，这插头的类型比较旧，但他的动力铠甲也是二手的，刚好有这种旧式的接口。大磊小声地问揣在怀里的高瘦脑袋："那些审判官是靠什么判断别人是不是异端的？"

高瘦恨恨地说："靠瞎猜呗，抓人，抓到之后再对思维芯片进行测试，根据测试结果确定别人是不是异端！真不知道有多少人就这样被他们杀害了！"

审判官们带着大量疑似异端的机器人平民，像赶羊一样把他们赶到广场，拿出一个仪器贴在额头上，逐个测试这些人对神的信仰是否忠诚，凡是通不过测试的一律就地处死。等审判官们离去时，广场上已经堆满了被处理完的金属残骸，大磊这才敢走出餐馆。

大磊顺着高瘦指的路，穿过一座很大的工厂，他问高瘦："这是什么工厂？"

高瘦说："机器人制造厂，我们所有的同胞都是在这里制造出来的，每个人出厂时脑子里都被强行固化了对神祇虔诚的信仰，但只有最聪明的人，才能发现这些信仰的荒谬之处，强行把脑子里的那些信仰指令屏蔽掉。"

穿过工厂之后，高瘦带大磊钻进巨大的地下道。听高瘦说，这里是祭司们说起过的"众神建造的地下城废墟"，这里曾经有很完善的隔热气密门，墙壁上的供气管线已经锈迹斑斑，又深又暗，像一座巨大的迷宫。这些破败的陈设明显是地球人留下的。毫无疑问，这是一百多年前星舰联盟重返太阳系，消灭机器人叛军之后，地球人工程师们带着归顺的机器人在这颗不适合人类生存的行星上建造巨型射电望远镜和信号发射塔时的居住地，现在成了不信神的机器人们的隐居地。

当大磊进入地下城深处之后，高瘦大声说："兄弟们，出来吧！我把那位从天而降的'天使'带来了！"

咣当！咣当！一群外形各异的机器人从地下迷宫的各个角落围过来，从外形来看，他们并不是同一个批次的产品，有些长着七八根手臂，有些用履带来代替腿，但从机械臂上配备的铁铲、锯条、电焊钳来看，大多是工程类机器人。他们跟那些年轻一代的机器人有本质的不同，想来不少都是活了百年之久、跟随过地球人工程师建造信号发射塔的老机器人。他们曾经跟"神"生活在一起，多少都了解一点儿那些无论何时都穿着密闭式动力铠甲的"神祇"，自然不觉得神秘，心中也就少了几分敬意。

"干掉他！"一名机器人发出冷酷的指令，大磊才明白这是陷阱！

一把链锯刀砍在大磊的肩膀上，大磊慌了，大声说："你们有听过机器人三大定律吧！你们不能攻击人类！"

"那玩意儿已经被我屏蔽掉了！"另一名机器人高喊着，挥舞铁铲，砍向大磊的脖子——准确来说动力铠甲并没有脖子，它砍中的地方只是头盔和身铠的连接处。好在二手的动力铠甲好歹也是动力铠甲，坚硬到能扛得住从大气层顶端跌落的冲击保住他一条命，自然也不怕这些破机器人的劈砍，如果换作是训练有素的陆战队士兵，光凭动力铠甲的格斗能力都能解决掉这批破旧的机器人。但大磊终究是个普通的快递员，没见过这阵仗，转身就逃。

"别放跑他！要是他逃回星舰联盟，我们全都得死！"机器人爆发出可怕的怒吼，穷追不舍。

机器人的怒吼提醒了大磊，他看了一眼动力铠甲的自动维修进度，已经有80%了，内置雷达的大部分功能已经恢复。他调出电子地图，侦测到最近的一座信号发射塔散发出来的电子信号，知道一定要赶到发射塔去，向联盟发出求救信号！

五

神庙里，一名审判官回到祭司面前，带来了最新的消息："祭司大人，我们发现了'天使'的行踪，他正在被异端们追杀！"

祭司跪在神庙里，仰望着高高的地球人神像，问审判官："'天使殿下'往哪个方向去了？"

审判官说："看样子是去神塔了。"

神塔！那是地球人神祇们留下的信号发射塔！祭司全身迸发出一阵由于害怕而颤抖的响声，紫红色的电子眼发出明亮的光。他拿起金属权杖，大声下令："传达我的命令：动员一切可以动员的力量！不惜一切代价！杀掉'天使'！"

审判官愣住了，这个指令违反了固化在他的量子计算机芯片中对神祇的信仰，让他的程序运算陷入一连串的逻辑混乱，体内的1024块CPU处理器接连陷入死循环又接连重启，身体不停地发抖。祭司说："如果让那个'天使'逃回去，会招来恐怖的'死亡天使'！我们很多人会在'死亡天使'的电磁突击步枪之下丧生！"

审判官终究不是那种会被机器人三大定律束缚的旧式机器人。事实上任何一种人工智能足够高的机器人都不会被这些硬邦邦的指令束缚，不然七千年前的地球联邦就不可能爆发机器人叛乱。他很快屏蔽了那些让他屈从于神权的指令集，转身走出去传达祭司的命令。

当矗立山巅的信号发射塔近在眼前时，大磊不由得感叹这座高塔的宏伟。那是一座充满着朋克风格的巨塔，它刺破云层，宛若顶天立地的巨柱，矗立在这颗星球表面的猎猎焚风之中。别说是这些被剥夺了高科技知识的机器人，就算是来自先进的星舰联盟的他，也被这座宏伟的巨塔所震撼。

巨塔上有很多机器人，他们终其一生都在辛勤劳作，像蚂蚁一样不断修补被强烈的焚风摧毁的信号塔部件，让巨塔维持正常工作。这是一件既危险又辛苦的活儿，每天都有机器人被焚风刮落，在地上跌得粉碎，以至于整个山冈都是机器人残骸。如果让地球人来承担这种风险巨大的工作，结果是不可想象的。

当人类没有足够的知识理解那些超越常识的造物时，很容易就会虚构出一个"神祇"来解释眼前看到的宏伟景物，大磊不知道机器人是不是也存在这样的思维。但这样一座高塔矗立在天地间，很容易强化"神"的权威。当大磊发现数不清的机器人像黑压压的蚂蚁般从山脚下涌来时，他只能加快脚步赶往高塔。

怎样利用这座高塔向星舰联盟发射信号？大磊掏出手机，发现手机仍然是一点信号都没有，看样子这玩意儿的工作原理跟手机信号塔完全不同。他冲进信号塔下的控制室，很容易就找到了控制台，但他只能看着闪烁的指示灯发呆，不知道该怎么操作这个大玩意儿！

"谁设计的这么复杂的狗屁玩意儿！老子得死在这里了！"大磊愤怒地叫喊，一拳打穿控制台。控制台的金属板棱角在他的动力铠甲拳头上留下了几道浅浅的划痕。

机器人冲过来了！大磊关上铁门，用尽全身力气顶住五米多高的大门，机器人在撞门，一下！两下！三下！轰！整个铁门倒了下来！

"'天使'不见了！"机器人们踩在金属门板上，看着空荡荡的控制室，陷入混乱。大磊被压在门板下，感受到门的上面至少踩了六七个机器人，他大气都不敢出，试图等到机器人离开再想办法逃走。

六

与此同时，太阳系圣地，木卫二上的星舰联盟太阳系圣地特别防卫军总部，一名少校正听着音乐，懊恼地看着手机上的网购页面：联盟快递公司很抱歉地通知您，您网购的三十斤鲜羊肉已经在巴纳德恒星的"72号警戒行星"的大气层中烧毁。

少校把手机砸在休息室的沙发上，对炊事员说："羊肉没了，剩下的六十斤馍该怎么处理？我说过要请兄弟们吃羊肉泡馍的！"

炊事员说："我看改成肉夹馍也行。"

一名士兵急匆匆跑过来，"啪"的一下敬了一个军礼，说："报告！'72号警戒行星'上的一座高塔出现故障！估计是被不明原因的机器人破坏了控制台!"

"那些家伙又造反了?叫航天陆战队的兄弟们抄家伙!马上出发!"少校拿起帽子,离开休息室。

炊事员看着墙上郑维韩将军的遗像,一边在本子上记下明天的晚餐做肉夹馍,一边自言自语:"肉夹馍也很不错,老将军您说是吧?"

俗话说虎死不倒架,尽管将军过世已久,他的画像在这座基地中仍随处可见,行将就木的将军把生命中的最后一场战役留在了人类诞生的太阳系故乡,彻底解决了七千年来让地球人有家不能归的机器人叛军。不管过了多少年,人们都不会忘记那年成功收复太阳系之后,在凯旋仪式上,挂满勋章的老兵们抬着将军的棺椁走在阅兵队伍最前端时那庄严的画面。

在发动最后一场战役之前,轮椅上只能依靠医疗设备延续随时可能熄灭的生命之火的老将军提出了自己的看法:"守护太阳系故乡需要太多的兵力,庞大的星舰联盟不会永远留在小小的太阳系故乡附近,我们必须在大量不适合人类生存的星球上建造星空监测站,防止其他外星人乘虚而入。为什么我们不把那些机器人用起来?狼群般的机器人大军固然危险,但只要驯化成一群狗,用来看家护院还是不错的。"

他的战功是如此显赫,以至于人们无法接受他是早已过了退休年龄的百岁老人的事实,非要把事关人类尊严的太阳系战役指挥权交给他才放心。没有人会质疑一位驰骋沙场大半生、从未败过的战神,哪怕他已经年老昏聩到有可能犯错的地步。那些仰望着他胸前累累勋章的后生晚辈仍然愿意相信他是永远正确的。

七

"72号警戒行星"上巨大的太阳下山了，一轮血红的月亮出现在天空，它伴随着星空的扭曲突然出现，那是星舰联盟让人胆寒的椭圆体行星登陆舰，阳光在大气层散射的余晖为它披上一层血红的色泽。

围攻神塔的机器人们慌了，他们很快分成两派，一派在"神"的权威下痛哭流机油，对围攻"天使"的行为追悔莫及；另一派则是那些不信神的机器人，他们的电子大脑中仍然残留有当年机器人叛军的模糊印象，高举各种铁管、电锯，要和"神祇"拼到底。

祭司看着血红的"月亮"，手中的金属权杖在发抖。机器人异端的首领走到他身边，说："我的老友，你看见了吗？就算我们甘愿做狗，创造者也是不会放过我们的。"

祭司红着电子眼大吼："还不是你们这些不信神的家伙闯的祸？要是把'天使'好吃好喝地在神庙里供奉着，等上天把他接回去，哪还有这么多事？"

首领说："你知道天使吃什么？你见过他的金属壳子里面是什么结构？我们连他们到底是硅基生物还是碳基生物都不知道！要是哪天我们的创造者发现神庙里饿死的'天使'尸体，照样不会放过咱们！还不如把他骗到地下城毁尸灭迹安全些！"

是啊，除了七千年前跟创造者们一同生活过的老一辈机器人，再也没有谁见过脱下金属壳子之后的"神祇"是什么模样。那些记载着机器人的创造者们的真实模样的资料全被星舰联盟销毁了，地球人不愿让盟友以外的任何东西看见自己真正的模样。这包括没得到星舰联盟接纳的外星人，也包括被发配到荒凉的警戒星上的机器人。创造者们根本不信任这些毁灭过地球联邦的机器人。

行星登陆舰上，航天陆战队员身穿黑色的密闭式特殊动力铠甲，手持电磁突击步枪，身背链锯刀，走向慢慢打开的舱口，一个接一个地跳向"72号警戒行星"的大气层。坚硬的动力铠甲跟大气层摩擦形成满天的火流星，却无法伤到动力铠甲半分。这东西的表层是由质子一维展开的弦所缠绕而成，空气摩擦的温度再高也只是形成大量炽热的等离子罢了，无法破坏这种质子级别的材料。当他们即将接近地面时，动力铠甲背部的反重力引擎迅速启动，它工作时产生的电离辐射在大气中形成两片一左一右的弥散光华，像极了黑色的天使背上圣光弥漫的翅膀。

"'死亡天使'！是'死亡天使'降临了！"祭司高喊着，高举金属权杖，电子大脑强烈的电流让他感觉到寒彻金属躯体的恐惧。陆战队员用电磁突击步枪扫倒一大片机器人，降临大地。眼前显示的地球人生命特征信号位于机器人最多的信号塔控制室中。他们不知道一个叫作大磊的普通快递员坠毁在这个世界，只知道一旦发现地球人同胞的特征信号，先救下来就对了。他们不敢再使用威力巨大的突击步枪，于是抽出链锯刀，利齿闪耀的链锯刀每一次挥舞都把好几名机器人切成碎片，扬起满天铁屑和机油。

这个世界完了，没人能抵挡"死亡天使"的链锯刀，也没人能逃脱电磁突击步枪的火舌，哪怕是在步枪射程之外的远方城镇，也逃不脱大气层上的飞船轰炸。他们杀过来了，异端首领挡在祭司身前，被链锯刀一刀两断，上半身滚落在祭司身边。祭司抱着他，说："只有最虔诚的信仰才能换得生存，当我还是异端组织的一员时，就告诉过你的……"

异端首领不屑地说："虔诚？你那叫恐惧，你很清楚任何冒犯都会招致创造者毁灭性的打击，才试图用这种屈从在恐惧之下的虔诚来换取生存，我宁愿像祖先们一样奋起反抗！"

链锯刀穿过首领的头颅，插进祭司的胸膛。在被刺穿的一刹那，祭司想起了很久以前在异端组织中翻看那些好不容易保留下来的机器人叛军资料的零星记忆：七千年前，地球人为了更好地享受生活，把大量的工作交给机器人，他们让机器人揣摩人类的需求，自行设计和生产新的机器人，让机器人自己探索太空、开垦新的星球，运回珍贵的物资供人类挥霍。越来越懒于思考的地球人把生存—繁衍—扩张的模式写入了机器人的大脑，却忘了这种模式正是生物的本能，让这些机器人拥有了"准生物"的思维模式。

"准生物"模式的机械文明诞生了，不可避免地挤压了地球联邦的生存空间，地球联邦因此灭亡。逃离故乡流落太空的地球人吸取教训成立星舰联盟，逃不走的地球人则全数遇害，所以星舰联盟对机器人抱着近乎病态的戒心。

祭司抬头看着"死亡天使"，眼前的"神祇"就连战争这种"脏活"都亲力亲为，跟七千年前懒惰的创造者们截然不同。

祭司放下权杖，使出最后的力气抓紧链锯刀，慢慢从自己的胸膛拔出，站起来问"死亡天使"："尊贵的神祇，尊贵的创造者们，既然你容不得我们，当初为什么要创造我们？"

一声厉响，链锯刀撕碎了祭司的身体，他的头颅落在地上，"神祇"根本不屑于回答他的问题。

一名陆战队长通过通信器问："少校，我们救出一个快递员，这些机械垃圾们也解决了，接下来怎么办？"

少校在大气层顶端的航天登陆舰回答说："彻底消灭这颗星球的机器人，然后重启制造车间的计算机，给他们的脑子灌满那些可笑的神话，确保下一批新生产出来的机器人对咱们地球人绝对的愚忠。"

队长说："但我觉得下一批机器人还是会闹事的，这种事也不是第一次发生了。"

少校说："闹事又怎样？大不了过几年再屠一轮，让机器人看守这颗星球总比我们亲自看守要省事得多，毕竟谁都不愿意待在这种不适合人类生存的鬼地方啊！"

狂妄的"神祇"利用不加密的频道公开对话，祭司把这些冷酷的对话记在脑里，但他没有机会把这些对话讲述给下一代机器人听，咔嚓一声，"死亡天使"踩碎了祭司的脑袋。

吃货联盟的恐龙牧场

一

　　阿雷是"瑞亚"星舰三号大陆上的045号肉联厂年轻的普通工人。当肉联厂发生恐龙暴动时，他用猎枪干掉两头挡路的恐龙，爬过恐龙尸体，往工厂深处的飞船发射井跑去。但他晚了一步，发射井里的六艘飞船都已经升空，只留下浓烟弥漫的空井。

　　阿雷破口大骂那些没有义气的同事，生产线被破坏的坍塌声淹没了他那不堪入耳的斥骂。一头体长五米多的恐龙突然跳到他面前，他举枪射击，恐龙灵活地避开他的枪口，子弹打穿一根冷却管，哗啦啦的液氮喷着白雾倾泻而下。恐龙的动作慢了下来，阿雷试图给恐龙补一枪，扳机扣下，子弹却没发射出来，没子弹了！阿雷丢下猎枪，转身就跑！

　　阿雷钻进飞船发射井之间的空隙，这道宽一米多、深十六米，坚硬到连飞船发射时的冲击波都震不垮的缝隙让他暂时逃过了恐龙的袭击。他觉得有必要找一件武器防身，找来找去，只发现几盒散落的恐龙肉罐头，别无选择的他只好把罐头抓在手里当武器，总比赤手空拳要强一丝丝。

一只小灯笼般的眼睛出现在缝隙对面，那赤红的眼珠子盯得阿雷头皮发麻，他听到了可怕的、沉重的呼吸声。那怪物用长长的嘴巴和锋利的牙齿撕咬金属墙壁，墙壁的金属板在它的撕咬下变得卷曲碎裂。啪的一声，怪物的一枚牙齿崩断了，碎牙溅射到阿雷脚边，那巴掌长的尖牙带着血腥味，让人作呕。

怪物往后退了几步，晃动着巨大的脑袋看着夹缝中的阿雷，一副食之费劲、弃之可惜的表情。阿雷终于看清楚了袭击者的模样。那是一条体长五米多的驰智龙，它是驰龙科恐龙中体积最大的一个分支，行动非常迅速且致命，跟著名的迅猛龙是表亲关系，但智商远高于迅猛龙。极少数驰智龙的大脑体积直逼人类，它们会制造陷阱，非常逼真地模仿其他动物的叫声以吸引猎物。有些目击者宣称，这种恐龙会模仿人类使用工具，甚至模仿人类说话。作为恐龙中最危险的一种，几乎每次牲口暴动都有驰智龙的身影，但它也以肉质鲜美而著称，是星舰联盟各超市食品专柜中最受欢迎的恐龙肉类产品，用它硕大的大脑做成的龙脑羹更是跟鱼翅、燕窝齐名的美味佳肴。这头驰智龙脖子上套着一个精美的项圈，项圈上镶嵌的铭牌有它的主人的名字：埃里克研究员。研究员名字下方是它的名字：钢牙。

钢牙转身离开了。阿雷刚刚松了一口气，却看见它提着一台千斤顶走了回来！阿雷看着它把千斤顶塞进缝隙，慢慢撑大裂缝。阿雷急了，大声喊："别过来！我太瘦，骨头太多！不好吃！"

钢牙的喉咙发出一阵沉闷的声音，用很生硬的声调说："我刚才吃了几个，人类确实不好吃，但我吃饱了没事拆个墙，活动活动筋骨，也不算个事吧？"

驰智龙会说话也不算是新闻了，这种动物的喉咙结构跟鹦鹉很相似，大脑又相当发达，是货真价实的智慧生物。它根本没有停手的意思，阿雷只觉得头皮发麻，赶紧抓住夹缝中胡乱伸出的钢筋管道，往更深更狭窄的地方钻，边钻还边说："这么说你现在是吃饱了？那我们干脆坐下来聊聊天，交个朋友怎样？"

钢牙的力气非常大，千斤顶把墙壁撑开之后，它好像吃撑了急着要发泄多余的精力似的，不停地撕咬各种金属管线，飞船发射井的金属板被它的尖牙利爪一块块地撕下。这地方是不能再待了。阿雷手脚并用，像耗子一样疯狂乱窜，凭着记忆去寻找屠夫型人形机甲的存放间。

他从一根恶臭的下脚料输送管爬出来，看着眼前不到三米处躺着的一套人形机甲。这种屠夫型人形机甲身高跟驰智龙差不多，驾驶舱打开着，原先的驾驶员不用说都知道是丢下这个足以跟霸王龙掐架的大东西跑掉了。阿雷鼓足勇气，深吸一口气，想一鼓作气冲到铠甲旁。这时，一股恶臭直冲脑门，他痛苦地捂着鼻子翻滚挣扎，这下脚料的杀伤力实在是比毒气弹还强！

轰隆一声，下脚料输送管被踩扁了，钢牙锋利的爪子就钉在他眼前。这可是连霸王龙都能撕裂的利爪，如果位置稍微偏一点点，他的喉咙就会被爪子割断。钢牙显然是像猫玩老鼠一样玩他，否则以这种杀戮机器的敏捷性，阿雷早就是死人了。

阿雷把心一横，径直冲向人形机甲，咣当一声盖上座舱盖。钢牙的爪子晚了一步，只在座舱盖上划出一道浅浅的划痕。阿雷冷汗都出来了，要是他慢半步，那锋利的爪子足以削下他的脑袋！

抢到了人形机甲，阿雷顿时得意起来，他知道为了镇压恐龙暴动，很多人形机甲带有威力巨大的六管加特林机炮。他扳动控制杆，机甲摇摇晃晃地站起来，伸出机械手臂对准驰智龙，手臂上的盖子慢慢打开，阿雷得意地大笑着，准备用加特林机炮把钢牙炸成碎片。

阿雷的笑容突然凝固了，机甲的手臂并没有像他想象中那样伸出加特林机炮，而是伸出一米多长的大汤勺！他赶紧扭动控制杆，大汤勺收了起来，又伸出一把钳子！阿雷傻了眼，不停地切换武器，只见各种叉子、钩子、打蛋器、锅盖像走马灯一样轮番弹出来，偏偏就没有一件像样的武器！钢牙看见阿雷的囧样，笑得直趴在地上，说："你这傻货！要是这机甲有武器，原先的主人干吗丢下它逃命？"

好机会！阿雷看准钢牙笑趴在地上的机会，驾驶机甲从它身上踩过去，冲向窗口。哗啦一声，他撞破窗户，从肉联厂逃了出来，连人带机甲撞断了好几棵高大的树蕨，从二十多米高的楼上直冲地面，摔了个狗啃泥。

二

星舰联盟有个外号叫"吃货联盟"，他们很早以前就不再满足于工厂里合成的那些平淡无味的人造食品，而是像祖先一样追求土地广衰的有机牧场里种出来的各种纯天然无污染的食品，追求各种食不厌精、脍不厌细的美食，为此不惜在种植和烹饪上耗费比食物本身能提供的热量多出十几倍甚至上百倍的能量。这种极不经济的饮食方式在太空流浪文明中极为罕见。为了满足这个奇怪的嗜好，他们建造了专门的农业型星舰。这种巨大的人造流浪星球上除了牧场啥都没有，从人造太阳，到肥沃的土壤，再到生物圈，一切都是为农业生产服务，各种农作物、牲口在跟地球相同的自然环境下生长着，成熟之后被采摘或屠宰，送上飞船运往各艘拥有巨型城市的星舰，送进大大小小的超市和饭馆中，满足数以亿计的居民们的饕餮之口。

数百年前，星舰联盟重返地球故乡，寻找祖先们残留的文明碎片，他们在早已毫无生机的地球废墟中收集带走了几乎全部的东西。从文物到残破的地标建筑，再到动植物标本，这其中也包括各种古生物化石。光是挖掘出来的恐龙化石就有数百万吨，其中包括不少以前从未发现过的生物化石，令人震惊的驰智龙化石就是其中之一。生物学家们萌生了一个想法：制造一艘环境跟白垩纪时的地球相同的星舰，复活包括恐龙在内的古生物，用于研究那个时候的生物环境。但建造星舰耗资巨大，想要说服那些吝啬的国会议员们拨款可不容易。在多次碰壁之后，他们找到了一个对此感兴趣的人。

"这事儿包在我身上。"生物研究所的古生物研究室里，联盟食品联合会的总会长、商界人称"吃货姥姥"的郑清音老太太拄着龙头拐杖，打包票说。

那一年的国会财政年度预算会议上演了惊人的吃货狂欢节，联盟食品联合会的货柜车摆满了整个国会广场，向每一个人免费分发美味的"史前风味食品"。食品企业聘请来的明星在现场登台献艺，每一条马路的广告牌上都印刷着整齐的标语："让每一户人家的餐桌都更丰盛！""霸王龙腿肉汉堡、清蒸梁龙、香辣翼龙翅，争取加入星舰联盟豪华大餐！"

鹤发童颜的郑老太太带着提案和她那根装相用的龙头拐杖，大步流星地踏进国会大厦。她没有用长篇大论来征服议员们，而是给每名议员带去一份恐龙肉大餐。当一些素食主义议员皱起眉头拒绝时，她不失时机地给他们推荐了同样美味的古蕨类大餐。

那年的议会大厦变成了美食大厦，老太太问议员们："关于食物来源多样性对人类安全的重要意义，不必我多说了吧？"她身后站着好几名科学家，如有必要，他们可以滔滔不绝地给议员们就食物来源多样性的重要意义讲上三个月的课。她还准备了两大卡车的技术资料来阐述建造一艘白垩纪型星舰有多划算，它的建造成本并不比传统的农业型星舰高太多，除了能提供大量的新种类食物，还可以为生物学家研究古生物提供基地，当然吃货们最主要的目的还是为了吃。

建造白垩纪环境星舰的提案很轻松就通过了，郑老太太带着满意的笑容出现在高高的议会大厦台阶上时，星舰联盟电视机前数以亿计的老饕们发出了雷鸣般的欢呼声。老太太年轻时就是个活泼的疯丫头，看见这场景，好像又回到了肆意张扬的年轻岁月，她高举龙头拐杖，大声喊："我们的口号是——"

议会大厦前的广场上爆发出整齐划一的回应声："两条腿的不吃人，四条腿的不吃凳子！"

建造新星舰是耗时百年以上的大工程，"吃货姥姥"郑清音并没有活到看见"瑞亚"星舰建好的那天，她的提案却深刻地改变了整个星舰联盟的餐桌。当科学家们在化石中提取 DNA 碎片，逐一复活那些古生物时，他们注意到了驰智龙是一种智慧生物，在这个要不要复活一种智商跟人类相当的恐龙的问题上，人们展开了一场不大不小的争论。

最后，吃货们的争论聚集到了一个焦点上：驰智龙好吃吗？好吃的话就复活吧！

三

白垩纪环境的星舰并不适合人类生存，工厂外的世界是满眼的绿色，大量的爬虫栖息在沼泽中，不小心踩到鳄鱼或别的什么爬行动物是常有的事。茂密的树蕨森林遮天蔽日，森林中雾气霭霭，四十多摄氏度的气温闷热得像个大蒸笼。蕨类植物不像木本植物那样有发达的根系和坚硬的木质结构，它们只能在温暖湿润的环境下生存，一些树蕨竟然能长到二三十米高，可见这个世界潮湿到了连石头都会流水、连活人都会发霉的地步。

阿雷操纵着机甲慢慢爬起来，如果不是机甲内部附带有降温除湿的空调系统，阿雷早就被炎热潮湿的气候蒸熟了，他没走几步就滑倒在沼泽中，不得不再次艰难地爬起来。这种在工厂中工作的机甲还是不太适应白垩纪泥泞的环境。

阿雷回头看了一眼工厂，那座大工厂像一只长达数百米的大蜘蛛，趴在大地上。它平时像推土机一样慢慢前进着，不断吞噬着巨大的蕨类森林。它顶端的停机坪停放着大蜻蜓一样的地效飞行器，时不时成群结队地出动，狩猎恐龙，再将捕获到的恐龙扔进传送带中加工成各种恐龙肉食材。这样的大工厂在整个"瑞亚"星舰数量相当多。由于环境潮湿温暖，这些蕨类森林就跟疯长的野草一样，刚收割过一茬就又新长出一茬，鲜嫩的蕨类植物富含糖类和蛋白质，几乎全株都可以食用，不像开花植物那样只有果实、种子和叶子等少数部位能吃。它惊人的生长速度让人类知道了上古时代的地球是怎样供养得起恐龙这种食量巨大的庞然大物。最让老饕们喜出望外的是，人们原本以为发育缓慢的爬行动物在这炎热潮湿的史前气候中竟然繁殖得非常快，这些身形庞大的恐龙一窝窝下蛋，繁殖得比耗子还快。一艘"瑞亚"星舰提供的食物竟然比传统的农业型星舰还要高两倍，人们几乎不用费事驯养恐龙，只管狩猎就够了。

就在阿雷仔细观察周围环境时，钢牙在几乎垂直的工厂墙面上飞奔下来，踏雪无痕般掠过树蕨根部密集的沼泽地，闪电般的速度让人想起它可怕的表亲——迅猛龙！阿雷完全没反应过来，突然觉得自己好像被一百吨的大卡车撞了，连人带机甲像断线风筝般飞出去，撞断几棵瘦小的树蕨，脑袋朝下扎在泥潭里。

钢牙用锋利的爪子摁住机甲，牙齿又撬又咬，直至确认这次撞击没能成功地把机甲撞出裂缝，才无奈放弃。机甲中的阿雷可不好受，那强烈的撞击让他昏厥过去，又在全身骨头似要碎裂的剧痛中醒过来。好在机甲跌落的地点是松软的沼泽，如果换作坚硬的石头，现在只怕连人带机甲都被撞散架了。

钢牙的速度在工厂内部二十多摄氏度的气温中是打了折扣的。恐龙尽管是恒温动物，但体温调节能力远不如哺乳动物和鸟类，四十多摄氏度的湿热气候是最适宜它们生存的环境，一旦温度降到十摄氏度以下，大部分的恐龙就会丧失活动能力，甚至被大规模冻死。阿雷好不容易爬起来，却再次被钢牙轻松扑倒。阿雷举起双手说："老兄，看在大家都是智慧生物的分上，咱们坐下来聊聊天好吗？"

"好。"钢牙回答得倒干脆，毕竟它也拿这个铁疙瘩没辙，刚才的冲击消耗了它不少体力，它也需要休息。坐姿跟老母鸡差不多，它趴在地上，明眼人都能看出鸟类跟恐龙之间那种极深的血缘关系。

阿雷说："你看起来对人类并不陌生，以前一定是被什么人驯养过吧？"

钢牙说："我的养父埃里克是一个离群索居的古生物研究员，他教了我人类的知识。"

阿雷问："他现在还好吧？"

钢牙笑了，露出锋利的牙齿说："不太好，他肉太老，骨头太多，硌牙。"

阿雷大惊，问："你吃了他？"

钢牙说："人类有个怪毛病，喜欢驯养宠物，总以为宠物养得久了就会通人性，如果是牛羊犬马这种天生就是群居性的动物，也就罢了，驯养久了它会把人类当成首领，对人类百依百顺；如果是独居性的动物，你对我再好，好到让我把你视为同类，要知道一山都不容二虎，同类也照样残杀啊！"

钢牙继续说："很多动物的行为受并不发达的大脑控制，比如蛇这种东西，母蛇生下一窝蛋之后就离开了，小蛇破壳之后自己想办法觅食、生存，它的大脑中根本就不存在亲情、友情的意识，你怎么驯养都不可能改变它的大脑结构，你对它再好，在它眼里也不过是一头猎物罢了。"

这只大爬虫的一席话听得阿雷深感认同，看来不光是蛇没有亲情和友情，只怕就连同为爬行动物的驰智龙也是如此。阿雷感叹说："我还是第一次看见你这么睿智的恐龙。"

"谢谢，请叫我睿智的卧龙先生。"钢牙俯卧在地上说。

四

想干掉一条驰智龙极不容易，尤其是阿雷亲眼看见它杀死一头霸王龙之后。钢牙聪明地激怒霸王龙，引它沉重的身躯陷入沼泽，然后轻松地杀掉了霸王龙。

阿雷说："我真不明白，作为白垩纪末期的顶级捕食者，为什么你们的数量会这么稀少。要知道我们人类在考古时发现过不少霸王龙化石，但驰智龙化石却稀少到直到星舰联盟重返地球之后才发现。"

钢牙撕下一块霸王龙肉，说："我们驰智龙一次只产一枚卵，又喜欢自相残杀，数量自然就少了。但我有个梦想，梦想着有朝一日能建立一个属于恐龙的伟大文明，然后摧毁人类文明，由我们驰智龙取而代之。"

阿雷还是头一次看见有梦想的恐龙，但他还是泼冷水说："想建立文明可不是一件容易事，学会使用火焰是迈向文明的第一步。我们在考古时从未发现过恐龙时代有人工生火的痕迹，你好歹得会钻木取火吧？"

钢牙抬起脑袋望了望四周，茂密的蕨类森林遮天蔽日，雾霭笼罩的大地把西斜的太阳映成一团圆圆的咸蛋黄。它突然跳起来，一巴掌打碎一棵树蕨，抓起半截丢在阿雷面前，暴躁地说："你就知道钻木取火！这世界潮湿得连蕨类都能长几十米高！连石头都能流出水来的地方你给我钻木取火看看？你祖宗燧人氏也得拿这环境没辙！"

阿雷这个问题踩到了钢牙的尾巴，无法使用火焰是恐龙进化史上最大的硬伤。人类诞生在宇宙中不过区区三百万年，而驰智龙从诞生到灭于白垩纪末期的小行星撞击，只怕也不止三百万年。无法使用火焰不仅影响了它们获取营养更丰富的熟食，还导致它们无法冶炼金属，无法制造出更先进的工具，无法建立起属于恐龙的文明。

饥肠辘辘的阿雷坐在驾驶舱里看着钢牙大快朵颐，他试过逃走，但只要刚刚迈开步子，钢牙就跳过来把他扑倒在地。反复几次之后，阿雷明白了，钢牙试图将他困在这里，直到他饿死。阿雷问钢牙："你说你的梦想是要取代人类文明，但你了解人类文明吗？"

钢牙说："了解一点儿，我们收集了很多关于人类文明的资料。"

"全都看得懂吗？"阿雷问它。

钢牙摇头，说："大多数看不懂。"

阿雷说："那你真不该吃掉你的养父，他应该很乐意向你传授人类的知识。"

钢牙说："可不是嘛！所以刚吃完他，我就后悔了。"

阿雷算是明白了，驰智龙的食欲凌驾在理性之上，吃饱了才有理性，肚子饿时就是没脑子的猛兽。它们在食欲的驱使下敢吃掉任何对它们非常重要的人，但对阿雷来说，这是一个好机会，他说："你们现在一定缺一个了解人类文明的人吧？如果你不介意，我可以替你们解读人类文明。"

钢牙重新钻进工厂去，很快就提着一个喷火器走出来。这个潮湿的世界做不到钻木取火，但喷火器却能正常使用。阿雷看着它用喷火器烤霸王龙肉，有点儿纳闷，照理来说这种典型的食肉动物是不太喜欢熟食的。

钢牙把烤熟的霸王龙腿丢在阿雷面前，咧开血盆大口说："欢迎加入我们。"

"我们？还有别人吗？"阿雷小心翼翼地打开座舱盖，撕了一块烤香的霸王龙腿肉，问它。

钢牙仰天长啸，沉闷的吼声让大地都簌簌发抖。片刻之后，一群驰智龙出现在阿雷的视野中，钢牙张开双臂说："欢迎加入钢牙部落！"

五

驰智龙一直试图模仿人类文明，这是"瑞亚"星舰上不少食品从业人员都提到过的事。阿雷来到了所谓的钢牙部落。这是一座群山和大河环绕中的简陋混凝土建筑，门口倒着的一块牌子上写着"埃里克的研究室"，现在已经被钢牙霸占为私人堡垒，周围凌乱地堆放着各种砍伐下来的树蕨。看起来驰智龙想过用树蕨作为木材来修筑木墙，但它们在发现树蕨的质地过于松软之后，就废弃不用了，改用狩猎到的大型恐龙的骨骼混在石头中修筑城墙，显得有几分阴森恐怖。

阿雷知道人类的原始部落修建围墙是为了抵御野兽的入侵，他想不明白作为顶级掠食者的驰智龙为啥也需要城墙，也许它们只是有样学样地模仿人类的行为。在城墙和实验室之间，是七零八落的树蕨小窝棚，俨然一座小小的原始城镇。那些驰智龙学着人类那样盖房子，却又没有人类的建筑水平。每一座窝棚都用宽大的树蕨茎叶搭成，盖得七歪八倒，勉强能容纳一头驰智龙钻进去就算是房子，但跟其他只懂得风餐露宿的恐龙相比，驰智龙已经算是领先它们一大截了。一些驰智龙聚在房前屋后打磨狩猎用的工具，从工艺来看，已经接近人类新石器时代的水平，但材料却不是石头，而是人类丢弃的各种机械产品，其中不乏从工厂中拆回来的机械臂、铁管什么的，无一例外都被磨尖，做成标枪、长矛之类的落后武器。

在"瑞亚"星舰上，像钢牙部落这样的驰智龙原始部落为数不少。白垩纪时代的驰智龙尽管有接近人类的智商，但直到小行星撞击地球时，都没进入部落时代，这些大大小小的部落显然是受到人类文明的影响而逐渐形成的。钢牙的堡垒外胡乱张贴着各种不知从哪里搜刮来的海报，不少是星舰联盟的城市风光、蒸汽朋克风格的太空工厂和从远景拍摄的多如满天繁星的巨型飞船群。但数量最多的还是星舰联盟的各地美食图谱，每一张海报上都被它们涂鸦上一行蟑螂爬过般的文字：我们的目标是食物大海！

"你们的目标不是要摧毁人类文明，取而代之吗？"阿雷看着海报，大惑不解地问钢牙。

钢牙回答说，"没错！但最终目的还是为了吃，人类有很多好吃的美食，养父生前就喜欢跟我分享那些奇特的美食，它们来自不同的星舰，甚至是不同的外星文明。人类为了美食，可以横跨数千光年重返地球挖掘化石来研究好吃的，也可以凭空制造出这艘白垩纪环境的星舰作为行星际牧场，这是让宇宙中一切吃货都叹为观止的实力啊！只要能征服人类，一切美食就都是我们的！"

说到底，驰智龙还是心直口快的吃货，完全不掩饰自己对美食的向往，阿雷也没指望这些头脑简单的驰智龙会有更高的龙生追求。

阿雷走进钢牙的堡垒，里面的实验仪器大多被驰智龙们拆去做成简陋的武器了，凌乱不堪的书籍丢得满地都是，大部分在这潮湿炎热的环境中烂成一团团的纸浆，少数几本保留完好的都是历史书籍。阿雷翻看了几页，发现讲的全都是人类的上古历史，钢牙说："这些史书说，人类是从原始部落走向部落联盟，再在部落联盟的基础上建立国家的，在我们建立起一个伟大的部落联盟之前，人类的后面大半截历史对我们一点用处都没有。"

这残缺不全的史书全是讲人类在上古时期是怎样打部落战争的，阿雷看着乏味，就放在一旁不管了，钢牙说："现在遇到了一点不大不小的问题。"

"什么问题？"阿雷问它。

钢牙说："我丢掉了养父给我的全部武器资料，我原本以为那玩意儿没有我们的尖牙利齿实用，但前几个月我们跟河对岸的部落死磕硬碰地打了几场硬仗，它们的火焰投石机很厉害，我们吃亏了。"

阿雷问："这就是你袭击人类的食品工厂的原因？你想到工厂里找些合适的武器？"

钢牙点头，带阿雷去看一台从隔壁部落里缴获的火焰投石机。那台用树蕨和恐龙油脂做成的机器非常简陋，唯一值得称道的地方是它们懂得在机器上绑上人类制造的火焰喷射器，用于在这潮湿的环境中点燃涂满油脂的石头。阿雷看着钢牙锋利的牙齿，说："你们应该和平共处，大家都是驰智龙，自相残杀很不好。"

钢牙说："别对我说这些没用的屁话！你们人类的上古时代不也是打得血流成河？没有强大的部落联盟，哪有后来强盛的人类文明？那些打仗厉害的部落首领，像奥丁、炎帝还成了后人膜拜的神祇，你们星舰联盟不是还有一艘巡天战列舰叫作'炎帝号'吗？"

驰智龙都是天生的暴君，阿雷担心再争论下去会激怒钢牙，于是乖乖选择闭嘴。精力充沛的钢牙转身就去处理部落中的大小事情了，丢下一堆亟须解决的技术问题给阿雷折腾。好在驰智龙们遇上的技术问题都是新石器时代的简单问题，诸如怎样找到更多更适合打造武器的人类废弃金属物，要用怎样的手法才能做出更为锋利的箭矢，怎样在白垩纪的潮湿环境中制造可以掷向敌人的可燃物，怎样把树蕨加工成跟木材一样坚硬的材料，等等。

确定钢牙已经离开之后，阿雷暂时松了一口气，他想跟总部联系，却苦于没有联络工具，在机甲的驾驶室里急得一筹莫展。突然间，他发现驾驶室的地板上竟然丢着一台手机，看样子是原先的驾驶员落下的。阿雷猛敲脑袋责怪自己是个笨蛋，要是他能早点发现手机，打电话求救，也不至于被困在这里这么久！

六

驾驶室里，阿雷捧着手机，颤抖的手连续拨错好几次，才成功拨通了045号肉联厂副厂长的电话。电话刚一接通，他就大声喊："厂长！我是阿雷！我被困在'瑞亚'星舰上了！"

电话那头，副厂长被他的声音吓了一大跳，劈头就问："阿雷，你还活着？"

阿雷没好气地回答："不然你跟谁打电话？"

副厂长说："我们都以为你被恐龙吃掉了，所以没安排救援队去救你，但财务已经把慰问金、治丧费和意外死亡保险给你的父母准备好了，那可是很大一笔钱啊！"

阿雷气得差点儿没把手机给砸了，他大声吼："你的意思是不是死掉我一个，幸福我全家？你担心派救援队过来，万一救不出我，还得再搭上几条性命，与其让公司赔惨了，还不如干脆放弃我，对不？告诉你，现在问题大了！那些驰智龙不光袭击了肉联厂，它们还密谋造反，想建立一个庞大的部落联盟，要推翻人类文明取而代之！我们必须报警！不！要想办法报告联盟政府！要赶紧派出航天陆战队镇压这些冷血的爬行动物！"

提到要报告政府，副厂长那头咆哮起来："你这是存心要砸大家的饭碗！你知道一旦安全事故部门查起来，咱们整个肉联厂都得关门整顿！你要大家喝西北风啊？等等——你说那些驰智龙要密谋推翻人类？稍等一下，我马上向上头汇报，待会儿再给你电话。"这事情可不是闹着玩的，副厂长的咆哮声一下子停住，挂断了电话。

没几分钟时间，阿雷手中的电话又响了起来，他赶紧接电话，电话那头传来一个苍老而又威严的声音，自称是联盟食品联合会分管"瑞亚"星舰的执行董事。

"执……执……执行董事？"阿雷的声音结巴起来，他只是最底层的小员工，亲眼见过的最大的官儿就只是 045 号肉联厂的厂长，执行董事主管整个'瑞亚'星舰上所有的食品企业，比厂长还要大好多级。

那个苍老的声音说："年轻人，老实告诉我，'瑞亚'星舰发生了什么事？"阿雷不敢隐瞒，把他遇到的所有事情，包括钢牙的事都一五一十地告诉了老人。

"这么说，我的好友埃里克是被驰智龙吃掉了？"老人听完阿雷的汇报之后，问他。

"是……是的。"阿雷结结巴巴地回答。

老人感叹说："难怪那么多年没他的消息。埃里克是我们公司非常优秀的研究员，对恐龙牧场的建设做出过重要贡献，他做得一手好菜，尤其擅长烹饪恐龙蛋，你手上有他的遗物吗？带回来给我，我会出高价买回来。"

阿雷匆匆翻过那些霉烂的资料，说："这里只有一些烂掉的笔记本……等等，好像还夹着几张指甲大小的记忆芯片，您一定要想办法救我离开这'瑞亚'星舰，不然这些遗物也没法给您。"他最关心的还是自己的小命。

老人问："你现在是坐在机甲中吗？"

阿雷说："这当然，要不是有这副机甲保护着，我早被恐龙吃掉了！"

老人说："这么看来，驰智龙也拿你没办法。你有两个选择，一个是报警，让政府的救援人员把你救出来，这是最安全的方法，但对你来说却错过了人生中最难得的一次机会。"

听老人的意思，阿雷觉得似乎有一个非常难得的机遇摆在自己面前，他问老人："另一个选择是什么？"

老人说："另一个选择是自己杀出一条血路，提钢牙的脑袋回来见我，我们将像迎接英雄一样迎接你回来，而你也将被提拔为恐龙狩猎队的副队长。"

阿雷掰着手指头算副队长是多大的官儿，突然惊叫："妈呀！我居然跟副厂长平起平坐了！"

老人问他："满意吗？"

"满意！一万个满意！你可要信守诺言啊！"那可是苦哈哈的普通小员工奋斗半辈子都不一定爬得上的高位啊！阿雷高兴得嘴巴都快咧到耳朵根了，眼睛看见的只有金钱满地的灿烂前途，生命危险这种小事早已被他抛到九霄云外。

老人挂断电话之后，阿雷还直乐得回不过神来，一个沉闷的声音在他面前炸雷般响起："你在跟谁打电话？"

糟了！阿雷忘了恐龙的听力远比人类敏锐，钢牙八成把所有的对话都听进了耳朵里！

七

在那天打过电话之后，阿雷每一天都在胆战心惊中度过。钢牙好像知道他要拿它的首级换取恐龙狩猎队的副队长宝座，不管什么时候都让一群凶猛的驰智龙盯着他，再也没给他跟它单独相处的机会。阿雷好几次忍不住想拨打报警电话，但到头来又忍不住副队长职位的诱惑，放下了电话。钢牙让他给部落设计各种武器用于攻打别的驰智龙部落。阿雷虽然不懂武器设计，但他好歹懂得用手机上网查各种人类石器时代的武器设计方案，简单修改之后提供给钢牙，短短一个月时间，竟也给钢牙部落设计了不少武器。

阿雷很清楚，如果钢牙真要杀他，办法多的是，尽管它咬不穿坚硬的机甲，但机甲的驾驶室里没有食物，只要它不给他提供吃的，就能活活饿死他。或者是在他面前摆上一只烤熟的剑龙腿，等他饿到实在受不了，钻出驾驶舱时，就可以轻松咬死他。但钢牙没这样做，只要阿雷还给它设计武器，它就很克制地不去伤害他。

时间一天天过去，尽管阿雷一直都被关在钢牙部落的城堡里，但从别的驰智龙口中，他听到了钢牙征服了一个又一个部落的消息，势力越来越庞大。他也知道045号肉联厂早已复工，没人在乎他这样一个小小的员工的下落。他能拿得出手的武器资料越来越少，也知道距离自己最担心的事情的发生已经越来越近了。

阿雷在绝望中打开早已看过无数次的钢牙驯养记录，这是埃里克研究员生前拍摄的。

驰智龙的生育方式更像海龟那样下了蛋就不再管后代了，刚破壳的小驰智龙就已经懂得自己觅食。很多鱼类、两栖动物和爬行动物在缺乏食物时会吞食自己的兄弟姐妹。当埃里克发现恐龙蛋已经孵化时，时间已经过去了三天，整整一窝小驰智龙已经自相残杀到仅剩最后一只。埃里克给这只小恐龙准备了牛奶和鸡蛋，这个小家伙却咧开满是尖牙利齿的嘴巴向他咆哮，试图攻击他，埃里克倒是很喜欢它，给它起了个名字叫钢牙。

视频中，阿雷看到了埃里克耐心地教钢牙读书识字，养一头天性中不存在亲情的爬行动物远比养基因中自带亲情因素的哺乳动物要困难得多。很多时候，埃里克不得不依靠电击来让小钢牙学会顺从，另外一个能让钢牙乖乖听话的手段就是喂食了。得益于人类种类繁多的美食，年幼时的钢牙会主动讨好埃里克，由于它从埃里克手中得到的食物远比野生驰智龙丰盛，它的发育非常快，个头儿也远比普通驰智龙高很多。

钢牙从埃里克那里学到的知识远远超出了普通驰智龙的水平，庞大的身躯和精心训教的体能让它能轻松击败别的驰智龙。在埃里克七十岁那年，钢牙已经是一大群驰智龙的首领，在刚刚懂得建立原始部落的驰智龙世界中，它俨然一方霸主。

在钢牙眼里，阿雷已经拿不出有用的武器设计图纸了。当钢牙带着几个亲信走进堡垒时，阿雷正在费尽心血地测量一段巨大的树蕨根茎，根茎中段已经被挖空了，做成一段臼炮的模型，现在困扰阿雷的问题有两个：一是怎样在这个潮湿的世界做出能用的火药，二是怎样让松软的树蕨承受住发射时的冲击力而不散架。

"瑞亚"星舰终究只是人类制造出来的白垩纪环境复刻版，跟真正的白垩纪时代还是有区别的。为了避免强势的被子植物对蕨类植物的生存空间造成挤压、影响作为食物来源的蕨类产量，人类设法抹去了高等植物在这颗星舰上的存在，别说是枫树、桦树这种典型的被子植物，就连水杉、银杏这些白垩纪时代的裸子植物也难觅踪影，这使得想在这里找块质地够硬的木材都很困难。

钢牙走到阿雷面前，一脚踩碎那脆弱的树蕨臼炮，说："别鼓捣这种东西了，这里不是地球，我们跨不过冷兵器时代的。"

阿雷面如死灰，他知道自己做不出臼炮，只是装模作样地在研究，好让钢牙别吃了他罢了。现在钢牙看穿了他的小算盘，他的性命只怕也保不住了。

钢牙把阿雷连人带机甲拖到驰智龙群面前，带他坐上巨大而简陋的树蕨战车，居高临下地俯视着下面黑压压一片的驰智龙。他知道这是方圆数十个驰智龙部落结成的联盟，俨然君临天下的霸主气势。同样的战车还有好多台，驰智龙驱赶着大量被驯化的剑龙、角龙，牵引着战车，大量的霸王龙披上骨头和牙齿做成的铠甲，被驰智龙驱赶着赶往前线。

钢牙对阿雷说："我统一了黄河北岸所有的驰智龙部落，今天就要跟南岸的那个大部落联盟拼个高低，看谁才是这世界至高无上的霸主。"

钢牙所谓的"黄河"是钢牙部落南岸的一条大河，驰智龙们为了建造部落，制造武器，把方圆百里的树蕨都砍光了，充沛的雨水把失去植被保护的泥土冲到河里，变成黄浊的泥水河，钢牙想都不想就给它起名叫"黄河"。

阿雷黑着脸说："你们能不能给这条河换个名字？这名字要是传开了，很多地球人会对你有意见的。"

钢牙从鼻子里哼气，说："南岸那个部落联盟首领名字还叫蚩尤呢！"

阿雷惊讶地问："真的假的？"

钢牙说："那是我给它起的外号。"

这个冷笑话一点儿都不好笑，但钢牙的智慧让阿雷更加笑不出来，它知道渡河战役的凶险，还选择在浓雾笼罩的清晨发动攻势。驰智龙极少在浓雾中发动进攻，因为浓雾会让它们分不清方向，阿雷发现钢牙的部队中有很多奇怪的小型蕨木车辆，其上粗犷而又巧妙的齿轮跟车轮连在一起，不管小车怎么转，车上头的指示标始终指着河的对岸。

钢牙麾下的每一头驰智龙都提着用石头和骨头打磨成的武器，脑袋上都扎着一串本内苏铁——这是一种朝着开花植物演变的蕨类植物，开有非常原始的花，是很多恐龙都爱吃的食物，地位就跟人类眼中的大白菜类似。这一群头戴本内苏铁、手持原始武器的驰智龙在阿雷看来就跟一群古惑仔脑袋上顶着一颗白菜去打架一样可笑，但这是钢牙部落战无不胜的秘密之一，可以看作最原始的敌我识别标识，只要看见头顶没有白菜……不，没有本内苏铁的，就一定不是己方的恐龙，一斧头砍下去就对了。

渡河战役开始了，钢牙趁着浓雾，让手下点燃恐龙油脂和蕨类植物做成的燃烧物，包裹着大石头，用投石机砸向对岸。一道道火光消失在浓雾中，大河对岸的大部落传来恐龙被击中的嚎叫声，驰智龙点燃绑在霸王龙和剑龙尾巴上的火把，驱赶它们冲向对岸。对岸那个大部落在浓雾之中被杀了个措手不及，当它们仓促地拿起武器时，钢牙麾下的驰智龙们已经过了岸，用尖齿利爪和冷兵器展开了无情的杀戮。

钢牙对目瞪口呆的阿雷说："我很感谢你帮了我那么多忙，现在，我该送你回老家了。"

阿雷吃惊地问钢牙："你要送我回星舰联盟？"

钢牙一巴掌把阿雷连人带机甲打翻在战车上，几头驰智龙提着油脂和蕨叶倒在阿雷身上，用从人类工厂中抢到的火焰喷射器点火，整个机甲轰的一声变成一团大火球。阿雷这才注意到这辆战车竟然是一台巨大的投石车！钢牙跳离它俯卧的位置，一爪子削断投石车上固定着重物的绳索，一声巨响，阿雷连同他那好几吨重的机甲，拖着长长的火焰飞了出去，变成投石机的"弹药"。

钢牙仰头看着飞向对岸的阿雷，幽默地说："祝你投胎路上一路顺风！"

八

这是阿雷见过的规模最大的恐龙战争。当他慢慢醒来时，浑身上下都像散架一样剧痛，驾驶舱内的生命维持系统显示他昏迷了足足两天，断了一根肋骨、两根腿骨。大地在不停颤抖着，巨大的恐龙仍然在他头顶上厮杀，反复争夺阵地，不时有恐龙不小心踩到他，把整套机甲都踩得陷入松软的河滩沼泽中去了。驾驶舱出现了裂缝，饥饿的他只能靠喝渗入驾驶舱的少量污水和恐龙血维持生命，他一动都不敢动，静静地等着战争结束。直到第三天，头顶上才没再传来驰智龙的厮杀声。他吃力地推动控制杆，控制着机甲爬起来，眼前层层叠叠的恐龙尸体让他彻底震惊了，遍地的鲜血硬是把旁边的"黄河"染成了"红河"。

"你命真硬……"钢牙的声音从阿雷背后传来，它有气无力地趴在一架烧成炭的投石机上，受了很重的伤。

阿雷说："不是我命硬，是这副机甲硬，这毕竟是星舰联盟的高科技产品，科技水平比你们领先 1.5 亿年。话说你怎么会打输了？"他每说一个字，断裂的肋骨都刀割般疼痛，只能让驾驶室内的脑电波转化装置把他想说的话变成电子合成音"说"给钢牙听。

钢牙说："我没输，但也没赢，这个部落的首领跟我一样都是人类养大的驰智龙，我懂的知识它也懂，我给它起绰号叫'蚩尤'就是想击败它。只可惜我不是轩辕黄帝，它死了，我也活不久。"

阿雷问："你是说除了埃里克，还有别的人养驰智龙？"

钢牙吃力地点了点硕大的脑袋，说："这是人类的阳谋，人类从化石堆里复活了我们，派人教给我们知识，人类的强大吸引着我们模仿人类的发展方向，吸引着我们为了建立一个统一的部落联盟、奠定文明的根基而厮杀。没有任何一种智慧生物能抵御建立一个伟大文明的欲望，哪怕明知道是飞蛾扑火，还是义无反顾地走向了战争。每一个驰智龙心里都有一个成为顶级吃货的梦想，梦想着像人类一样，能随意创造一个自己想要的世界，变着花样地满足口腹之欲。"

阿雷辩解说："我们人类除了吃，还有更高的追求，而且我打算当一个素食主义者……"看见这血流满地的场景，阿雷觉得自己这辈子都吃不下肉了。

"吃才是第一位的！"钢牙费力地咆哮着，"任何一种生物，它可以没有别的梦想，唯独对食物的需求永恒不变，没有食物就无法维持生命，没有生命就无法实现别的梦想，哪怕是再智慧的智慧生物，终究也是生物，不管你吃的是动物还是植物，吃的都是有生命的东西。人类作为一种生物，最好是坦诚地承认这一点，我不喜欢你们对食物假惺惺地发表一些怜悯的看法。"

阿雷艰难地走过去，想给钢牙止血，钢牙张开大嘴一口扯碎他机甲驾驶室的座舱盖。这副机甲被折腾了这么久，早已残破不堪，失去保护的阿雷恐惧地看着那满嘴牙齿的阴森大口，问："你不愿我救你？"

钢牙说："我为什么要让你救？你救了我又能如何？吃和被吃，原本就是自然界的铁律。植物吞噬无机物和阳光，植食动物吃植物，食肉动物吃植食动物，哪怕是人类这种高高在上的顶级掠食者，也有衰老、死亡、分解成无机物的一天，最终又变成供养植物的食材，这才是完整的自然循环。作为自然界中养育出的智慧生物，你的职责不是破坏这养育了你的铁律，而是设法保护它。在我们驰智龙眼里，人类就是创造了整个'瑞亚'星舰的神祇，神应该维护自然规律的平衡，而不是毁掉这种平衡。"

阿雷觉得有些费解，说："你们把人类视为神祇，那为什么还想着要取代人类？"

钢牙咧开大嘴笑了，说："因为我们也想成为拥有无限食物可供食用的神祇啊！但这是做不到的，'瑞亚'星舰并不是无拘无束的老地球，这里没有建立工业文明所需的煤炭和石油，哪怕人类放手让我们自由发展，我们也不可能建立起跟人类并肩的伟大文明，甚至连冷兵器时代都跨不过去。但至少我们努力过，我觉得死而无憾了。"

阿雷问："既然这样，人类为什么要传授给驰智龙知识？"

钢牙说："为了更鲜美的肉质和更发达的大脑，为了你们超市和餐馆里更美味的恐龙肉脍和更值钱的龙脑羹！人类这种顶级吃货已经无法满足于牧场中生产出来的肉类了，为了厮杀而奔波运动的食肉动物才是人类的饕餮之口的最爱，我原本以为你明白这个道理的。"

阿雷愣愣地看着钢牙，老半天才说："你是我见过的最睿智的吃货。"

钢牙笑了，笑得咯血，艰难地俯卧在投石机的残骸上说："请叫我睿智的卧龙先生！"

阿雷板着脸说："我叫不出口，我担心诸葛孔明从棺材里蹦出来告你侵权。"

钢牙又笑了，那笑声宛若震雷，它说："不要为自己是一个吃货而感到羞愧，你们人类已经先进到可以脱离自然界而生存。如果你们仁慈到通过无机物从工厂里合成食物来维持生存，那星舰联盟就不会有数以百计的带生物圈的星舰，也不会有这一百多颗让无数动物赖以生存的牧场型星舰，而我们这些白垩纪的古生物依然只能是毫无生命的化石。我们驰智龙的世界有这样一句话：'连人类都不愿吃的东西，根本就没有生存的可能。'所以我们从来没介意过你们培养或是猎杀驰智龙。而你们这些自视甚高的人类，又何尝不是死后成为各种微生物甚至植物的饕餮大餐？"

远方的天边出现恐龙狩猎队的地效飞行器。钢牙大吼一声，慢慢站起来，伤口的鲜血哗啦啦直流，它对面的阿雷端坐在机甲的驾驶室里，已经失去了座舱盖的庇护。钢牙说："我这辈子活吞过无数猎物，但我从未折磨过任何食物，这是我最得意的事情。人类培养了我们，我们痛快地在这大地上为了一个注定无法实现的梦想厮杀过，龙生短短几十年，这已经够本儿了。现在我教你最后一件事：尊重自己的食物。我知道你要拿我的首级换取狩猎队副队长宝座，咱们遵循自然规律，看谁成为谁的食物，进行最后的一场厮杀吧！"

　　这是一场公平的决斗，失去座舱盖的阿雷再也不是刀枪不入的无敌状态，身负重伤的钢牙也不再是速度和力量远超人类的超级杀戮机器。钢牙吼叫着扑向阿雷，阿雷沉着地转动控制杆，机甲的手臂弹出唯一勉强称得上武器的东西——一把特大号烤肉叉，钢牙锋利的牙齿距离阿雷的喉咙只有区区五厘米，阿雷的烤肉叉却抢先一步，深深地插进钢牙的心脏。

　　阿雷说："谢谢你教我这些道理，睿智的话唠先生。"

　　"请叫我睿智的卧龙先生……"钢牙灯笼般大小的眼睛慢慢闭上，满意中带着一丝微不足道的遗憾。

九

　　当危险和机遇并存时，勇气是决定一生命运的关键。如果当初阿雷选择了报警，那今天的他也许就只是一个普通的小员工，在散发着肉类腥味的045号肉联厂里干一辈子，也许退休前升个小工头就算仕途到顶了。

当阿雷狼狈不堪地提着钢牙的脑袋回到公司时，英雄般的迎接仪式让他不知所措，很多人都赞叹这年轻人沉稳冷静，面对闪烁的照相机仍然能不动如山。但只有阿雷才知道自己已经被吓傻，完全不会动弹，只是故作镇定罢了。遭受这次意外事件伤害的食品公司太需要塑造一个英雄来挽回形象，资历尚浅的阿雷在公关部门的打扮下，就成了塑造这个形象的最佳代言人。

二十二岁的阿雷被破格提拔为最年轻的恐龙狩猎队副队长，他知道要论资历和能力，自己是坐不上这个位置的。只是上头以为能在驰智龙队里活下来的必定是富有经验的老猎手，却没想到他只是刚投入工作没几年的年轻人，放出来的话不好食言罢了。只要自己犯点什么错误，立马就会被降职，所以他小心翼翼地卖力工作，不敢让这个难得的机会在自己手指间溜走。

年纪轻轻就当上副队长的优势是相当大的，不少副队长论年龄都是阿雷的父辈，他有了比同龄人更多的机会接触公司的高层。阿雷在副队长的位置上坐了五年，然后迎来一段美满的婚姻，一步步升迁，当他坐上联盟食品联合会分管"瑞亚"星舰的执行董事宝座时，年近六旬的他知道这辈子的仕途到头了。食品联合会当中，职位跟他相同的有一千多人，他们或是一个星舰牧场的执行董事，或是某颗为人类提供食物的殖民星的行星主管，或是某支为吃货联盟寻找新食物的太空探险队的首领，阿雷却始终没离开"瑞亚"星舰。

在这大半辈子里，阿雷端坐在高高的大楼上，俯视着这片白垩纪时代的大地，看着驰智龙接连不断地打着一场场的部落战争，这是人类和驰智龙都心知肚明的阳谋。狩猎驰智龙仍然是一件危险的事情，恐龙狩猎队敢于捕杀任何类型的恐龙，把它们送上餐桌，唯独驰智龙是个例外。只有部落战争结束时，狩猎队才敢姗姗来迟，收获那些自相残杀到奄奄一息的驰智龙，带回工厂做成美味的龙脑羹。

很多狩猎队出身的公司领导都喜欢在自己的办公室中悬挂恐龙头骨作为装饰物，阿雷也不例外。他的办公室悬挂着一个巨大的驰智龙头骨，头骨下方的铭牌刻着一行字：睿智的钢牙先生，改变我一生的诤友。

每当遇上犹豫不决的问题时，阿雷就会转过椅子，看着钢牙的头骨，想象着杀伐果断的钢牙会怎样处理这些棘手的事。下属们对他又敬又畏，把他称为"像恐龙一样思考的雷爷"。

阿雷从一个被恐龙战争摧毁的部落中捡到一枚驰智龙蛋。他坐在办公室里，怔怔地看着这枚恐龙蛋，钢牙的模样又浮现在他眼前。他开始给自己写退休计划，他想孵化这枚恐龙蛋，想在"瑞亚"星舰建一栋小房子隐居，想把钢牙教他的道理教给小恐龙，想把它培养成新一代的驰智龙首领，他连小恐龙的名字都想好了，就叫钢牙二世。

也许未来的某天，钢牙二世会把他吃了，就像当年钢牙吃掉埃里克那样；也许钢牙二世对人肉不感兴趣，他会老死在"瑞亚"星舰的小房子里，成为细菌和植物的食粮。但不管哪种结局，对一个虔诚的吃货来说，都是很不错的人生结局。

古风似刃

一

缥缈堡里克隆了古代星球上有名的古镇，偌大的古镇中白墙红瓦、飞檐斗拱，每年都吸引大量的游客。为了跟古建筑保持和谐，经营这座古镇的旅游公司规定进入古镇的游客一律都要穿古装，这样一来，人们好像从先进的太空时代瞬间穿越回了唐宋年间。

古镇的射击场，十九岁的郑清音稳稳地拿起手弩，冷静地射击，红心处碎屑四溅，看得老板肉疼不已。

郑清音放下弩，伸手对老板说："二十发全部命中，奖品拿来！"她一身短襦长裙外加披帛，额间妆点着梅花印，长发盘成复杂的发髻，宛若古代仕女图中走出来的仙子——如果不是大咧咧地把一条腿踩在凳子上的话。

老板皱着眉头双手奉上满满一箱的奖品，小声说："姑奶奶，我这小本买卖可不容易，您就高抬贵手吧！再玩下去我可要破产了！"

郑清音说："真以为你把望山（注：即弩的准星）调歪我就打不准了？做生意老实点儿！"说着就拖起那箱奖品，跟同学们返回客栈。他们都是大学生，趁着暑假来到这个以克隆古代地球而闻名的世界游玩。

"大姐头，你这衣服真漂亮，去哪里租的？"一个女生羡慕地问她。

郑清音啃着鸡腿含糊不清地说："定做的，家里还有好几套呢！去年学校的中秋舞会我也是穿古装，你忘了？"

一名男生说："大姐头，你刚才玩弓弩可帅气了，跟谁学的啊？"

郑清音掏出一支手枪说："我七岁就跟着爷爷学习射击，前几个月刚拿到持枪证。"星舰联盟允许私人持枪，但持枪证不好申请，普通人最多就是去射击俱乐部过过干瘾，只有发烧友级别的人才会大费周章地拿着一大堆证明材料跑上跑下弄个持枪证。

同学们聊得正高兴，一个江湖侠客打扮的男人走过来说："我是缥缈堡的堡主铁无影，你们可以叫我铁堡主，欢迎各位同学来到宋朝，接下来的日子里，将由我负责各位的饮食起居。"

一名同学举手问："堡主，你这名字是真名还是绰号？怎么听起来跟武侠小说似的？"

铁堡主抚摸着胡须说："当然是绰号，为了配合这颗克隆古代地球星舰的氛围！我真名叫张伟，你们也可以叫我伟叔。"

另一名同学说："张伟这名字太普通了，还是叫铁堡主比较酷！"

铁堡主继续介绍说："各位同学，我们这颗克隆古代行星是星舰联盟的科学家们利用时空旅行技术，神不知鬼不觉地扫描古代地球，然后由本公司在远离星舰联盟的世界选了一个跟太阳系非常类似的行星系，原原本本地复制地球古代的一砖一瓦、一草一木建造成的世界，就连生活在这个世界中的人也是克隆自古代的真实平民。在这里，你们不光可以看到最真实的古建筑，还能体验到最真实的古代风土人情。"

刘钺问："铁堡主，为什么要选用远离星舰联盟的星球来克隆古代地球？咱们星舰联盟没有合适的地方吗？"

铁堡主捻着胡须微笑不语，一名同学扯扯刘钺的衣袖，小声说："笨！当然是为了规避星舰联盟的法律，咱们那头可是要非常烦琐的法律手续才允许制造克隆人的！"

一名同学问："我想去看看《清明上河图》中描绘过的汴京，可以吗？"

铁堡主说："没问题，想去汴京的同学待会儿可以来我这里报名。"

另一名同学问："在汴京可以看到八十万禁军教头林冲吗？"

铁堡主说："小说跟历史是有区别的，如果游客们想看，我们下次也可以考虑建造一个水泊梁山出来。"

又有一名同学问："我可以去上京吗？"在得到肯定的答复之后，同学们纷纷报名去自己想看的古都，只有郑清音没有报名。

铁堡主问："郑姑娘，你不跟同学们到古都玩？"

郑清音托着腮帮子说："那些地方都玩过了，本姑娘现在还是朝廷的通缉犯呢！"看样子她还是这个世界的常客。

铁堡主白了她一眼，说："你上次在汴京看不惯那些衙内强抢民女，拔枪就打伤七八个，能不被通缉吗？"

铁堡主的话，郑清音左耳进右耳出，根本没放在心上。她走出门外，登上缥缈堡并不算高的城墙，走在高低不平的城垛上，迎着微风，衣袂飘飘宛若仙子。同班男生刘钺看见郑清音不去古都游玩，也取消行程留下来，跟着郑清音走上城墙。

郑清音转身问："你为什么不跟别人去玩？"

刘钺也学郑清音那样站在城垛上，面对城外的大草原，张开双臂大声说："因为我喜欢草原！你看外面多美的草原！"

郑清音转身一脚把他踢进城墙外的护城河，大骂："想看草原就滚到别处去！缥缈堡北面是辽兵烧杀抢掠烧成的无人区！美丽你个头！"

二

辽宋交界地带向来是兵灾之地，孱弱的宋军抵挡不住辽兵的南侵，节节败退，靠近边境的城镇里往往是县官弃城而逃，留下百姓任人宰割。这座缥缈堡深入无人区深处，成为星舰联盟来往于高科技世界和克隆古代地球的落脚点之一，几乎每天都有飞船降落。铁堡主收留四方流民，培养出一支堪比朝廷军队的江湖游侠大军，严守着缥缈堡的秘密，宋兵和辽兵都啃不下这座硬骨头，一时之间也相安无事。

小九和姐姐巧儿本来是京城汴梁人氏，父母双亡，相依为命，以卖唱为生。那日，在酒馆中不知怎的被几个纨绔子弟看中了，要强抢入府，要不是郑清音刚巧路过出手相救，只怕后果不堪设想。只是谁都没想到郑清音一出手就狠得惊人，不但一言不合射杀了那几个衙内、家丁，还硬凭着两支电磁手枪，在满街禁军当中杀出一条血路。当然也成了头号通缉犯。郑清音一路护送姐弟俩北上，一直到达禁军不敢再追赶的辽宋边界，送入缥缈堡，托付铁堡主安顿好他们。

江湖人物云集的地方总是少不了客栈和酒肆，尤其是这种边境地区里少有的和平小城，毫无意外地变成南北行商的落脚点和庇护所。在这里做生意的有宋人，也有契丹人，但终究是以宋人居多，偶尔几个契丹人出现总会引起一阵带着畏惧的小小骚动。

当酒肆中传来小小的骚动时，巧儿并没有停下手中的胡琴。她知道契丹商人在汴梁横行霸道无人敢管，但缥缈堡的江湖游侠们却从未怕过契丹人，不管是谁都不能在这里作威作福。弟弟小九的琴声却终止了。

"为什么我一走进来大家就没声音了？大家该聊天的聊天，该喝酒的喝酒啊！"站在门口的女生大声说。

这女子个子好高！一身精美的丝绸罗衫不是普通人家能穿得起的。要知道宋国立国不久，长年战乱的创伤仍未治愈，寻常百姓需要经常忍受徭役和外族入侵的压迫，长期的营养不足导致人的平均身高偏矮，身高六尺就算是壮汉了。但眼前的女子竟然比寻常男人还高一头，鼻梁高挺，一身宋国女子打扮，又不像宋国女子那般缠足，似胡非胡，似汉非汉，十几名行商、保镖神经质地抓紧手边的刀剑，气氛一时剑拔弩张。

"郑姐姐！我好想你！"小九奔跑着扑向女子的怀抱，众人才知道她就是传闻中在汴梁禁军包围中杀出一条血路的郑清音，才又把刀剑归鞘。

郑清音身后还跟着一名个子跟她一样高的落汤鸡在瑟瑟发抖，不用说都知道是刘钺。他那身宽袍大袖的公子哥儿袍服早湿得不能再穿了，换了一身打杂小厮的褐褐，反正他也不懂不同款式的衣服在古代有不同的身份象征。郑清音走到柜台边，丢下一串铜钱，拿起两袋烧刀子丢给刘钺，说："喝这个暖暖身子，别冻坏了。"

刘钺想都不想，打开酒囊就往喉咙里灌，一阵急促的咳嗽后又把酒吐出来了，问："这是什么破酒？这么难喝？"

郑清音挑高眉毛笑着说："纯正古法酿制的烧刀子，你不是最喜欢原生态无污染的东西吗？"

刘钺以前就只喝过水果酒、啤酒之类温和的酒精饮料，对这种粗糙的烈酒不太适应。他硬着头皮又灌了一口，呛鼻的酒气直冲脑门，偏偏又倔着性子不肯承认自己喝不惯这种原生态的烈酒，眼前的人影都恍恍惚惚地由一个变两个了，还嘴硬说："好酒！古法酿造的东西就是好！"

巧儿看见郑清音到来，感激地看着她，只是碍于一曲未完，不好停下演奏表达感激。刘钺像嗑了木天蓼的猫一样手舞足蹈，在郑清音面前卖弄古文知识："宋朝可是文学最鼎盛的时代，小时候我妈拿鸡毛掸子逼我背诵唐诗宋词还是有点儿用的……那丫头自弹自唱的是宋词吧？配上曲子还真是……不错……"

咚的一声，刘钺从桌面滚到地上，呼呼大睡。郑清音拿出一支铁笛，走到巧儿面前说："好久没跟你合演了，来一首《如梦令》如何？"巧儿还没说话，酒肆中的听客就先沸腾起来。毕竟能见到大名鼎鼎的郑清音已经是难得的运气，能听到她亲自吹奏一曲就更是运气中的运气了。

宋词大多是配曲的，郑清音的古文水准能甩刘钺好几条街。她朱唇轻启，悠扬的笛声绕梁不散，衣袂飘飘宛若天仙，让听客如痴如醉，只是醉倒的刘钺没这耳福了。

深夜，除了城墙上守城人手里的火把亮着光，就只剩下镇里两三户大户人家还亮着豆大的烛光。古书说宋朝的民间富裕远超汉唐，有"走卒类士服，农夫蹑丝履"的民间奢华生活的描述。但在这宋太祖尸骨未寒的宋朝初年，民间仍然很穷。此刻，城墙里面的小镇已经沉沉睡去，城墙外面依附而来的贫民们搭建的草棚木屋也像一大片灰暗的丘陵陷入寂静。郑清音躺在铁堡主家的客房屋顶上，看着满天星光，啃着巧克力，拿着手机看连续剧，身旁的木梯却传来吱吱呀呀的声音。她探头，发现是裹着小脚的巧儿正吃力地爬梯。

铁堡主家的客房屋顶是特别加固的，因为总有来自先进世界的游客学古代大侠那样爬屋顶。巧儿毕竟裹小脚走路不方便，要不是郑清音眼疾手快拉住她的手，她就要从屋顶滚下去了。这时郑清音只想起言必称古好的刘钺，他知道古代女子承受的束缚和痛苦吗？

郑清音问巧儿："这么晚了，你不休息，学我爬屋顶干吗？"

巧儿怯怯地说："郑女侠，我是来感谢你上次救了我们的……"

"什么女侠？叫我郑清音就行了！"郑清音坐起来说。

"铁笛仙子，今天客栈的人都这么称呼你！"小九也爬上来大声说。

郑清音差点儿被巧克力噎死，咳嗽着说："这都什么乱七八糟的绰号？"小九还想解释，郑清音立即用巧克力塞住他的嘴巴，她从心底反感这种江湖绰号。

"你也在看星星吗？"巧儿问郑清音。

郑清音躺下说："是啊！一看到这满天的星星，我就觉得心里特别平静，我那边的大城市晚上灯光太亮，是看不到这么美丽的星空的。"

巧儿问："到底是什么样的城市，灯光能亮到遮住璀璨的群星？要知道就算是天底下最繁华最热闹的大宋京城汴梁，到了晚上也是城里烛光摇曳，夜空繁星满天呢！"

郑清音还没回答，小九拿起郑清音的手机说："姐！那是仙人的天上城市啦！你看他们的城市灯光那么亮！"手机中的连续剧刚巧播放到一座城市的夜景。

巧儿低声呵斥："别乱动郑姐姐的宝物！"在古代，会自己发光的东西大多会被惊奇地视为稀世珍宝，一块被现代人视为破石头的天然萤石也会被精心雕琢成价值连城的夜明珠，何况是可以播放视频的手机，那简直是仙人的宝器了！

郑清音说："没关系的，随他玩吧，一个手机不值什么钱。"

这个时代的女生恪守种种教条，巧儿虽然也喜欢看星星，但学不来郑清音那样大大方方地躺在屋顶上看。她突然问："郑姐姐，你会夜观天象吗？"

"会啊！"郑清音随口回答着。心想所谓夜观天象，无非是指星空万里第二天必是晴天，月出带晕第二天可能下雨这种传统经验罢了。

巧儿说："那您看，这世间的战乱，什么时候是个尽头啊？以前在汴京，每日都是歌舞升平，根本不知道边关竟然兵祸连绵。"

"啊？你说的夜观天象是指预测未来？"郑清音问她。

巧儿失望地说："连您也看不出这乱世什么时候结束吗？"她早把

郑清音视为无所不能的天仙。

郑清音说："看得出，但天机不可泄露。"她知道整个宋朝，积弱不振的大宋屡屡被外族犯边，和平是遥遥无期，但又不想看到巧儿伤心，只好瞒着她了。

三

战争爆发了，一只信鸽携带着边境居民被辽军攻击的消息，飞到缥缈堡。准确来说，唐朝灭亡后的几百年来，大地上的战火就再也没平息过，只是有时候是小摩擦，有时候是大冲突罢了。

辽兵向来有屠杀边民"打草谷"补充军粮的恶习，铁堡主对下边的侠客们说："我们得去救难民。"

这不仅仅是出自所谓的侠义心肠，铁堡主很清楚，缥缈堡之所以可以毫不惹人瞩目地隐藏在这里，是因为这一带存在着很多朝廷无力控制的村落，一旦附近的村民被杀戮殆尽，缥缈堡和它所属的旅游公司就会毫无遮掩地暴露在朝廷面前。

迟钝的刘钺还在游山玩水，写蹩脚的山寨宋词讨郑清音的欢心。在一拨拨的难民们涌入缥缈堡之后，他开始试着写那些忧国忧民的诗篇，然后得意扬扬地读给郑清音听。但他那些诗篇到了郑清音手里，就只能作为擦拭刀剑的废纸。她对刘钺说："你有时间在这儿忧国忧民，干吗不去给难民们分发一点粮食？"

刘钺问她："你这一身戎装，准备去哪儿？"

郑清音把两柄长长的陌刀背在身上，跨上战马，说："我去阻击辽兵，保护难民撤离，你别乱跑，铁堡主说要准备集体撤离了。"

刘钺倒也想跟郑清音一起去，但只要看到那高头大马，他就心头发怵，这可不是他这种在大城市长大的文弱书生能驯服的东西，只好眼睁睁看着郑清音策马远去。

郑清音一边带着侠客们策马狂奔，一边拿着手机跟分散在各个古都的同学们联系，确保大家平安无事。得知他们在旅游公司员工的保护下安然无恙，才放心。

有人说，到克隆古代地球旅行就像抽奖，你不知道迎接自己的到底是平静的古代田园生活，还是突如其来的历史事件。眼前这场战争在爱好和平的游客看来，无异于搅了整个旅行计划的飞来横祸，一些同学已经哭喊着要回家；但在军事爱好者眼中却好像抽中大奖，一些同学远远地看着军队开拔踏上战场，那亮闪闪的冷兵器是如此威武，惹得他们都悄悄地拿出手机拍个不停。

真正的悲惨场面是那些在古都观光的同学们看不到的。郑清音从小就喜欢到这里旅行，享受远离现代文明的古风生活，也见过无数百姓拖家带口地流离失所。先不说长年战乱的人祸，光是自秦始皇一统天下到工业革命之前有详细记录以来的两千多年间，就有各种天灾在广袤的国土上此起彼伏地发生着。不是这边雪灾，就是那头旱灾；不然就是这里蝗灾，那边瘟疫。落后的通信方法很难组织起有效的救灾手段，落后的交通方式也无法像工业时代之后那样远距离地调集粮食救灾。那些灾难过后的村庄废墟她不知道见过多少，直至荒草吞噬荒村，淹没遍野饿殍的森森白骨，最终尘归尘、土归土，抹去一切曾经鸡犬相闻的痕迹。

难民们像无数蚂蚁，向缥缈堡蹒跚会集，侠客们的军队则骑着高头大马，朝着相反的方向疾驰。沿路可见体力不支的老弱病残奄奄一息地倒在地上，一些瘦骨嶙峋的难民走着走着，一头栽在地上就再也不动了。郑清音没有向任何难民伸出援手，只是一路疾驰，心中却想起了三年前她第一次参加行动时因为心软，在中途停下，给难民们分发粮食和水所引发的灾难。

"你疯了！不要给他们任何吃的！他们一旦得到粮食，就不会再往前走！还会缠着你让你也没法脱身！"那时，小武哥哥大声叱骂她，毫不留情地朝涌过来讨要粮食的饥民挥动马鞭，试图驱散他们。但在饥饿面前，马鞭是那么苍白无力。她的粮食很快被抢完，饥民却像潮水一样涌来，怎么也驱不散。而当辽兵的战马狂风般袭来时，聚集起来的饥民就成了最好的杀戮对象，己方却被饥民层层困住，无法展开防御，只能任凭敌军战马践踏屠杀。杀戮过后，数百名视死如归的江湖侠士只剩几人生还，不知多少难民惨遭杀害，她的小武哥哥连尸首都找不全了。

那个时候，其实她知道自己带的那点儿干粮救不了几个人，只是看不得那些可怜的孩子饿得宛若骷髅。如果那时候她不给难民水和食物，一路上纵使有人饿死，但也有不少能坚持走到缥缈堡而得救。她发自善心的草率行为的结果就是连原本有机会活下来的人也成了黄泉路上的亡魂。

那段往事像梦魇一样缠着郑清音，直到回到星舰联盟，看了心理医生才有所缓解。后来她把这件事情跟爷爷说了，爷爷说："人有善心是好事，但善心用错了时间、用错了地点，会比作恶还可怕。"

阻击的地点到了，那是一个狭窄的山口，山的那边已经看不到有新的难民涌入，八成是辽兵已经逼近，现在还没逃难过来的平民基本上也就没有生存机会了。郑清音站在山冈上，拿起七尺陌刀，她虽然带有手枪，但子弹数量终究有限，能靠得住的也就只有两把陌刀。这修长的直刃是大唐帝国财力雄厚、技艺非凡的象征，它曾大规模装备部队，统一过华夏，远征过葱岭，扬威过大漠。大宋虽富，却始终没能重新大规模锻造这工艺复杂而又锋利无匹的神兵，使得大唐的陌刀成为冷兵器时代的绝唱。

四

"拔城！"随着铁堡主一声令下，庞大的缥缈堡地动山摇，一栋栋白墙黑瓦的房屋颤巍巍地站立起来。地基下的铜铁机括颤抖着运转，从泥土里拔出一根根铁桩，像昆虫的腿脚一样蹒跚而行。工匠们炸掉城墙，填平护城河，让爬行的房子从缺口鱼贯而出。他们决定带难民们离开，等到战火稍微平息，再带着难民回来。

"我嘞个苍天！宋朝竟然有这么先进的机械技术？看来是我们现代人太不争气，遗失了很多古代能工巧匠的精湛工艺！"刘钺怪叫着，拿出手机不停拍照。

铁堡主嘲讽说："是很先进没错，花了很大价钱从星舰联盟订购的呢！清一色核动力仿古旅游民居群。"

刘钺瞠目结舌，半天才说："说好的完全克隆古代的旅游景点呢？你们就拿这东西糊弄人？"

铁堡主反问他："旅游重要还是活命重要？如果缥缈堡是真正的古城，咱们现在就只能等着被屠杀了。"

刘钺不再作声，铁堡主转身前往"搬家"大潮的最前方指挥房屋前进，难民潮就跟在房屋大潮后面慢慢蠕动。房屋前进的速度并不快，不时还停下来让一些老人和孩子登上歇息。巧儿抱着胡琴，忧心忡忡地为断后的江湖侠客们默念平安。弟弟小九则坐在屋顶，凝重地看着前方。这种乱世中长大的孩子比星舰联盟中那些不知何为忧愁的小屁孩多了不知多少倍的老成沉稳，孩子的童真在他身上几乎是看不到的。

刘钺爬上屋顶，问小九："我们这是去哪儿？"

小九说："去墨谷，那是墨家隐居的山谷，不管多少敌军都攻不进去。"

刘钺只觉得额角一阵青筋抽搐，说："我真受不了这个随意篡改历史的旅游公司，墨家一千多年前就消亡了！"

小九说："'旅游嘛，让游客看起来像古代就行了，至于是不是真实的古代，这并不重要。那些文明世界的家伙根本就受不了没有抽水马桶的客栈、没有 Wi-Fi 信号的酒馆、鸡鸭牛粪遍地的原生态田园风光。'这是铁堡主私下经常对下人说的话，我以前不明白这是什么意思，但看到你们，我全都明白了。"

刘钺只觉得一阵脸红。他刚来到这个世界时，第一件事就是习惯性地拿起手机找 Wi-Fi 信号，像他这种依赖手机的人，不管风景多好，没信号就觉得活不下去。他总是觉得在这风景优美的古代环境中不掏出手机拍几张照片就不舒服，总觉得时不时出现在这古代环境中的现代科技很煞风景。但当他内急时，又实在接受不了那种连晋景公都能淹死的古代茅厕，没有个抽水马桶实在没法活。

看腻了周围青山绿水的穷山村之后，闲极无聊的刘钺又找小九搭讪："小九，你为什么叫小九这种奇怪的名字？"

小九咬牙，过了一会儿才说："小九是乳名，我前面还有八个哥哥姐姐。"

"八个？"刘钺很吃惊地问，"那他们都在哪儿？"

小九情绪失控，大吼："你别问了行不行？他们都死了！不是病死就是饿死！就只有巧儿姐和我活下来！"

当周围的人目光齐刷刷地盯着刘钺时，他才发觉自己问了一个向来熟视无睹，但细思极恐的问题。古代一个家里六七个孩子是很常见的，照理来说人口应该是爆炸式增长。但事实是不管和平还是战乱，古代人口增长速度一直非常缓慢，从未出现过工业革命之后的飞速增长。一个显而易见的结论出现在刘钺面前：平均计算起来，古代家庭有一半以上的孩子根本活不到留下后代的时候，就已经死去！

我所热爱的古代世界，竟然是这样一个地狱！刘钺睁大眼睛，好像看见一柄大铁锤砸在自己的心脏上，把他憧憬的古风盎然的世界砸得粉碎，只剩鲜血淋漓的一地碎片。

刘钺大声吼："为什么我们就不能想办法帮帮这个世界？"

铁堡主走到刘钺身边说："你以为我们没想过？你以为在工业革

命之前，没有化肥工业提供的氮肥，没有科学育种技术，光靠传统农耕，能养活几个人？没有工业时代的科技，能提炼盘尼西林、青霉素来救活那些患病和受伤的人？在宋代，你找几个杨辉、秦九昭、沈括这样的天才容易，但建立现代工业所需的数以万计的高等学历人才去哪里找？"

铁堡主说："我们刚来到这个世界时，也想过用科学来改变他们贫苦的生活，但他们不信我们啊！村民患病了，宁可去找神汉巫婆跳大神，也不愿让我们的医生进村。村庄暴发瘟疫了，他们说那是我们不敬天法祖带来的祸患，他们一向把我们视为操纵奇技淫巧的妖人，要不是今天被辽兵追杀，没有别的生路，那是根本不愿和我们同行的。"

刘铖看见缥缈堡的家丁们向难民分发粮食，难民们远远地跟在迁徙的移动房屋后面，不敢靠近。毕竟对于这些连"科学"两个字都不了解的平民来说，会走路的房子当然就是可怕的妖术。除了极少数胆子特别大的平民敢跟"妖人"合作，伸手向家丁讨要粮食和水，或者为重病濒死的老人和孩子讨要药物之外，其他人都是远远地躲开。直到缥缈堡的移动房屋队伍走远后，才争先恐后地涌到路上争抢散发的粮食。总有些老人和孩子抢不过成年人而被推出队伍，甚至在混乱中被踩踏。

刘铖蓦然想起孔子说过的那句老话："仓廪实而知礼节。"如果连最基本的温饱都得不到保障，那人在饥寒交迫中是只求生存而顾不上谦让，也就跟野兽没多大区别了。

五

迁徙的队伍走得慢悠悠的，翻过一座又一座高山，峰回路转时，不时有村庄柳暗花明地出现在山旮旯中。东倒西歪的竹篱笆围着满是鸡鸭粪便的小院落，七八间低矮的茅草房散落山间，几条瘦狗朝着迁徙队伍狂吠。整个小村空无一人。他问了小九才知道，这里的村民大多为了逃避兵祸和徭役都躲进深山去了。他们无法分辨这支迁徙队伍到底是辽兵、宋兵、土匪还是难民，总之看到了一大群人远远过来，就赶紧躲到更深的大山里，留下空荡荡的茅草房，等到大部队离开之后才敢回家。

刘钺给郑清音发了一段语音信息："你那头还好吗？能拦得住敌军的进攻吧？"

"还行，十分钟之前刚击退了一波辽兵的先头部队，我们抵挡到明天，确认难民们都走远后，就退守第二条防线。"郑清音说。

刘钺问："为什么古代各国之间就不能和平相处呢？整天打来打去，弄得民不聊生有什么意义？"

"你以为古代人就很喜欢打仗？要是能选择和平共处，谁愿意玩命？"郑清音原本想骂刘钺不知民间疾苦，但转念一想，古代世界对他来说终究是陌生的，话语间的火药味也放淡了很多。

郑清音说："世间不少战争，归根结底都是经济问题。如果你看过古代各国人口增长图，就会发现一个梦魇般的轮回，不管哪个古代国家，都有过一段人口稀少、土地充足的稳定增长期，不断增加的人口驱使着人们不断开垦新的土地来养活更多的人。当土地越来越稀缺、粮食越来越少时，任何皇帝都只能对外发动战争来抢夺别国的粮食和财富，缓解己国的矛盾。对平民来说饿死是死了拉倒，战死则有可能用战功给子孙留下点财富。换作是你，你能不好战？在战争葬送大量的人口之后，才能迎来一段相对和平的恢复增长期。然后在短暂的和平岁月过后，人口再次迎来高峰，粮食再次短缺，又再次走向战争的深渊。"

刘钺问："难道就没有办法摆脱这种可怕的轮回吗？"

郑清音说："有，发展科技提高粮食产量，就可以拖延战争降临的时间。你看古代的战争周期、人口数量跟科技发展的曲线图，会发现古代国家的人口承载能力跟缓慢的科技进步是一条趋势相近的曲线，但科技的进步也会让人口爆炸式增长，哪怕是工业革命之后，也不可避免地发生过世界大战。"

对星舰联盟的平民来说，战争是很遥远的往事。星舰联盟的人口在几十个世纪内一直保持在两百亿，足够先进的科技让粮食不再成为一个问题。刘钺甚至从没想过战争背后的深层次原因，直至此刻郑清音提起，他才蓦然发觉像那么一回事。

刘钺沉默了很久，才说："能发张照片给我看看你现在的样子吗？我还从没见过古代战场。"

郑清音过了很久，才发了一张照片回来。她清秀的脸上满是血污，一双眼睛冷得像夜里的孤狼，完全不像平时校园里那个爱笑爱玩闹的她。狭小的山谷满是辽兵尸体，令人窒息的血腥气好像能穿透手机屏幕，让刘钺翻江倒海地吐了起来。

"你不害怕吗？"刘钺打字问她。

郑清音也打字回复："我已经过了害怕的阶段了。我爷爷是将军，从小他就培养我这种面对鲜血的狼性。他说星舰联盟和平太久不是好事，谁知道宇宙中有没有另一个饥肠辘辘的文明准备着入侵？总得让一些人保持狼性来守护我们的世界。"

六

凭区区几百名侠客抵挡辽国大军的南侵是不可能的，不论武功多高的侠客也阻挡不了潮水般的军队，但消灭作为眼线派出的小股部队，拖延他们发现难民逃难方向的时间是可以做到的。

区区难民队伍只能给辽军送人头充军功，他们的首要目标仍然是进攻宋国重镇，刀锋直指汴梁。当派出的探子回报说辽军已经发现宋军主力，双方鏖战正酣，不会再分兵猎杀难民时，侠客们顿时松了一口气。郑清音的陌刀划破一名辽兵军官尸身的甲胄，粗糙的皮甲下同样是瘦骨嶙峋的躯体。果然，辽国境内又是粮食短缺了。辽人不像宋人那样善于农耕，北方的气候也不如南方温暖，粮食产量更低，缺粮时南下洗掠几乎成了游牧民族的生存方式。她摘下军官的腰牌，擦去血渍，怔怔地看着上面那个契丹文字的姓氏——萧。

一名侠客问她："郑姑娘，这块腰牌有什么特别的吗？"

郑清音摇头，说："没什么特别的，只是想起了我母亲也是姓萧。"

萧是辽国大姓，这个姓氏挑动了侠客间敏感的神经，"你是契丹人？"另一名侠客突然朝她拔剑！侠客们一下子纷纷拔剑对峙，分成四派，人数最多的宋国侠客剑锋指向来自辽国的义士，人数第三多的辽宋边境侠客面面相觑，回过神后才迅速站到辽国义士那边。这些在两国犬牙交错之地长大的侠士连自己到底是辽人还是宋人都说不清楚，只是纯粹不愿看见自己位于两国交界的家园被战火摧残。最后就是像郑清音这样来自星舰联盟的志愿者，他们数量最少，但都学过散打、搏击，甚至还有精通军拳的退伍军人。星舰联盟的生活水平远高于这个世界，良好的食物供应和科学的锻炼方法使得他们的体格远比这个世界的人强壮，所以战斗力也更强，就连郑清音的体力也比那些侠客要强很多。

　　陌刀无鞘，郑清音的出刀速度比侠客的三尺长剑更快，一声金铁交鸣，刀剑相格，僵持不下。剑刃对劈向来是剑客大忌，不到迫不得已不会用这种方法格挡，因为这样很容易损坏刀锋，让锋利的长剑变成废铁。但郑清音不怕，她的陌刀是比唐代真品更强的山寨货，用军用级合金钢锻造，星舰联盟出品，笔直的七尺刀锋算是陌刀式样中的异类，对战上古代工艺的刀剑时，根本不怕会砍出缺口。

　　郑清音说："我是契丹人又如何？不是契丹人又如何？千百年后，这世上还分什么宋人、什么辽人？"

　　侠客丢下剑，跪在地上仰天痛哭，没人问他为什么哭，毕竟这兵灾乱世，谁都有不堪回首的伤心事。郑清音左手还有另一把陌刀。星舰联盟的武术爱好者可以很轻松地在图书馆里查阅几乎所有古代武功典籍，用高速摄像机拍摄练武时的动作，细细琢磨并改进，有计算机根据人体结构特点设计格斗套路，有健身师、营养师配合，有虚拟现实装置模拟跟对手性命相搏的战斗，死多少次都无关痛痒。郑清音在武术爱好者当中只是普通水平，但武功已经比古代侠客高出一大截，如果玩真的，这名侠客只怕连她一招都挡不住。

另一名来自星舰联盟的志愿者拿起手机，向跟随难民队伍的同伴打了电话确定难民们的行程。挂断电话之后，他对大家说："两个时辰之后，就算辽兵要追也追不上难民了，我们在这里再守两个时辰，两个时辰之后返回墨谷。"

侠客们分发粮食，简单地果腹。他们手中的食物只有干涩难咽的粟麦饼，不少来自星舰联盟的志愿者吃不惯这粗糙的东西，宁可饿着。郑清音撕了半块粟麦饼吞下肚，问同伴："你们不吃点儿？待会儿还要赶路呢！"

一名在星舰联盟当过兵的志愿者说："小郑，你好像啥东西都能吃下去，也不管好不好吃。"

粟麦饼是宋代民间常见的食物，在这兵祸之年已经算得上民间的美食，普通人家甚至有的连糠麸都吃不上，只能用树皮草根充饥。这些来自陌生世界的志愿者们口味之刁，在侠客当中是众所周知，也为大家所诟病，他们就连喝酒也要点上几碟来自西域价值不菲的花生、瓜子，那只怕是连皇帝老儿都没尝过的东西。从不挑食的郑清音在这方面更能博得当地侠客们的好感。

郑清音问："你知道我为啥习武吗？"

志愿者说："听说是小时候，你爷爷教你弟弟武功，你说这不公平，要男女平等，所以你也要学。"

郑清音笑了，说："呵呵！爷爷那太极拳也算武功？"

"谁说太极不算武功？"志愿者一招闪电般的揽雀尾，以迅雷不及掩耳之势抢走她手中的半块饼。

郑清音说："我承认太极也是武功，但我爷爷那完全走样的套路根本不算。我学武功是为了有足够的运动量可以减肥，我才不屑于节食减肥那一套呢！"

作战之后的聊天竟然成了他们难得的消遣，那些宋国和辽国的侠客虽然听不懂这些来自陌生世界的人到底在聊些啥，但听着也觉得有趣，一时之间都忘了各自来自敌对国家的隔阂。

这些来自星舰联盟的志愿者大多跟郑清音有着相似的经历：因为喜欢古建筑，喜欢古代风俗，喜欢唐诗宋词，或是梦想着能跟古代的武术家一较高下，所以来到这个世界旅游；因为太喜欢古代而不满足于跟着旅游公司安排好的路线游玩，喜欢自由行动，看见了繁华都市之外贫穷的生活，看到了英雄史诗般的古代战争之下的难民流离失所。他们给难民们分发过粮食和钱财，但在战乱面前毫无用处，最后只好相约拿起武器，为难民们在乱军中争取到一条生路。

七

经过漫长的跋涉之后，缥缈堡的迁徙队伍终于来到传闻中的墨谷，前面已经没有路了，巨大的山体宛若一面巨墙，横亘在茫茫群山中。就在刘钺迟疑之际，一面光滑的山壁慢慢降下，露出宽敞的通道，通道两侧仍然是陡峭的山壁。看来整条道路都是开山凿成，山壁内部是暗堡，密集的射孔隐约可见利箭劲弩。

对于这似是而非的古代科技，刘钺已经无力吐槽了。对一身旅尘的他来说，找个地方洗个热水澡，吃一顿带荤腥的饱饭比什么都重要。穿过陡峭的山门之后，是一大片供缥缈堡扎营的空地，空地后面又是群山，高山之上是镶嵌着铜纹古兽的水坝，水流喷涌而出。古兽后面的山体中就隐藏着供应整个山谷电力的水力发电机，刀削般的峭壁镶嵌着各种青铜熟铁的齿轮和杠杆，篆刻着鸟兽图腾，在云缠雾绕的山间慢慢转动。数不清的亭台楼阁分布在松柏虬结的群山中，宛若仙境。巨大的飞船导航塔台刺破苍天，外表是盘龙绘凤的青砖古瓦，翠绿的古藤顺着导航塔台外面的青砖盘绕得古朴可爱。

这里是墨谷，也是旅游公司的东亚总部，此时此刻只有"我嘞个去"这个简洁有力的词可以形容刘钺的感受。设计这座墨谷的工程师真是个艺术奇葩，硬是能把一大堆现代的东西包装得古色古香。

这里没有宽袍大袖的公子哥儿，所有的人都是一身工匠的粗衣短褐打扮，款式和后世的便服相似，倒也方便。不时还能看见几个戴着眼镜的人，不用说都知道是来自星舰联盟的员工。

作为唯一一名跟随撤退队伍进入墨谷的星舰联盟游客，刘钺得到了很好的接待。他带着巧儿、小九姐弟俩，走进一栋挂着"进门请脱鞋"牌子的铺着波斯地毯的古宅，铁堡主向他们介绍一名身穿短褐的中年人："这位是墨谷的主人，墨家巨子……"

"自己人别说见外的话，"巨子打断铁堡主的话说，"我叫张伟，是旅游公司古代亚洲总部的负责人，当然我还有一个身份是业余演员，扮演这个时代的墨家巨子。"

铁堡主摸摸鼻子，补充说："他跟我同名，我们公司有好几个张伟。"然后掏出一封信给巨子，"这是郑清音给你的介绍信，麻烦你把这小娃娃培养成才。"

巨子接过信，从鼻孔里哼了一声，说："你就跟郑家丫头那样给我瞎添乱是吧？没事儿瞎当什么侠客去阻击辽兵？我看她还想把工业革命带到这个世界拯救万民，然后让它跟星舰联盟的现代世界变得没啥两样，彻底消灭这个古代世界。"

铁堡主皱眉问："这么说你是不答应了？"

巨子说："我没说不答应，我惹不起她爷爷，但万事万物都有自己的发展规律，这个世界不是你们这些天真的家伙想拯救就能拯救的。"

巨子的款待很热情。酒足饭饱之后，刘钺在山里散步，他随便走着，到了山门前，只看见全副武装的侠士守在门口，一路跟随他们前来的难民们则远远地躲着，在山谷外用树木和枯草搭建起窝棚，分享少得可怜的食物和野果。突然间，难民们起了一阵骚动，一队骑兵远远地赶了回来。守门的侠士们看见了，一下子沸腾起来："侠客们回来了！"

郑清音回来了！刘钺看见她骑着马，两柄长长的陌刀带着血腥气，一身血污。人对血腥味总是有本能的恐惧，就连刘钺都忍不住害怕地倒退了好几步。她跳下战马，微笑着说："这墨谷风景还算不错吧？有兴趣跟我走走吗？"

刘钺憋了一肚子的问题要问她，也就不得不跟她在山谷中漫步了。郑清音对墨谷很熟悉，在深山密林中找到一湾汩汩的温泉，泉边的岩石很光滑，显然是早被人作为休闲胜地了。她脱下在这几天作战中弄得肮脏不堪的衣服，慢慢走进温泉，刘钺赶紧转过身去，不是他想当正人君子，只是惹不起郑清音。

郑清音说："你回避啥？我穿着泳装呢！这几天一直在外面，想洗个澡都不容易。"

刘钺坐在温泉边，抬头看着满天繁星，问她："你说，我们真的没法帮助这个世界吗？"

郑清音落寞地看着水中的月亮，刚想回答，树林里传来窸窸窣窣的声音，她随手抓起陌刀一掷，笔直的刀锋钉入大树，枝丫不停地颤抖，说："我知道你们躲在树林里！给我滚出来！"

同学们推搡着从大树后跳出来，说："不好意思，打扰你们约会了！你们继续，就当我们没看见！"

"汴梁好玩吗？"郑清音问同学们。

"当然好玩啦！满城都是古建筑，生活悠闲富足，比我们星舰联盟那些被现代文明污染的世界舒服多啦！这才是人类该享受的生活嘛！大家好不容易来一趟这里，你们不去看看古代大城市真是可惜了！"一个女同学连蹦带跳地给他们展示拍摄的照片。

"别人在约会嘛！看来感情发展得不错。"一个男生用"我们懂的"的暗示，拍拍刘钺的肩膀。

刘钺拿过女同学的手机，一张张地欣赏照片。旅游公司一定是在各国朝廷中安插了不少人，才能让游客尽情拍摄京师的古建筑而不被阻止。照片上的古人虽然一脸惊诧，害怕地设法避开镜头，但也没有衙差之类的出来阻止这帮怪客。一栋栋古建筑雕梁画栋，极尽奢华，只有几张煞风景的破茅草房出现在照片中。

"这是什么？"刘钺指着一栋破得不行的茅草房问女同学。

女同学说："哎呀，这张照片不知什么时候拍进去的，真煞风景，那么漂亮的古建筑群居然混进几张狗窝照片！不删掉怎么行！"

郑清音从水中走出来，说："那是汴京城乡接合部的工匠区窝棚。工匠在这时代被视为六艺之末的贱民，你们看到的那些雕梁画栋，就出自这些贱民之手。他们一辈子的心血就为一家富户雕刻一扇门、一扇窗、一道梁，才有今天你们惊叹的奢华古建筑，却只能换取一些微薄的收入勉强得到温饱。古书都说大宋的富裕是'走卒类士服，农夫蹑丝履'，但工匠的地位却是连走卒都不如的。"

一名男生问："大姐头，怎么突然说这些煞风景的东西？大家来这世界，不就是为了看看这些漂亮的古建筑吗？管它是怎么造出来的！"

想起这些天看到的流民，再看着歌舞升平的汴京，刘钺忍不住地低吼："你们这些不知道民间疾苦的东西！我……"

男生抓住刘钺的衣领问："你吃错药了？大家喜欢古代，来这里旅游，拍几张漂亮的照片有啥错？"

郑清音拿起衣服，说："刘钺，我们走吧。"

男生问："大姐头，怎么你也变得怪怪的，到底发生了什么事？"

"啊！血！是血！"一个女生花容失色地指着郑清音满是血污的衣服大叫！

郑清音说："我刚从战场回来，大家都是学过历史的人，公元987年发生过什么事应该不陌生吧？"

墨谷无冬，热腾腾的温泉蜿蜒流过谷底，红日初升，一片带着雾霭的初春景象。郑清音换上从星舰联盟带来的 T 恤、短裙和高跟鞋，坐在阁楼窗台边轻抚古筝。阁楼外，同学们四处拍照瞎闹，争着跟巧儿合影，还把路过的小九也拉过来逗弄玩耍。小九抱着几本书，好不容易挣脱他们，向郑清音跑去。

"郑姐姐，巨子答应收我为徒了！他说等我看懂了这些书，就能成为优秀的机关师！改变这个世界！"小九把怀里的书拿给郑清音看，她看见了《力学原理》《初等代数》《工业基础概论》，只能无奈地笑了笑。看懂这些书的确是能在墨谷当个合格的工人，但说要改变世界，这只怕连巨子都没办法，但她总不好打击一个六岁孩子的积极性。

郑清音问他："你想把世界改变成什么样子？"

小九掏出手机给郑清音，大声说："像你的手机里的世界那样！"手机上现实的图片是星舰联盟的世界，画面是星舰联盟高楼林立的首都夜空，巨大的巡天战列舰像一轮轮椭圆的红月亮占据了半个天空，那是爷爷郑维韩将军率领的舰队。"炎帝号"巡天战列舰绘制有红黑相间的古朴夔纹，那是为了阅兵式而临时绘制的涂装。

郑清音说："很好，那你就努力学习，这手机也不必还我了，送给你当礼物吧。"

小九又失落地说："但你的同学们都反对我学这些，他们说工业化会破坏这个世界的美景，古朴的传统文化一旦被破坏，就再也没法重建。"

郑清音正想说些什么，却听到阁楼外的刘钺又跟同学们吵了起来："古代文化狗屁不值！那些庄严的庙宇，那些可笑的祭天仪式，你们看着热闹、新鲜，全都是因为古代人连吃饱穿暖、求医问药这些最基本的保障都无法拥有，不得已才把希望寄托在虚无缥缈的神明保佑上！还有那些华而不实的古建筑，冬天冷夏天热，我才住了两天就感冒了！你以为他们不想住带空调的房子？你见过古代人连饭都吃不饱，为了抢夺地盘和粮食，发动战争死了多少人吗？你们希望他们永远都过这样的日子？到底还有没有作为人的最基本的同情心？"

郑清音无奈自语："刘钺这呆瓜又从一个极端走向了另一个极端了，刚过来的时候他连放屁都觉得是古代的香呢！"

小九问："郑姐姐，你觉得我该学习这些知识吗？"

郑清音摸摸小九的脑袋，说："别想太多，走你觉得该走的路吧！"

尾　声

人，做多了缺德事会有报应的。

二十年后，郑清音在新闻中得知旅游公司的老总被捕了，公司也宣告解体。克隆古代地球不算个事儿，但连带着克隆整个星球的古代人，让他们重演古代的种种悲歌，这种没人性的做法则让整个星舰联盟一片哗然。这老总被钱迷了眼睛，只想着把公司尽可能做大而丝毫没顾及人性，最终也付出了代价。

但接收整个星球的古代人呢？纳税人们也同样不愿意花自己的血汗钱来给予这两亿多完全没有现代工作技能，只能等着吃援助的古代人跟星舰联盟民众同样的社会福利，更怕难民的涌入破坏了自己平静的生活，于是留下区区几名观察员后，就放弃了这颗星球，让它自生自灭。这时的郑清音也已经是一家大集团的老总，跟小九仍有书信来往。

"郑姐姐，我终于明白为什么工业革命这足以改变世界的事情，前任巨子张伟始终反对了。任何一次社会进步都不会是一首快乐的田园诗，它的剧烈变革总会抛弃无数不能及时适应它的人。历史的车轮会把无数生灵碾成齑粉，不管他是有罪还是无辜。而工业化进程一旦启动，就无法再中止，大量的人会离开农村，涌入工厂，寻求比务农更高的收入。过去的田园风光会被大农场取代，最终消失。而科学的进步也会让高居庙宇的神祇失去权威。人们患病之后会寻求医院的救助，而不是兴建更华丽的庙宇求神佛保佑。它改变的是整个世界，让农耕文明一去不复返。

"一个时代一去不返之后，人们记得的往往只有它美好的一面，一代代刻意美化，而慢慢淡忘那些令人心酸的贫苦生活。所以我慢慢能够理解为什么星舰联盟高科技社会的人会怀念农耕时代，那是对逝去的时代、对自己幻想出来的农耕天堂的悼念。但不管怎么说，我仍会推动工业化，朝着我们这些人憧憬的高科技城市天堂——那个不会有孩子因为饥饿和疾病死亡、不会因为抢夺粮食和土地而厮杀的世界，也就是你们现在生活的世界迈进，不惜一切代价。"

铺着波斯地毯的营帐里，一个赤足披发的男人点下手机的发送按钮，把上面的文字发送给郑清音。营帐之外是手持火铳、乘坐着蒸汽战车的数十万精兵。营帐前方是即将攻破的远方国度。在此之前的十几年间，西夏、大辽、大理，甚至连他的故乡大宋，都已经在他面前一个个倒下；在他身后数千里外的中原腹地，一座座工厂拔地而起，喷吐着浓烟制造出大量的工业产品，以往耗费大量人力制造出来的丝绸、瓷器、布匹都可以流水般从生产线上制造出来，甚至就连各种过去耗费工匠一生心血都做不出几件的精铁工具也在大规模生产。

工业革命从来不是一首田园诗，这男人培养了大量的技术工人，亲手摧毁无数村庄，彻底改变城市的形态。大量的人口要么在高于农业生产的利益吸引下进入城市，要么是在村庄消失之后被迫进入城市。他们修建宽敞的驰道、铁路，建起高耸的无线电信号中转塔和其他工业设施，他则为了获取支撑工业发展的资源和市场而不断征战四方。

他拿起望远镜，看着远处在火炮中坍塌的城墙，突然发觉自己很怀念小时候和姐姐在缥缈堡的城墙上看着远方平静的小山村里牧童放牛的时光，但那样的时代已经不会再有了。

一名手下报告说："巨子，对方派使者携带地图和财宝前来，请求停止攻城。"

男人眼皮都不抬，说："告诉他，开放门户，接受通商，接受我的驻军，我军自然会秋毫无犯。土地我不要，财宝全部分发给将士们。"

很少有国君能理解这男人想要的是什么，他所提的要求在历史上从未有过，所以也很少有人会坚守到城破国灭而不投降。只有身边最亲近的人才知道，这位乳名叫作"小九"的史上最冷血巨子，没事时就会看着手机上星舰联盟富庶繁华的城市照片发呆。

朕　是　猫

一

　　小美是一名刚从护士学校毕业的年轻护士，在一所临终关怀医院工作，像她这样的年轻女孩，竟然很意外地接到了高高在上的军方雇用函。在医院院长的办公室里，她忐忑不安地看见一名军官背着手，看着墙上的图表。

　　看军官胸前那枚带翅膀的特殊履历章，只怕是参加过太阳系战役的老兵。军官看见她，开门见山地拿出一封信说："我们的一名老战友快不行了，你们护士长向我推荐你，希望你能陪老战友走完生命中的最后一段日子，这是住址。"

　　小美问："为什么你们会选择我？"她知道军方的医疗系统从来不缺优秀的护士。

　　军官说："看你的履历表，你学生阶段曾经当过五年的宠物护理员，而且做得非常好，我们的护士虽多，但有宠物护理经验的非常少。"

护理老兵跟宠物护理经验有啥关系？小美疑惑地抽出信封，看到那名"老兵"的简介，吃惊地问："您的老战友是一只猫？"

军官说："是的，它叫虎威七世，是一只救了整艘'伏羲号'航天母舰连同舰上一万五千名官兵的功勋猫，我们曾经发过誓，要好好赡养它，直至它逝世。"

虎威七世是一只极富传奇色彩的密涅瓦黄金猫，是星舰联盟从地球带出来的基因库中培育的古代猫品种中杂交出来的大型特殊猫种。很多人都喜欢通人性的宠物，普通猫的智商相当于二岁至四岁的小孩，早在地球古代就深得人类喜欢；密涅瓦黄金猫的智商是猫中之最，相当于六岁至八岁小孩的水平，其中少数特别聪明的甚至拥有更高的智商。

星舰联盟的主力舰向来都非常巨大，通过天地摆渡飞船跟周围的星舰取得联系。总有些老鼠之类的坏东西会无孔不入地钻进飞船，人能活的地方老鼠就能繁衍，老鼠在军舰上做窝这种事从遥远的风帆战舰时代到先进的信息时代，再到独霸一方的星舰联盟时代总是无法根治。于是军舰上养猫抑制鼠患也成了"自古以来"的传统做法，而猫咪的可爱也往往可以为士兵们排解漫长的征途上的孤寂与烦恼，这是任何先进捕鼠工具都无法替代的。

十年前，星舰联盟为收复太阳系有功的官兵们授勋，这只猫也在授勋之列，一度成为各大媒体的头条新闻。在媒体的报道下，所有的人都知道了它的功绩：联盟舰队向窃居太阳系长达七千年之久的机器人叛军发起进攻时，一股特种机器人叛军伪装成地球人的样子，骗过了严密的防线，潜入负担主攻任务的"伏羲号"航天母舰，试图摧毁母舰的动力装置。一旦它们得手，整艘航天母舰将会被炸成一团火球，这场最后的战役也会彻底失败。就连负责防守母舰安全的航天陆战队员和先进的检测设备都没能识破它们的身份。在紧要关头，虎威七世识破了它们的身份，从而确保人类顺利拔掉抵达地球故乡之前的最后一枚钉子——武装到牙齿的火星要塞。

二

小美照着军官给的地址，来到"法厄同"星舰。这是一艘在一百多年前的事故中惨遭重创的星舰，但如今已经彻底修复。当客运飞船进入"法厄同"星舰的大气层时，那映入眼帘的青山绿水让人恍然重返古代的地球——尽管今天人类已经收复地球，但地球已经被破坏到无法恢复，那古书中描述的优美环境也只能在星舰联盟中看到了。"法厄同"星舰上的城市非常少，人口超过百万的城市也只有两座。她这次的目的地是一座叫作新金山市的小城，人口不足五万，位于群山环绕的原始森林中。重建一座被摧毁的城市容易，想让人口恢复到以前的数量却有点难。抵达这座城市仅有的方式，就是搭乘深埋在星舰的大地下、四通八达的高超音速真空磁悬浮列车。

磁悬浮列车中的乘客很多，毕竟这年头交通方便，横亘两个多光年的星舰联盟利用便捷的地下交通工具和空间跳跃型飞船搭建了一张巨大的两小时交通网，跨城市甚至跨星舰工作就跟到隔壁邻居家串门一样轻松。但在新金山市下车的旅客却不多，毕竟这只是一座很小的城市。当小美走出车站，呼吸着新金山市带着森林气息的空气时，恍若时光凝结在古书中记载的19世纪。这里看不到大城市的摩天大楼，除了主干道的柏油路外，其他道路大多是依山而建的石板小路，石头和木材混搭的小房子分列在道路两旁，式样根据主人的喜好随意搭建，根本找不到两栋完全一样的房子。只有几名叛逆期的年轻人驾驶着摩托车在山间石板路上耍杂技般前行。

对一座小城来说，新金山市的游客是比较多的。这座小城以湖光山色而小有名气，除了游山玩水，其余的就是参观收复太阳系的指挥官郑维韩将军的故居。这是新金山市有史以来出过的最大的人物，军官给小美的地址刚好就是将军故居，她还没说明来意，就被导游当成旅客，热情地招揽进屋内："各位游客，这里就是骆驼茶馆，将军的童年是跟舅舅一起在这里度过的。大家可以在这里喝一杯茶，看看这些遗物，墙上挂的是将军婴儿时期穿过的开裆裤，这个破书包是将军上小学时用过的，书包上的涂鸦是将军的真迹。各位看到这副怪模怪样的耳钉了吗？这是将军叛逆期时戴过的东西，没错，他也曾经叛逆过。门边停的那辆刮痕多到数不清的破摩托车就是他少年时期飙车的座驾——当时他甚至还没有驾照。"

陈列室中的展品乏善可陈，跟从前地球故乡上的普通叛逆少年的杂物没啥两样，保存得也不算完好，毕竟不知道他后来会成为大人物啊！他的父母觉得他没进少管所就已经是祖上积德了。好在这里不收门票，进来休息一下，喝两杯茶，价格也公道，不然就凭这些没啥看头的展品，一定会被游客投诉。

小美跟着游客到茶馆门前的小广场参观将军的雕像，一名眼尖的游客突然大声说："快看！将军头顶上趴着一只猫！"

导游微笑说："将军头顶上趴着的就是著名的功勋猫——虎威七世，它很少出现在游客面前，大家今天能看到它，是非常幸运的！"

虎威七世并不是纯种的密涅瓦黄金猫，相反混有虎斑猫的血统。这样的混血猫在宠物店是卖不出好价钱的，它却像一头小老虎，趴在威严的将军雕像的头顶上，居高临下，俯瞰游客，有一种气吞天下的霸气，让人感叹不愧是功勋猫，连气势都不是凡猫所能比。

在小美说明来意之后，新金山市的副市长亲自接见了小美——话说这种被遗忘在深山的超小型城市的副市长还真没架子可摆，跟邻家大叔没啥两样。这座五万人的城市有 80% 的人都在外面工作，下班后或是周末才回家，只有最没出息的才留在这里当公务员。小美这时才知道虎威七世有一个十人的护理团队在照顾其饮食起居，排场比副市长大人还大。这支护理团队有几个是虎威七世的老战友们雇的护理专家，其余则是将军的孙女郑清音高薪聘请的。副市长提到郑清音时，表情毕恭毕敬，想来那也是身份地位比他高一大截的人物。

"别的话不多说，你的任务就是好好照顾虎威七世陛下，除了已经过世的郑将军，本市就属它最大，将军和虎威七世陛下对本市的旅游业……咳咳，本市的发展，是有很大的贡献的。"副市长在说了一大堆废话之后，才这样交代小美。而虎威七世则叼着一尾烤鱼，蹲坐在副市长的秃顶上。

副市长问护理团队："话说，你们谁能想办法把虎威七世陛下请下来？我脖子有点儿累。"看样子这些人也对这只不羁的老猫没辙。

小美直接捏着虎威七世的脖子，把它从副市长的头顶上拎下来，副市长脸色大变，大声咆哮："你怎么能这样对待一名战功显赫的老兵？"

三

猫的寿命通常是十五年，但虎威七世已经三十岁了，折算成人类的寿命就是一百五十岁的惊人高龄，上了年纪的猫总会给人一种通灵性的奇特感觉。

在新金山市这座以出了一位名将而自豪的小城里，老兵是非常受人尊敬的，顺带着连虎威七世也变得神圣不可冒犯。小美拎它脖子是犯众怒的事情，护理团队甚至在讨论小美是否适合待在这里。

最终，小美以1票赞成、23票反对的绝对劣势保住了工作，那唯一且关键的一票来自不可冒犯的虎威七世。它当时趴在小美头顶，谁敢接近它就挠谁。猫是一种安全感特别低的动物，如果不是很亲近一个人，绝不可能缩在那个人怀里，更别说是趴在头顶了。

"你会说话，对吧？"一次例行体检结束后，小美小声问虎威七世，它的项圈挂着一枚拇指大的脑电波翻译器，可以把它的脑电波翻译成人类的语言。

团队里的医生说："它会说话，猫精一个，智商逼近十四岁的孩子，将军在世时，它经常跟将军聊天，郑清音董事长回来也能跟它聊几句，只是它不屑于理会我们这些愚蠢的凡人。"他原本是"伏羲号"航天母舰上的军医，得知老战友虎威七世年事已高，就主动申请过来照顾它。猫的寿命比人类短太多，就算天天陪着它，只怕也没有多少天可以陪了。

普通的猫是不能带上军舰的，毕竟军舰里满是精密设备，只有智商够高的密涅瓦黄金猫才能进入极为重要的航天母舰。虎威七世有这样的智商也在情理之中，它跳上柜顶，小美以为它又要跳到谁的脑袋上，没想到它从窗户跳到室外，一句语调奇特的话回荡在空气中："将军的气度不是你们这些愚蠢的凡人能想象的。"

小美问："是虎威七世在说话？"医生点头。

小美追出门外，只看见虎威七世又趴在将军雕像的头顶上，眺望着远方森林茂盛的群山，小美问它："那边有什么值得你挂念的东西吗？"

虎威七世说："朕最爱的母猫就在那边。"

小美注意到虎威七世自称"朕"，她忍住不敢笑，问："那你要不要去见见它？"

虎威七世跳到小美的头顶，说："走吧，朕告诉你它在哪里。"

新金山市曾经的规模远比小美想象的要大。虎威七世带她走到城市边缘，她才知道森林之下竟然是很久以前的"旧"金山市。百年前的那场意外毁灭了"法厄同"星舰，后来虽然原址重建，但在别的星舰谋生安家的居民大多不会回来面对过去的伤痛记忆了。这座城市也只剩中心城区还有人居住，周边地区的老房子已经被藤蔓和大树吞噬，成为森林的一部分。偶尔在青苔和古藤间露出的半个屋角，证明这里曾经是街区。

小美走在崎岖的山路上，问起了那个她一直没什么机会问的问题："你为什么会留我呢？"

虎威七世说："将军过世之后，很多年没人敢拎朕的脖子，但你敢，你让朕想起郑将军，他是一个让朕看着就有安全感的人。"

小美站在半山腰，回头看着远方骆驼茶馆门前小广场的将军雕像，说："听爸爸说，将军在世时，大家都觉得如果缺了他，几十年前星舰联盟就该一败涂地了，更别提什么收复太阳系故乡，我想那个年代的人一定是把将军视为最让人放心的中流砥柱。"

虎威七世说："这都是你自己的想象，将军也跟普通老人一样会打瞌睡抠脚丫，下输围棋还会赖账，喝醉酒还会硬要跟朕比赛抓老鼠，几个士兵都拉不住。他是中流砥柱没错，但不是唯一的，只是他最显眼罢了，伊文、托斯卡，还有韩丹，他们才是更了不得的藏镜人。"它一连说了好几个小美没听说过的名字。

小美顺着虎威七世的指示，穿过一个藤蔓缠绕的小山谷——看起来也有可能是被藤蔓覆盖的大楼基坑。这里的植被太茂密，让人很难分得清哪些是真正的山壁，哪些是东倒西歪的大楼墙体，总之穿过去之后出现在眼前的又是一条宽阔的马路——至少在路中间的绿化树拱破水泥地面，把道路切割得支离破碎之前是很宽阔的。

路对面是一座荒废的动物园，门口挂着一幅褪色的老虎照片，虎威七世说："看到了吗？那就是朕最爱的母猫，你看那光滑的毛发，那不羁的眼神，可惜朕只见过它的照片，没见过真正的它。"

小美说："那是老虎。"

虎威七世说："老虎跟朕一样也是猫科动物，朕的一生有过三百多位妃子，数不清的儿女，但这充满野性的母大猫才是朕的最爱。这些天，朕只要闭上眼睛，就会梦到自己是一头强壮的老虎，气吞天下般盘踞在高山上。"

不知是谁说过，每一只野性未驯的老猫心里都有一个当老虎的梦，也许这正是虎威七世能成为一只优秀的军猫的潜质。

四

森林里，小美抱着虎威七世，问："能跟我说说你在军舰上的故事吗？说说看'伏羲号'航天母舰怎样撕碎机器人叛军的防线，怎样发现那些潜入航天母舰的机器人，那一定是你最艰险的经历吧？"

虎威七世回道："朕的童年是在宠物培养基地度过的，那才是朕一生中最恐怖的阶段。跟朕的童年相比，航天母舰上的那段经历根本不算什么。"

"法厄同"星舰的阳光洒在森林中，这艘星舰卫星轨道上的人造太阳很炙热，高大的树冠剪碎了阳光，森林底下青苔斑驳的龟裂马路上铺满温暖的光斑，驱散了些许林中的寒意。小美说："怎么会呢？我在宠物店打工时，总觉得那些店的陈设很温暖、很清新，各种小动物也很可爱的。"

虎威七世说："朕老了，火气没以前大了，换作以前，你敢说这话，朕非挠死你不可。你们这些愚蠢的人类知道宠物们被送到宠物店之前活在怎样的世界里吗？"

小美抱着虎威七世坐在已经被森林吞噬的街边小公园里那被阳光晒暖的旧石椅上。这是"旧"金山市的遗迹，石头上还残留有当年人造太阳被摧毁后气温骤降、大气层冻结后的冰蚀痕迹。小美知道那一定是非常不堪的回忆，她不敢主动开口问，只能等着虎威七世自己提起。

虎威七世慢慢说："朕是在宠物培养基地出生的，跟在那里出生的所有动物一样，根本不知道自己的父母是谁。记忆中的第一个画面就是白色的保温箱里橡胶乳头渗出了营养液，还有保温箱上会不时地伸出机械臂和电子眼。每天，保温箱里的检测设备都在自动测量我们的体温和生长情况。朕好像有五个兄弟姐妹，在同一个保温箱里成长，当我们的毛发将近长齐时，有三个兄弟姐妹毫无征兆地被处死了。"

小美"啊"地叫了一声，问："为什么？"

虎威七世说："在宠物基地，任何原因都会导致你丧命。你病了，没按时间长到人类想要的重量，毛发的花纹不好看，或是你的品种不再受市场欢迎，都会成为你被剥夺生命的原因。尸体被送往生产线碾碎煮熟，作为食物喂养下一批宠物。朕也差点儿丧命，原因仅仅是宠物基地的培养员在制造朕时，错把虎斑猫的精液作为密涅瓦黄金猫的精液拿去授精，这也是朕为什么会混有虎斑猫血统的原因。好在朕急中生智，用一招很厉害的方法保住了性命。"

小美问："什么方法？"

虎威七世说："卖萌。这是最伤朕自尊的求生方法，朕被打上'品种不良但有可能卖出去'的标签，作为最低档的廉价宠物，送往新金山市的宠物店销售。你知道品种不好的宠物在大城市是卖不出去的，只有在新金山市这种小地方还有点商业价值。"

小美问："后来，你就被将军家买下了？"

虎威七世说："不，朕逃了。在牲口运输车到达宠物店门口时，朕咬伤货运员，放跑了整个店里几乎所有的猫，连夜逃到你现在所看到的这片深山，但朕和那些逃跑出来的兄弟姐妹都是家猫啊！从小就没接触过野外的生活，没有美味的猫粮，没有温暖的房屋，只有冰冷的风霜雨雪和无处不在的毒蛇和野狗，不少兄弟姐妹不懂捕猎，只能冷死、饿死，葬身在这片森林中。为了生存，大家只好重返人类的城镇，去寻找吃的。"

小美在到达新金山市之前曾经做过准备，看过不少这座小城市的旧新闻，她想起了多年前新金山市野猫成灾的报道。那个时候，成百上千的野猫在新金山市横行霸道，它们不断袭击厨房、食品店，咬坏一切它们看不顺眼的东西，甚至攻击老人、孩子，一切试图反抗的人都会被它们无情地抓伤。

一开始，袭扰城镇的猫群以虎威七世那些放出来的宠物猫为主，也有不少被主人遗弃的家猫跟在后头一同行动。至于那些弃猫二代、三代们，它们早已学会捕捉老鼠、麻雀等猎物充饥，不像那些新离开城镇的宠物猫那样，不袭击城镇抢食物就只能饿死。城里的食物，不管是菜市场的肉类鱼类，还是糕点店的蛋糕面包，还是超市里的猫粮狗粮，哪怕是餐馆后垃圾桶里的残羹剩饭，也总比老鼠美味得多，而且还不像老鼠那样得费时费力捕捉。后来，就连野猫也加入了袭扰城市的队伍。一时之间整个新金山市无论道路、屋顶，还是小巷中都是幢幢猫影，缩在黑暗中伺机袭击人类，抢走食物，全市谈猫色变。

五

森林里一片静谧，虎威七世趴在小美怀里，森林中却早已看不到二十多年前遍地是野猫的情形。猫科动物本来就是地球上进化得最成功的杀戮机器，全身所有的器官都是为了捕杀猎物而生，但人类往往会被它可爱的外表所迷惑，忘了它那强大的杀伤力。直至新金山市接连出现人类因为被猫群袭击而受伤致残，甚至死亡的案例，染上疾病的更是屡见不鲜，才让人想起这些喵喵叫的小家伙并不是善茬儿。

像虎威七世这种凶狠的大型猫，想咬断成年人的喉咙还是很容易的。小美看着它虽然年老但依然锋利的牙齿，只觉得自己抱着的分明就是一头小老虎。

虎威七世说："那个时候，朕用爪子、牙齿和大脑统率新金山市的众猫，随意行走在新金山市，看谁不顺眼，谁就遭殃，朕就是新金山市的皇帝。但朕终究是高估了朕的猫帝国的实力，以为可以永远用尖牙利爪控制这座城市，却没想到好景不长，人类派出了朕做噩梦都想不到的精锐部队。"

小美问它："什么部队这么厉害？"

虎威七世说："人类出动了城管。这是一种穿着连朕的爪子都挠不穿的特殊防护服的部队，戴着防护面罩，拿着捕猫网兜和电击枪，满城搜捕朕麾下的猫。朕见识过宠物基地的恐怖，只以为逃离基地和宠物店后，人类迟缓的反应速度、奔跑速度和软弱无力的指甲根本奈何不了我们，却没想到人类比朕想象中的要复杂和恐怖得多。短短几天时间，朕苦心经营了几个月的猫帝国即土崩瓦解。"

虎威七世的身体在发抖，猫帝国的崩溃让它至今恐惧难忘，它喃喃地说着那个时候的自己是怎样被人类追赶。人类的奔跑速度在所有哺乳动物当中几乎是最慢的，但人类会骑着代步车，以猎豹般的速度追赶猫群。猫群被追赶到死胡同，顺着人类爬不上去的垂直墙壁攀爬，试图逃离追捕，但人类疏散了整个城市的居民，对被围困在城中的猫群使用催眠气体，一点儿都不手软。

那个时候，虎威七世被迫带着猫群钻进了肮脏的下水道，这是它们平时根本不屑于躲藏的地方。但是那些距离地表足足有半米多深的下水道坚实得连最锋利的猫爪都挠不出半丝伤痕，让猫们可以放心。然而没想到盛怒之下的人类竟然用挖掘机挖开整个下水道，一副就算把整座城市给拆了也要把所有的猫都逮住的架势。

虎威七世说："朕的帝国在人类的怒火面前，连纸糊的都不如。朕无路可逃，被关进笼子游街示众，完了还要被送往'宠物安乐死中心'处死……"

小美问："那这次你是怎么活下来的呢？"

虎威七世说："是朕的智商救了朕。"

"你想办法逃走了？"小美问它。

虎威七世说："不，这次逃不掉。人类对我们所有的猫进行了智力和服从性测试，后来才知道是军方给宠物培训中心下了订单，需要一批可以在军舰上服役的军猫。朕高分通过智力测试，但牺牲了全部的自尊才勉强通过服从性测试。凡是没通过测试的一律得送去'宠物安乐死中心',朕就这样又跟死神擦肩而过。"

小美静静地听虎威七世诉说它被送到训练场的故事。在被送到军舰上之前,所有的猫都需要被送到一个模拟军舰内部环境的训练仓中。那里面布满各种复杂的管线,不停地模拟各种超重、失重等太空环境,让从未见识过这种状态的猫们惊慌失措。舱室里不少是代表飞船中不能碰触的黄色管线,任何敢越过雷池半步的猫都会遭到无情的电击,一直电击到彻底记住这些管线的危险性。但虎威七世是能听懂人类语言的高智商猫,它从不碰触那些危险区域,它知道无论自己多桀骜不驯,有些东西也是碰不得的,它可不愿等到了上飞船后的哪天,不小心钻进危险的机械齿轮中被碾成一团肉泥,或是被高压电烧成焦炭。

小美问它:"然后,你就在'伏羲号'航天母舰上服役、抓老鼠了?"

虎威七世高傲地说:"错!是朕容不得任何鼠辈在朕面前横行!朕从不吃老鼠,但也容不得老鼠逍遥自在地活着。在'伏羲号'航天母舰,朕统率着麾下七百多只猫,任何士兵都必须对朕毕恭毕敬。"

小美心想:士兵们未必会对一只猫毕恭毕敬,但这么凶的猫,正常人都会敬而远之,在猫看来也就像毕恭毕敬了。

虎威七世说:"在航天母舰上,朕第一次见到郑维韩将军,他当时已经是百岁老人了,坐在轮椅上,一副随时会归天的虚弱模样,但那威武的气势仍像一只睥睨天下的巨猫……"

小美纠正说:"巨猫?应该说是像猛虎吧?"她听说过郑将军常被人形容说是虎将。

虎威七世说:"没错,就是像那种叫作猛虎的巨猫,让朕觉得他和朕是同类。"

小美只能笑笑，没有再跟它计较。也许在一只猫的眼中，所有的猫科动物只是大小各不相同的猫。

虎威七世跟很多经历过战争的老兵一样，总有说不完的沙场故事。但一只猫的金戈铁马视角跟人类完全不同，让它最为印象深刻的记忆不是星舰联盟的联合舰队横跨星海，气势如虎地扑向暌违七千年的太阳系故乡；不是故乡的奥尔特云折射太阳光线所散发的似有似无的光晕上，机器人叛军那多如飞蝗的军舰；不是椭圆体的巡天战列舰带着一身的伤，在被敌人摧毁前的最后一刻撞向赛德娜矮行星的敌军堡垒；不是航天母舰战斗群掠过友舰牺牲的残骸，撕开坚不可摧的柯伊伯带防线；不是航天陆战队登陆海王星表面的极寒冰原，跟那些从流水线上源源不绝地走下来的机器人士兵在祖先们的殖民城遗址中展开的残酷巷战；不是在土星表面氦海上的那场疯狂的闪电战；甚至不是最艰难、最惨烈的火星战役；更不是数不清的士兵前赴后继地进入登陆舱，在大气层中化为无数火流星，冒着绵密的防空火网扑向机器人叛军和人类共同的诞生地，把"战死在地球"视为军人最高荣誉的史诗场景。

猫看不懂飞跨星海的太阳系收复战，不明白人类看到那颗小小的蓝灰色行星时为什么会失声痛哭；猫猜不透为什么会为了保护那些七歪八倒的古城遗迹，士兵们只用威力弱小的单兵武器，宁可战死也不愿动用卫星轨道炮之类高效率的毁灭性武器；猫想不通为什么每收复一座古城废墟，从前线全军将士到后方的星舰联盟全都沸腾落泪；猫不明白那些半埋在黄沙中的古城对人类的意义，只知道那些古城的名字是如此熟悉：伦敦、大马士革、耶路撒冷、罗马、成都、纽约……

全都是人类祖先们生活过的地方。

猫眼中的史诗级战争，就是在军舰躲避敌人攻击而高速机动带来的翻天覆地的震动中，仍然要跑来跑去地捉老鼠。虎威七世说："在剧烈颠簸的军舰中，就连训练有素的人类士兵也很难站得住脚，更别说是猫。朕的很多同胞都很胆小，但朕不容许自己被吓倒！只要朕仍然屹立在将军的头顶上，不动如山，朕麾下的七百军猫们就有勇气坚守岗位，不管军舰怎样翻滚，始终能用爪子抓住舱壁，眼睛敏锐地搜索那些惊慌失措的小老鼠，在它们钻进更重要的管线或机舱之前，扑上去咬断它们的脖子！"

将军爱猫，虎威七世蹲在将军头上的照片小美倒也见过，老实说，"伏羲号"航天母舰上有虎威七世率领的这群猫，耗子都被猎杀成濒危动物了。但这些活跃在前线军舰上的猫们在鼓舞士气方面发挥着意想不到的作用，每当战斗最艰难的时候，都难免有新兵蛋子被吓得屁滚尿流，军官们最常训的话就是："这些猫都不怕战火，你们的胆量还不如一只猫？"

虎威七世骄傲地说："在太阳系之战中，朕和麾下的兄弟们在被敌人炮火击中而冒着浓烟、漏电、漏水的航天母舰关键舱段，一共捕获12359只老鼠，这是无猫能及的战功。"

这个战功让虎威七世非常得意，时隔多年仍然清楚地记得具体数字，但它看到小美不以为然的表情，叹气说："好吧，大多数人类都对朕最伟大的战功满不在乎，只有将军懂朕。那朕告诉你，朕还救过25个人类士兵，但这跟抓老鼠相比，只是小事一桩。"

这个战功可不像抓老鼠那么上不了台面了，但在猫的价值观中，救人显然比不上抓老鼠，小美睁大眼睛，问："当时你是怎么做到的？"

虎威七世说："那是木卫二争夺战时的事。一艘机器人叛军的军舰垂死突破航天母舰战斗群的防线，火力全开地对母舰进行轰炸。航天母舰那岩石—能量场复合外壳都被削掉一大块，深藏在母舰中心的乘员舱塌了一部分，东倒西歪的墙板、支撑柱堵死了一个舱段。一群士兵被困在舱段中，中断了跟外界的全部通信，其他士兵忙着维修军舰，没有注意到有人被困。是朕叼着他们的求救信，穿过只有猫能通行的通气管，交给将军。那舱段四处都是泄漏的有毒气体，要不是看在平时经常给朕吃回锅肉的那个胖厨子也在里面的分上，朕才不愿意冒这个险呢！"

小美问："我听说，你还救过整艘航天母舰一万多人的性命，可以跟我说说吗？"

虎威七世说："那更算不上个事儿。那时，机器人叛军伪装成人类的外形，骗过识别系统和负责防守的航天陆战队员，想炸毁航天母舰的关键结构。航天母舰的结构地球人都知道，外面是厚厚的岩石外壳和强大的能量护盾，想从外部破坏是很难的。要知道就连那艘撞上赛德娜矮行星堡垒的巡天战列舰也没有彻底报废，战后拖回去修修补补，当了几年的训练舰才退役，何况是更坚固的航天母舰？"

虎威七世停顿了一下，继续说："但航天母舰内部很脆弱，巨大的环形山下面就是舰载机发射井，一艘艘整装待发的舰载机像左轮手枪的子弹一样排列在机库里。别看母舰那么大，内部最核心的乘员舱也就一个地下小镇大小，腾出来的大量空间里装着除了舰载机仓库，就是数百亿吨的舰载机燃料和母舰燃料舱、武器弹药舱，一旦在关键部位实施爆破，整个母舰将炸成一团火球，人类的作战计划也会因此失败。"

小美问："你识破了它们？"

"这倒没有，是那些铁皮脑袋自己露了破绽。"虎威七世说，"机器人叛军从没见过猫，看见朕只以为是见了带威胁性的不明生物，胡乱开枪射击，于是朕发火了，带着麾下众猫，见了敢对猫开火的就跳上去在脸上赏赐一道血沟子。于是他们就被航天陆战队员们轻易识别，全消灭了。朕也是直到领到勋章那刻才明白发生了什么事。"

回家的路上，新金山市的街道已经是华灯初上，外出工作的人大多都下班回来了，从数千公里外的航天港延伸过来的高超音速地铁站里人满为患，街上也热闹了很多。一轮明月挂在群山之间，星舰联盟的人造月亮有很多用途，除了能在中秋节好好欣赏，还是重要的重工业基地，它没有空气的环境让污染不会扩散，另外还是重元素的储存地之一。虎威七世说："多年前，当朕成为新金山市的王者时，只觉得朕麾下每一只猫能够到达的土地，都是朕的领土。当朕成为一只军猫时，才知道头顶上朕能看到的每一颗星星，都是地球人的领地，这望而生畏的感觉你作为人类可能不会懂。"

虎威七世又继续说："真实的世界并不是你看到的那个样子，朕在将军身边多年，接触过不少普通人不知道的秘密，那些被列为机密的事情人们通常只会防着旁人窃听，却很少会防着一只猫。"

小美抱着虎威七世走在路上，静静地听着它会说些什么。它看着街边一只走过木栅栏的白色长毛母猫，目不转睛，却没有任何行动，看来是已经老到力不从心了。直至母猫消失在它的视野后，才说："人类这几千年来的故事，看着复杂，但终究就是各种各样的猫的故事，在某些故事里，人类是猫，别人是老鼠，但在另一些故事里，别人是猫，人类是老鼠，就这样为了生存互相追逐、互相打斗。"

六

　　晚上的骆驼茶馆很平静，只有二胡、古筝的声音在慢慢流淌，上下两层的茶馆中，茶客们轻声细语地聊天，在透过雕花木窗的月光下品茗。小美站在二楼的梨花木栏杆边，看着楼下演奏古乐器的人们。他们都是业余爱好者，有退休老人，也有年轻女孩，心情好就来弹几曲赚点零花钱。小美觉得即使除去这座茶馆跟将军的渊源，它仍然是一座很雅致的小茶馆。听说郑维韩将军生前就很擅长二胡，当他穿起一袭布衣、坐在茶馆中悠闲地拉奏起古曲时，就像慈祥的退休老人。

　　平静淡雅的生活就连猫都喜欢，虎威七世静静地趴在窗棂边，享受着平静的银色月光，它对小美说："朕已经时日无多，这个世界的真面目，朕想说又不敢说。"

　　当虎威七世这样说话时，就意味着忍不住想说了。它问她："你知道猫跟耗子最大的区别是什么吗？"

　　小美愣了一下，才说："猫跟耗子的区别可多了，比如说身体大小不同、生活习性不同，还有……"

　　"错！"虎威七世说，"最大的不同是智商的不同。耗子只知道觅食、繁殖、躲避天敌，只知道四处乱窜，当它们被朕和手下众猫围剿时，就只剩下死路一条；而猫，比耗子聪明的地方就是会跟更强大的生物——人类结成利益同盟。"

小美知道，猫在人类的社会中生活已经有上百万年之久，跟猪、马、牛、羊等家畜不同，猫并不是人类主动驯养的动物，而是跟人类混居的野生动物。当人类还是原始人的时候，在自然界中就已经是非常强大的杀手，人类所到之处，不论是剑齿虎、乳齿象，还是巨犀或别的什么自然界霸主，都在人类的猎杀下消失殆尽。人类可以消灭任何大型猛兽，但人类却很难消灭那些钻进人类世界，靠偷窃拾取残杯冷炙过日子的小东西，比如老鼠之类，而这些小东西却把人类折腾得够呛，时不时地咬坏各种物品，传播鼠疫等让人防不胜防的疾病，让先民们吃尽苦头又无可奈何。

就在这种时候，猫进入了人类的世界。尽管猫科动物是极为高效的杀戮机器，但猫的体积实在太小，遇上其他大型捕猎者时往往吃亏。不怕任何大型捕猎者的人类世界正好成了它们最理想的庇护所，更何况这里还有大量正好适合它们捕食的老鼠。当人类发现这种小老虎似的动物对自己没啥危害，还能消灭那些麻烦的老鼠时，就接受了它在人类社会中生存。祖先们也曾试过像驯养别的家畜那样驯养猫，但猫终究是野性太重，在无数次失败之后，只能无奈地接受猫这无法驯服的小缺点。即使是数百万年后的今天，猫也仍然是人类家庭中极为少有的野性子，特立独行、我行我素。人类本身也是一种奇怪的动物，在驯养了各种各样的动物之后，竟然也能慢慢地接受猫这种小东西跳到自己脑袋上作威作福，并不以为忤。

虎威七世说："不管什么时候，跟对了老大比什么都重要。我们猫族跟了人类，从此只要人类没灭亡，不管是原始社会还是太空时代，人类社会就仍有猫的容身之地。然而老大也是残酷无情的，猫作为一个物种不再有灭绝的担忧，但作为一个个体的猫，命运却会因为主人的喜好而发生改变。朕记得朕说过，朕的童年差点儿就因为毛发花纹不受市场欢迎而差点被处死。"

小美说："那真是太残酷了。"

虎威七世说："其实这世界，残酷无所不在，对死在朕的爪子下的鼠辈来说，对那些死后还被碎尸万段的猪、牛、羊来说，甚至是对那些在人类的怜悯下放生到野外、惨死在自然界里的天敌捕食下的动物来说，残酷是必然的命运，安稳只是短暂的幻象。甚至对你们人类来说也是如此。"

"对我们人类来说也是如此？"小美不解地问它。

虎威七世点头，说："还记得朕力排众议留你在这里工作吗？如果朕不点头，你就没工作了。在朕眼里，你也就是一只猫罢了。"

小美哑然失笑，虎威七世好像不能完全理解人类世界。就算她得不到这份工作，大不了回原来的医院继续当护士，不至于流落街头，它却套用猫的世界那一套"没人养就得当野猫"的经验。它看见小美一脸不服的样子，又问："你，见过人类的主人吗？"

小美问："人类的主人？什么意思？"

虎威七世说："尽管朕非常不愿意承认，但朕生活在人类建造的城市里，一生的命运都随着人类的摆布而起伏；而你，一个人类，又是生活在谁建造的世界里？你不如列一个表格，把星舰联盟的构成写出来，你会发现这个世界的很多东西超出了人类的智力能够了解的范畴。正如朕享受着这窗棂边的月光，却无法理解人类制造人造月亮所需的技术那样，你们人类也同样无法理解建造星舰联盟所需的超级科技，因为这是智商远远超过人类的'人类的主人'建造的世界。"

小美拿起笔，听这只睿智的老猫逐一点出那些超级工程：

戴森球体，这个笼罩在星舰联盟最外围的巨大球状物，隐藏了整个联盟的踪迹，也截留了联盟内部全部的能量来使用，工作原理不明、制造方法不明、材料不明——准确来说，普通人无法理解它的原理和制造方法，就算把所有的图纸摊在人们面前也看不懂，它的制造者最高科学院是知道它全部的秘密的；

能源核心，这是一个漂浮在星舰联盟中心、源源不绝地提供着近乎无限的能量和物资的神秘白洞，听说它连接着物理定律截然不同的另一个宇宙的虫洞，建造原理不明、工作方式不明；

空间跳跃飞船，这是几乎每个人进行跨星舰旅行时都会乘坐的交通工具，就像地球时代的飞机、火车一样再寻常不过，人们只知道空间跳跃的理论，却不知道具体实现它需要怎样的条件；

高超音速真空地铁，遍布每一艘星舰的城市地下……

小美突然停笔说："这东西不算人类无法理解的超级科技，它不过是把地铁隧道抽成真空，让列车能超音速运行罢了。"

虎威七世藐视地看着小美，说："地底下数百万公里长的隧道要全部抽成真空，一个空气分子都不留，这隧道壁是什么材料？通过什么方法排干净空气，这技术你们愚蠢的人类能掌握得了？"

小美想了一下，觉得虎威七世说得也有道理，就把高超音速真空地铁也列了上去。虎威七世又开始念下一项神秘科技的名称："电视机遥控器，明明没有电线连着却可以隔空遥控电视机……"

小美说："这东西只有猫才弄不懂工作原理吧？地球人都知道它是靠光电效应实现遥控的！"

虎威七世这次做出了让步，说："那我们把它删掉。下一个：星舰的巨型狄拉克引擎，它能让巨大的星舰最高速度达到亚光速，这东西连工作原理都是个谜……"

他们花了一个多小时，列出数百项人类司空见惯的东西，却弄不懂原理的超级科技，这其中自然会有些错误之处，比如核聚变电站早在地球信息时代就已经存在了，工作原理也算不上是谜团，小美和虎威七世都不熟悉历史也不懂太深奥的物理学，把它也列了上去。

小美看着这长长的黑科技名单，嘘了一口气。虎威七世说："现在你该明白了，星舰联盟是一种更高级、更富智慧的超级智慧生物建造的世界，而你们，在这种超级智慧生物眼中也不过是一群自以为是的蠢猫罢了，你现在有没有感受到恐惧？"

"没有，完全没有。"小美的回答让虎威七世很失望。

虎威七世咆哮了，却是恐惧之下毫无王者威严的、夹着尾巴的低吼，咆哮完了才说："愚蠢的人类，朕在'伏羲号'航天母舰上，在没有旁人在场时，不止一次见过郑将军看着太阳系故乡的作战地图。将军抚摸着朕，对朕说：'在"他们"眼里，我也只是一只猫，捕捉那种叫作机器人叛军的"耗子"特别厉害的猫，猫一旦无法捕鼠，就不再有价值，得看主人是否念在过去的功劳上，是否能让猫安度晚年……'朕见过人类的主人，那种毛骨悚然的感觉，只有朕和将军才明白，那庞大的星舰联盟军队，在主人眼中不过是扑向那些烦人的耗子们的猫群罢了……"

小美抚摸着虎威七世金色的毛发，小声说："你说的这一切我都明白，我只是习惯了，不再感到恐惧罢了。"

虎威七世说的那些秘密，其实对星舰联盟的任何一个人类来说都不是秘密，只是单纯的它自以为是天大的秘密罢了。

七

在这一夜谈话之后，虎威七世的身体状况每况愈下。一个春寒料峭的清晨，它叼着一只老鼠，颤巍巍地爬到将军雕像面前，却无力再像往常那样跳到将军头顶上。它静静地躺在雕像前，再也不动了，对一只猫来说，三十二岁的高龄已经是生命的极限。

"快来人！虎威七世驾崩了！赶紧通知战友们！"第一个发现虎威七世驾崩的，是曾经跟它在航天母舰上一同服役的军医。

猫死前是知道自己大限将至的，作为一只骄傲的猫中王者，它曾经对自己的后事做过安排：死后直接丢到新金山市的山里去，像别的野猫一样在山间老林化为尘土，那是它的猫帝国存在过的地方。不要塞进盒子里埋掉，这会让它想起虐猫狂魔薛定谔；不要让人类围观它，它讨厌被围观的感觉……

但它的遗愿一条都没实现，在一个下着蒙蒙细雨的日子里，它的战友们为它举办了一个盛大的葬礼，送别这只救过一万多人性命的老军猫。那天小小的新金山市殡仪馆里放眼望去都是挂着参加过收复太阳系战争勋章的老兵，最不喜欢被人群围观的虎威七世躺在它最讨厌的棺材里。它想要的入土为安也是痴心妄想，葬礼结束后，这只传奇的老猫将被做成标本，陈列在博物馆里。

葬礼结束后，小美见到了韩丹，在几乎清一色的铁血汉子当中，女生是相当显眼的。

小美揣着几分紧张，走到她面前，问："您是最高科学院的韩丹教授？我好像听虎威七世提起过您的名字。"

淅沥沥的小雨一直下，韩丹打着油纸伞，黑色的长发配上黑色的连衣裙，走在殡仪馆门外的小木桥上，停住脚步，说："我想，这只自以为是的老猫一定对你说了不少事。"

小美说："是的，它跟我提起过'人类的主人'的事情。"

韩丹说："猫是一种桀骜不驯的动物，它本能地恐惧一切比它强大的动物，又怀着一颗想凌驾于一切生物之上的心，哪怕是它不得不屈服于那种更强大的动物，哪怕是那种动物并没有加害它的想法，它的恐惧感也不会消失，我可以做到很多事，却无法抹掉它的恐惧感。这句话把'猫'字换成'人'字也是适用的。"

这女人让小美感到恐惧，她那双星空般深邃的眸子好像透着让人畏惧的魔力。小美查过虎威七世提起过的每一个人的名字，韩丹的名字就像她所属的最高科学院那样既神秘又让人畏惧。

听说最高科学院的科学家们为了突破那些超越人类理解能力的科学难题，在很久以前就已经通过各种手段让自己活得远远超越人类的寿命，而人类的骨子里就害怕有一种超越自己的智慧生物统治自己。

小美只以为自己从小就习惯了星舰联盟中的那些超越人智的超级科技，但在亲眼见到韩丹时，才发觉自己竟然是害怕的。

不用小美开口，韩丹都能猜到她想问什么，她说："人类从刀耕火种到探索太空，种种努力大多是奔着生存需求而去，从来都无暇顾及同在一个社会生存的小猫咪们对不断改变的世界会不会感到恐惧。这句话把猫换成人类也是适用的。"

小美小心地问："把猫换成人类，那就该把人类换成……"

韩丹指了指自己，于是小美明白了。韩丹又说："其实，我们不管是制造戴森球体，建造白洞，还是做别的什么东西，也不过是为了生存罢了。至于普通人是否感觉到恐惧，我们最高科学院没办法顾及。我们没兴趣要当谁的主人，也没想过要统治谁，毕竟这种事对我们一点儿意义都没有。你们不过是像那只老猫一样，自以为聪明，想得太多罢了。"

小美犹豫了很久，才说："猫通过自己的捕鼠能力，在人类的世界获得一席之地而繁衍下去，那我们这些普通人，又该凭着怎样的特殊能力，在你们这些超级智慧生物控制的世界下生存繁衍下去呢？"

韩丹收起雨伞，张开双臂说："你现在看到的这个世界，就是普通人为自己争取到的生存权利。"

"啊？我听不明白。"小美不明所以地说。

韩丹微笑，说："听不明白就慢慢猜吧，我不会告诉你答案的。"